Un cœur en otage

Une fille insaisissable, *J'ai lu* 4507
Sous le sceau du secret, *J'ai lu* 4980
Protection rapprochée, *J'ai lu* 5077
Passé trouble, *J'ai lu* 5512
Aventure d'un soir, *J'ai lu* 6146

Elizabeth Thornton

Un cœur en otage

Traduit de l'américain
par Daniel Garcia

Titre original :

THE PERFECT PRINCESS
A Bantam Book, a division of Random House, Inc., N.Y.

Prologue

Richard Maitland n'était pas prêt à mourir. Malheureusement, son sort semblait scellé. Un gouffre sombre s'ouvrait devant lui. « Alors, c'est cela, mourir », songea-t-il. La raison le poussait à abandonner, à se laisser tranquillement sombrer. Après tout, pourquoi lutter ?

Mais pour ne pas laisser le dernier mot à ses assassins ! Ils étaient intelligents, et ils ne lui feraient pas de cadeau. Face à eux, Richard faisait figure de loup solitaire. Et la solitude, dans ces circonstances, était une faiblesse, lui avait dit Jack Harper. Ce en quoi il n'avait pas tort. Richard s'était montré si discret que personne ne savait où il se trouvait en cet instant. Pas même ses amis, qui, même s'ils l'avaient su, n'en auraient pas moins ignoré les raisons pour lesquelles on cherchait à le supprimer.

Richard lui-même n'était d'ailleurs pas sûr de les connaître. Qui, précisément, voulait sa mort ? Trop de monde, sans doute, pensa-t-il, dans un éclat de rire qui lui arracha une quinte de toux. Il s'était fait beaucoup d'ennemis au cours de sa carrière au sein des services secrets de Sa Majesté. Tout homme dans sa position attirait les ennemis comme un cadavre les mouches.

Cette image lui en évoqua aussitôt une autre : Lucy.

Un sursaut d'angoisse le tira de la dangereuse torpeur qui le gagnait. Lucy ! Où était-elle ? Que lui avaient-ils fait ?

Richard se souvenait du garçon en haut de l'escalier et de l'odeur de sang. L'air en était imprégné. Le sang de Lucy – mêlé au sien. Il fallait absolument qu'il ouvre les yeux, qu'il se ressaisisse.

Au bout de ce qui lui sembla une éternité, il parvint enfin à entrouvrir les paupières. Il lui fallut quelques secondes pour distinguer ce qui l'entourait. À quelques pas de lui, sur un lit, gisait le corps à demi dévêtu d'une femme.

Richard voulut hurler, mais il crut que ses poumons allaient éclater. C'était impensable, immonde ! Lucy était innocente. Son seul crime était de l'avoir connu, lui. Elle n'était qu'un instrument dans cette mise en scène grotesque. Un instrument dont s'étaient servis ses assassins pour rendre son propre meurtre plus plausible.

Les souvenirs lui revenaient maintenant en rafale. Le garçon qui l'attendait en haut des marches ; puis ce grand gaillard qui lui avait donné un coup de poignard. Ses agresseurs l'avaient porté ensuite jusqu'à ce fauteuil, le laissant pour mort. Sa main était étalée sur son torse, un liquide tiède et gluant filtrait entre ses doigts. Richard baissa les yeux et vit que sa chemise était déjà maculée de sang. S'il ne réagissait pas – et vite ! –, il serait bientôt trop tard.

Incapable de se tenir sur ses jambes, il glissa sur le sol, la main toujours plaquée sur sa blessure, pour contenir l'hémorragie. Il avait l'impression qu'un fer rouge lui fouaillait la poitrine. Serrant les dents, il entreprit de ramper, centimètre par centimètre, jusqu'au lit.

Là, il chercha à tâtons le pistolet qui avait glissé entre le matelas et le montant du lit. Rassemblant ses dernières forces, il s'adossa au lit, brandit l'arme à deux mains en direction de la fenêtre et appuya sur la détente.

La détonation, assourdissante, se répercuta d'un mur à l'autre de la pièce. Des cris éclatèrent au rez-de-chaussée, puis Richard entendit des pas précipités dans l'escalier. Il ignorait s'il s'agissait de gens accourant pour le sauver, ou de ses agresseurs revenant l'achever.

Cela ne ferait sans doute pas grande différence, car il n'était plus en mesure de lutter contre la torpeur qui l'envahissait. Un grand voile noir s'abattit devant ses yeux.

1

— Pourquoi désirez-vous m'épouser, Michael ?

La jeune femme regretta aussitôt sa question. Alors qu'elle était décidée à refuser son offre, elle allait maintenant devoir faire mine d'être intéressée par sa réponse.

— Prince Michael, corrigea-t-il automatiquement. Parce que, lady Rosamund, je suis convaincu que vous ferez une princesse idéale.

Une princesse idéale. Ces mots grincèrent aux oreilles de Rosamund. Depuis que le prince héritier de la principauté de Kolnbourg la poursuivait de ses assiduités, les journaux n'appelaient plus la jeune femme autrement que par ce surnom. Et le plus déprimant, c'était que Rosamund avait tout, en effet, de la princesse idéale.

Elle était la fille du duc de Romsey, l'un des nobles les plus puissants du royaume. Et en tant que telle, elle avait mené une existence protégée. Dès sa plus tendre enfance, une horde de précepteurs lui avaient enseigné tout ce qu'une jeune fille de son rang doit savoir pour devenir une parfaite épouse.

Si seulement elle était née garçon ! La situation aurait été bien différente. Rosamund avait deux frères, Gaspard, l'aîné, et Julien, son cadet de trois ans. Ils avaient déjà fait une foule de choses excitantes, comme voyager en Europe, ou se battre pour le roi. Et d'autres encore... que Rosamund n'était pas censée connaître. Pas plus qu'elle n'était supposée avoir entendu parler de *La Contessa*, la dernière maîtresse en date de Gaspard, une femme hautaine, dépensière, réputée pour son tempérament de tigresse.

Évidemment, une fille de duc ne pouvait se permettre d'avoir un tempérament de tigresse, songea Rosamund, avec un sourire fugitif. On lui avait appris à se montrer polie avec tout le monde, depuis le roi jusqu'au simple manant. Et elle connaissait sur le bout des doigts les règles de bienséance. Elle savait où s'asseoir à table, à qui elle devait faire la révérence et qui, au contraire, était tenu de s'incliner devant elle. Les bavardages mondains n'avaient aucun secret pour elle, sauf lorsque, de temps à autre, son esprit vagabondait au point qu'elle en oubliait où elle se trouvait. Si Rosamund devait se décrire en un mot, ce serait… incolore.

Incolore. L'insulte, car c'en était une, l'obsédait depuis le bal de lady Townsend, quand Rosamund avait surpris une conversation entre d'autres jeunes femmes devisant à son sujet. Personne ne pouvait la détester, avait dit l'une d'elles, parce qu'elle était aussi fade et incolore que de l'eau claire. Et tout le monde avait ri.

La mère de Rosamund n'avait pourtant rien d'une femme sans caractère. Au contraire. Elizabeth Devere n'avait jamais supporté les contraintes que lui imposait sa position et n'avait jamais voulu s'y soumettre aveuglément. C'était ce qui avait causé sa perte. Un jour qu'elle était partie chevaucher seule à travers la campagne, sans prévenir personne, elle était tombée en sautant une barrière avec sa monture. Ce n'était pas la chute elle-même qui l'avait tuée, mais le fait qu'on ne l'ait retrouvée que le lendemain. Entre-temps, elle était morte.

Peut-être que si sa mère avait vécu, son père ne se serait pas montré si strict avec elle, songeait parfois Rosamund. Et peut-être qu'elle-même ne se sentirait pas si indocile aujourd'hui.

Tout cela avait eu lieu vingt ans auparavant, et cependant, sa mère lui manquait toujours beaucoup.

— Lady Rosamund ?

Zut ! Voilà qu'elle s'était encore laissé distraire par ses pensées.

La jeune femme leva les yeux vers Michael en réprimant un soupir. Elle commençait à se demander si elle n'avait pas un problème. Le prince de Kolnbourg était un grand et bel homme brun. Et sa position sociale était plus qu'enviable. Du reste, on ne comptait plus les femmes qui avaient essayé de le conduire à l'autel. Alors, pourquoi restait-elle insensible à ses charmes ?

Peut-être, tout simplement, parce qu'elle lui ressemblait trop. Elle aussi était grande, brune, belle disait-on, titrée, et riche. C'était d'ailleurs sans doute pour ces raisons que Michael lui faisait assidûment la cour. Cela étant, Rosamund n'était plus dans sa prime jeunesse. Le mois prochain, elle fêterait ses vingt-sept ans. Et son père commençait à désespérer de la voir accepter l'un de ses prétendants.

Mais Rosamund ne voulait pas d'un prétendant. Elle voulait un soupirant. Quelqu'un qui l'aimerait pour elle-même, et non pour sa fortune et son titre.

Michael, le *prince* Michael, appartenait sans conteste à la catégorie des prétendants. Après tout, il n'était que quatrième dans la ligne de succession au trône et ne possédait aucune fortune personnelle. Ce qui était assez tragique étant donné ses goûts de luxe. Épouser Rosamund résoudrait ses problèmes de trésorerie.

Les deux jeunes gens se tenaient dans le jardin d'hiver de Twickenham House, le manoir familial que les Romsey possédaient à Twickenham, un peu en dehors de Londres. Le temps de rassembler ses esprits, Rosamund laissa son regard errer sur les arbres que l'automne avait parés de somptueuses couleurs.

— Je suis une Anglaise, finit-elle par répondre. Je ne serai jamais heureuse transplantée sur un sol étranger.

Elle jeta un coup d'œil par-dessus son épaule : Michael consulta discrètement sa montre. De toute évidence, elle l'ennuyait autant qu'il l'ennuyait ! Et ce n'était pas étonnant. Toute son éducation tendait à faire d'elle un être terne. Ce qui était exactement le genre d'épouse que recherchait le prince.

La parfaite princesse, dont il savait qu'elle ne dirait jamais un mot de travers, ne ferait jamais un pas de travers et n'aurait jamais la moindre pensée originale.

— Je n'ai pas d'objection à ce que vous demeuriez en Angleterre après notre mariage, répondit Michael. En fait, il n'est pas impossible que je décide de m'installer ici. Le climat de Londres me plaît beaucoup.

« Et ses actrices encore plus », songea Rosamund. Mais cela, elle n'était pas censée le savoir.

— Votre proposition est fort tentante, répliqua-t-elle, avec un sourire qui se voulait engageant. Mais…

— Mais ?

— Vous n'êtes pas assez fort aux échecs, Votre Altesse. Et, voyez-vous, je ne pourrai jamais épouser un homme qui n'est pas assez fort aux échecs.

Callie Tracey reposa la théière sans douceur.
— Aux échecs, dis-tu ? Quel rapport avec le mariage ?

Rosamund regarda son amie.

La veille au soir, elle était arrivée au Clarendon, un prestigieux palace au cœur de Londres, où elle avait l'habitude de séjourner lorsqu'elle venait faire des achats dans la capitale, ou qu'elle voulait échapper à la mauvaise humeur de son père. Le duc avait été furieux d'apprendre qu'elle refusait d'épouser le prince de Kolnbourg. Il avait failli piquer une colère et s'en était pris à ses trois enfants – pour autant qu'on puisse encore les appeler ainsi, compte tenu de leur âge. Aucun d'eux n'était encore marié ! À ce rythme, la lignée familiale ne tarderait pas à s'éteindre.

Comme à l'accoutumée, Rosamund et ses frères avaient écouté leur père dans un silence recueilli. Puis ils s'étaient empressés de déserter la maison pour vaquer à leurs occupations respectives. Julien était bien sûr parti courir le jupon dans un des tripots de la ville où il en profiterait pour jouer et s'enivrer. Gaspard avait rejoint sa Contessa. Et Rosamund, plutôt que de s'ennuyer seule à l'hôtel, s'était réfugiée chez la seule amie à même de lui prêter une oreille compatissante. Voilà pourquoi elle était en train de prendre le petit-déjeuner avec Callie, dans sa maison de Manchester Square.

Autre conséquence de sa naissance, Rosamund avait quantité de relations des deux sexes, mais pas d'amis. La plupart des gens étaient si intimidés par son rang qu'ils la traitaient avec une déférence qui l'agaçait. Aucun ne se serait risqué à la contredire. Quoi qu'elle dise, elle avait raison. C'était d'un ennui !

Callie, seule, faisait exception. Son père était le régisseur du duc. Veuf, il était venu s'installer avec sa fille à Twickenham House peu de temps après le décès tragique de la mère de Rosamund, si bien que Rosamund et Callie avaient pratiquement grandi ensemble. Avec l'approbation du duc, Callie avait même pu profiter des précepteurs de Rosamund, ce qui lui avait permis de recevoir une éducation bien au-dessus de son rang.

En apparence, donc, les deux jeunes femmes avaient connu un égal traitement. Mais, en réalité, Callie avait toujours joui de beaucoup plus de liberté que Rosamund. Quand elle s'était mariée et avait déménagé pour Londres, Rosamund s'était vu infliger par son père une succession de chaperons tous plus effrayants les uns que les autres. La dernière en date, Prudence Dryden, avait son âge, et Rosamund avait conçu l'espoir qu'une certaine complicité s'établirait entre elles. Elle s'était trompée. Prudence était froide comme le marbre.

— Rose? s'exclama Callie en tapotant sur la table pour attirer l'attention de Rosamund. Tu m'écoutes?

Rosamund tressaillit.

— Oui, quoi?

— Mon Dieu, mais tu es donc toujours dans la lune! À quoi pensais-tu, cette fois?

— Je me disais que les jeunes femmes ordinaires ont une vie bien plus simple et plus facile que la mienne. Elles peuvent agir à leur guise. Regarde, toi, par exemple.

Callie éclata de rire.

— Ne dis pas de bêtises. Aucune femme n'a la vie facile. Nous sommes toutes liées à un homme depuis notre naissance. D'abord à notre père, et ensuite à nos frères ou à notre mari. Ce n'est que lorsqu'elle devient veuve qu'une femme est vraiment libre. Tu devrais suivre mon exemple.

Rosamund sourit obligeamment. Callie aimait à répéter qu'une femme ne commençait vraiment à vivre que le jour de son veuvage. Dans son cas, du reste, c'était exact. Quand son tyran de mari avait fini par mourir d'une attaque, un soir où il avait bu encore plus que de coutume, Callie était venue s'installer à Manchester Square, chez son beau-frère. Elle avait trouvé sa vocation en servant de maîtresse de maison à ce célibataire endurci qu'était Charles Tracey. Elle était amusante et originale, ses réceptions étaient très prisées, et elle était invitée partout. Quant aux amants, elle n'en manquait pas.

En fait, songeait Rosamund, Callie était le genre de femme qui ne pouvait que plaire aux hommes. Elle avait un regard sombre très expressif et des cheveux châtain foncé qui bouclaient naturellement autour de son visage aux traits fins. Elle était aussi menue et délicate qu'une figurine de porcelaine, résultat, elle ne pouvait descendre de voiture ou laisser tomber un mouchoir sans qu'aussitôt un homme se précipite à sa rescousse. Callie ne faisait rien de particulier pour s'attirer ces galanteries. C'était tout simplement que les hommes la croyaient fragile. Et rien n'était plus éloigné de la vérité.

Rosamund aussi s'attirait de telles attentions quand elle laissait tomber son mouchoir. Mais c'était parce que les hommes cherchaient à entrer dans les bonnes grâces de son père.

— Tu ne m'as toujours pas expliqué ce que les échecs avaient à voir avec ton mariage, reprit Callie. Qu'a répondu le prince quand tu lui as expliqué que tu refusais d'épouser un homme qui ne savait pas jouer aux échecs ?

Rosamund secoua la tête.

— Je n'ai pas dit qu'il ne savait pas jouer aux échecs, mais qu'il n'était pas assez fort, c'est très différent. Que pouvait-il répondre ? Je l'ai déjà battu, tu sais. S'il n'avait pas regardé sa montre ostensiblement, je l'aurais éconduit moins brutalement. Mais là, je n'ai eu aucun scrupule.

Comme Callie la fixait sans comprendre, Rosamund enchaîna :

— Il se targue d'être un expert en ce domaine. Je lui ai simplement fait savoir qu'il n'était pas un adversaire à ma mesure !

— Et alors ? insista Callie.

— Il a tourné les talons et est parti sans rien ajouter.

Callie resta un instant médusée avant d'éclater de rire.

— Vous autres, joueurs d'échecs, vous êtes une espèce à part. Je n'ai jamais eu de patience pour ce jeu.

— Oh, je m'en souviens !

Il y eut un silence que Callie mit à profit pour remplir leurs tasses. Puis, sans lever les yeux, elle reprit :

— Ton petit discours sur les femmes ordinaires me laisse à penser que tu as l'intention de t'installer dans tes meubles.

— J'y songe, en effet, mais je ne suis pas certaine que ce soit une bonne idée. Si je prenais un appartement à Londres, mon père et mes frères viendraient aussitôt y loger. Ou alors, ils me rendraient si souvent visite que ce serait tout comme.

Callie soupira, compatissante.

— Tu as raison. Ils te protègent trop. À ta place je ne le supporterais pas. Heureusement pour moi, mes relations masculines ont compris qu'il fallait garder leurs distances. Excepté Charles, bien sûr, mais c'est un amour. Il me laisse toute liberté. Je ne regrette vraiment pas ma décision de venir m'installer chez lui.

Rosamund la croyait d'autant plus volontiers que Callie avait pris, dès son arrivée, la direction de la maisonnée, alors même qu'une vieille tante de Charles, Franie, habitait avec eux.

— Mais au fait, reprit soudain Callie, où est passé ton chaperon ? Mlle... comment s'appelle-t-elle, déjà ?

— Prudence Dryden, répondit Rosamund, vaguement irritée.

Elle ne comprenait pas pourquoi, en deux mois, Callie n'avait toujours pas réussi à retenir le nom de la jeune femme.

— Elle a pris froid et garde le lit pour la journée, ajouta-t-elle.

Callie termina son thé et reposa sa tasse.

— Eh bien ça me surprend de la part de ton père. Je n'aurais jamais imaginé qu'il te laisserait voyager seule.

— Je ne suis pas venue seule, rectifia Rosamund. J'ai pris l'attelage ducal, avec ses postillons et ses laquais. Et maintenant que je suis ici, mon chaperon, c'est toi.

Callie posa son menton sur ses mains croisées.

— Tu sais, Rosamund, si j'étais à ta place, je me marierais. Attends, laisse-moi finir ! Ce serait la solution idéale. Tu as peut-être eu tort de repousser le prince aussi vite. D'après ce que je sais de lui, il aurait fait un mari parfait. Sitôt marié, il t'aurait oubliée ! Tu aurais été libre de vivre ta vie. Que demander de plus quand on est une femme ?

— L'homme de ses rêves, répliqua Rosamund, une pointe de dérision dans la voix.

— L'homme de ses rêves ? répéta Callie, amusée. Mais il n'existe pas, Rosamund. Sinon, tu l'aurais déjà rencontré à l'heure qu'il est.

— S'il te plaît, Callie, je ne suis quand même pas si vieille !

Callie dévisagea son amie en silence avant de reprendre :

— Bon, explique-moi. À quoi devrait donc ressembler l'oiseau rare qui accomplirait enfin le prodige de te conduire jusqu'à l'autel ?

Rosamund contempla pensivement les feuilles de thé qui nageaient dans sa tasse.

— Je l'imagine grand, brun et bel homme, lâcha-t-elle finalement.

— Avec toi, il aura intérêt à être grand, commenta Callie, amusée. Je ne connais rien de plus ridicule qu'une femme dansant avec un cavalier qu'elle dépasse d'une bonne tête. Et à part cela ?

Rosamund leva les yeux vers son amie.

— Il faudra qu'il soit comme toi, Callie. Je veux dire, sincère, et qu'il ne mâche pas ses mots. Quand il aura quelque chose à me reprocher, il me le dira en face. Il ne se souciera pas de mes origines et n'hésitera pas à me contredire quand il le jugera nécessaire. Et si mes frères ou mon père essaient de se mettre en travers de son chemin, il les enverra au diable.

— C'est tout ?

— Non, encore une chose : si je le bats aux échecs, il ne se sentira pas vexé d'avoir dû s'incliner devant une femme.

Callie éclata de rire.

— À t'entendre, on jurerait que tu le connais déjà.

— En songe, seulement, soupira Rosamund. Pour l'instant, il ne s'est toujours pas matérialisé. Mais raconte-moi plutôt ce que nous allons faire ce matin ? enchaîna-t-elle.

Callie remonta son bracelet en or sur son avant-bras, avant de répondre :

— Je crains que tu ne sois obligée de te trouver une occupation pendant une heure ou deux. J'ai un rendez-vous que je ne peux pas reporter. Je t'inviterais bien à m'accompagner, mais ton père aurait une attaque s'il l'apprenait.

— Tu sais bien que mon père aboie, mais ne mord pas, fit valoir Rosamund. S'il était si terrible que cela, il m'aurait forcée à épouser le prince. Oublie papa et explique-moi où tu vas.

Callie secoua la tête.

— Non. Plaisanterie mise à part, ce n'est vraiment pas un endroit pour une jeune fille.

— Laisse-moi en juger par moi-même.

— Bon, très bien. Je vais à Newgate.

— Newgate ? La prison ?

— La prison.

Rosamund songea aussitôt à une exécution capitale. Ça ne l'aurait pas étonnée de Callie, du reste. Son amie aimait les sensations fortes. Une fois, elle était même montée dans une montgolfière. Mais assister à une exécution capitale, cela dépassait les bornes de la bienséance.

Callie fronça les sourcils.

— Je ne sais pas à quoi tu penses, mais je suis prête à parier que tu te trompes sur toute la ligne. Je vais à Newgate pour… disons que c'est un acte de charité.

Attrapant un journal qui traînait au bout de la table, elle le tendit à son amie.

— Regarde en première page, l'article à propos de Richard Maitland. Son procès s'est tenu la semaine dernière, tu as dû en entendre parler. Le verdict est tombé avant-hier. Il a été reconnu coupable et condamné à la pendaison.

Rosamund jeta un bref coup d'œil au journal, avant de reporter son attention sur Callie.

— N'est-ce pas l'homme qui a tué l'une des servantes de l'auberge du Dragon ? C'était sa maîtresse, non ?

Callie secoua la tête.

— Il a toujours nié qu'elle était sa maîtresse. D'après lui, ils n'étaient qu'amis. Le père de la fille avait combattu avec lui en Espagne, et après sa mort Maitland s'était un peu occupé d'elle. Il prétend qu'elle était déjà morte lorsqu'il est entré dans la chambre et qu'un des deux assassins lui a sauté dessus avec un poignard.

— Deux assassins ?

— Un gamin et un adulte. Tu ne lis donc pas les journaux ?

— Si, mais je n'ai pas prêté attention aux détails.

Callie poussa un soupir exaspéré.

— Le gamin n'était qu'un complice. Il a attiré Maitland dans la chambre de Mlle Rider pour que le véritable assassin, qui se cachait derrière la porte, puisse le surprendre.

— Je croyais que c'était un crime passionnel ? La jeune femme n'avait-elle pas raconté à des témoins qu'elle voulait quitter Maitland pour un autre homme ?

Callie haussa les épaules.

— Ah oui, des témoins ! Pour autant qu'un serveur ou une fille d'auberge puissent être considérés comme des témoins crédibles.

À l'occasion, Callie pouvait se montrer irritante, comme en cet instant. Quand elle l'avait décidé, elle était prête à tout pour avoir le dernier mot.

— Les serveurs et les filles d'auberges sont des gens respectables, que je sache, objecta Rosamund. En tout cas, le jury les a crus.

— Et moi, je te dis que ceux-là étaient tout, sauf respectables! J'étais au procès. Je sais de quoi je parle.

Rosamund ne fut pas étonnée d'apprendre que Callie avait assisté aux audiences. Son audace ne connaissait guère de limites.

— Pourquoi les témoins auraient-ils menti?

— Soit quelqu'un les a payés, soit ils ont eu peur de dire la vérité. Maitland a expliqué qu'il avait des ennemis puissants.

Rosamund secoua la tête, incrédule.

— Pourquoi t'entêtes-tu à croire que cet homme est innocent?

— À cause de sa personnalité. Maitland est colonel. Une promotion gagnée au mérite. Et c'est un vrai gentleman. Il a… enfin, il avait d'importantes responsabilités dans les services secrets. Je suis davantage disposée à croire sa parole que celle de domestiques. Et je m'en vais le lui dire de ce pas.

Devant l'expression effarée de Rosamund, Callie s'empressa d'ajouter:

— Ne prends pas cet air catastrophé. Il est enchaîné. Nous ne risquerons rien.

— Qui ça, «nous»?

— Tante Franie et moi. Charles devrait aussi nous retrouver là-bas. Alors, tu vois, je ne manquerai pas de chaperons.

Comme Rosamund paraissait toujours aussi interloquée, Callie précisa:

— Écoute, Rosamund, j'ai de la peine pour cet homme, rien de plus. Tous ses amis l'ont abandonné. Je veux juste qu'il sache qu'au moins quelqu'un le croit. Et j'aimerais l'aider à passer ses derniers moments avec quelques douceurs… du champagne, du foie gras, ce genre de choses. S'il refuse de me recevoir, tant pis, je laisserai mon panier à ses gardiens.

Il y eut un silence, puis elle reprit:

— Je suppose que tu n'as jamais rencontré Maitland lorsque tu étais à Madrid ?

— Parce que Maitland a été à Madrid ?

— Je te rappelle qu'il a fait la campagne d'Espagne. Tout était dans les journaux.

— Non, je ne l'ai jamais rencontré. Mais ça n'a rien d'étonnant. Mon père et moi étions les hôtes de l'ambassadeur. Les quelques militaires que nous fréquentions occupaient tous un grade très élevé.

Callie se leva de table.

— Si tu veux faire un brin de toilette avant de sortir, je t'accorde une demi-heure, pas plus. Mais si tu n'as pas envie de m'accompagner, rassure-toi, je n'en prendrai pas ombrage. Fais comme chez toi. Nous devrions être rentrés avant midi.

Sur ces mots, elle sortit.

Après le départ de son amie, Rosamund laissa son regard errer sur le journal resté sur la table, puis se décida à le prendre. Il était daté de la veille, 28 août 1816.

Reconnu coupable, Maitland a été condamné à mort !

Le colonel Richard Maitland, ancien chef de section des services secrets de Sa Majesté, a été reconnu coupable, hier, du meurtre de Mlle Lucy Rider. En dépit des brillants états de service de l'accusé pendant la guerre, le jury ne lui a accordé aucune circonstance atténuante. Les jurés, en leur âme et conscience, ont donc fait écho à la demande du procureur de châtier sévèrement un crime aussi horrible.

À l'annonce du verdict, Maitland, qui a pourtant protesté de son innocence tout au long du procès, est resté de marbre. Dans un silence pesant, il s'est ensuite laissé conduire hors du tribunal sans la moindre opposition.

De l'avis général, personne ne doit être au-dessus des lois, et le colonel Maitland n'a obtenu que ce qu'il méritait. Un membre haut placé des services secrets, qui a tenu à garder l'anonymat, a laissé entendre que Maitland était un être très réservé qui dirigeait son service d'une main de fer. En ce qui concerne les rumeurs selon lesquelles il s'était montré quelquefois brutal dans son travail, n'hésitant pas à employer des méthodes peu orthodoxes, elles n'ont été ni confirmées ni infirmées.

Dans ce contexte, toute la sympathie de la salle allait à la victime. Ce sont ses anciens amis et collègues de travail qui ont, par leurs témoignages, largement contribué à la découverte de la vérité. Quoique Maitland ait toujours nié avoir entretenu avec la victime des rapports intimes, ces témoins désintéressés ont clairement exprimé le contraire.

L'exécution du condamné par pendaison est prévue le 30 août à 8 heures du matin, devant les portes de la prison de Newgate.

Rosamund relut l'article une seconde fois, avant de reposer le journal. Richard Maitland, tel qu'il était décrit ici, n'éveillait pas précisément sa sympathie. Le fait qu'il ait brillamment combattu pendant la guerre ne constituait pas une excuse. Ses anciens collègues des services secrets eux-mêmes l'avaient désavoué.

Rosamund se souvint soudain d'avoir lu les comptes rendus du procès dans lesquels Maitland avait prétendu être la victime d'un complot. C'était lui la cible, et non Lucy Rider. On avait assassiné la jeune femme et fait en sorte que cela ressemble à un crime passionnel, puis Maitland avait été frappé à son tour et abandonné dans la chambre, perdant son sang. Malheureusement pour lui, un médecin était venu expliquer à la barre que sa blessure n'était que superficielle et qu'elle n'aurait en aucun cas pu le tuer. Il avait ajouté que cela ressemblait fort à une blessure que l'accusé se serait infligée lui-même, pour accréditer la thèse de son innocence. Du coup, la défense de Maitland s'était brutalement écroulée.

L'exécution aurait lieu le lendemain matin. Cette perspective fit frissonner la jeune femme. Tout à coup, elle éprouvait plus de sympathie pour Maitland. Callie avait parlé d'une mission charitable...

Si le duc apprenait que Rosamund se proposait de rendre visite à un condamné à mort, il entrerait dans une colère noire. Mais après tout, elle allait avoir vingt-sept ans, et elle n'avait qu'une vie.

Elle réfléchit un moment, puis prit sa décision : elle irait à Newgate.

2

La justice anglaise était pour le moins expéditive, songeait Richard Maitland. En l'espace de deux semaines, il avait été accusé de meurtre, jugé, reconnu coupable et finalement condamné à être pendu trois jours plus tard. C'est-à-dire le lendemain. Ce qui ne lui laissait plus beaucoup de temps pour mener à bien son évasion.

Étirant les jambes sur sa paillasse, il leva les yeux vers la seule fenêtre percée dans le mur, si haut qu'il n'apercevait qu'un carré de ciel bleu. La cour de la prison se trouvait trois étages plus bas, mais aucun son ne parvenait jusqu'à lui. Dans sa cellule sombre et silencieuse, un condamné n'avait d'autre choix que de repenser à sa vie ou de devenir fou.

Ce n'était pas la première fois que Richard se trouvait à deux doigts d'être exécuté. En Espagne, déjà, il avait été surpris derrière les lignes ennemies. Un espion, dans ces cas-là, savait à quoi s'attendre. Mais s'il avait dû être fusillé alors, au moins serait-il mort honorablement, en ayant combattu pour sa patrie. En revanche, il n'y avait rien d'honorable à finir pendu pour un meurtre qu'on n'avait pas commis.

En Espagne, il avait été sauvé *in extremis* par la cavalerie. Mais où se trouvait cette bon sang de cavalerie, aujourd'hui ?

Richard tenta de s'asseoir sur son grabat, ce qui lui tira une grimace de douleur. Sa blessure le faisait toujours souffrir, même si elle était en partie cicatrisée.

Newgate n'était pas l'endroit idéal pour un convalescent. L'hygiène et les conditions sanitaires y étaient pour le moins rudimentaires. Du reste, ni les gardiens ni la direction n'étaient disposés à faire le moindre effort pour un prisonnier de toute façon condamné à disparaître. Mais Richard n'était pas encore disposé à mourir. Dès qu'il serait sorti d'ici, il traquerait les véritables assassins de Lucy et laverait son honneur.

Il ne pouvait repenser à la jeune femme sans que la colère le saisisse. À force de retourner la question dans sa tête, il avait fini par se dire que Lucy avait dû tremper dans le complot contre lui. Probablement sans même se rendre compte de ce qu'elle faisait. Elle n'avait été qu'un pion entre les mains de ses ennemis. Mais Richard s'en voulait aussi d'avoir fait preuve de faiblesse.

Avec le recul, il se maudissait de son incroyable stupidité. Il avait fait confiance à Lucy, alors même qu'il savait que ses vrais amis – ceux qui ne le trahiraient jamais – se comptaient sur les doigts d'une seule main. Il y avait Jack Harper, Hugh Templar et sa femme, Abbie. Et aussi Jason Radley. Pour les protéger, il leur avait interdit d'assister à son procès et de lui rendre visite en prison. Il avait donné la même consigne à ses parents. Depuis le début, il savait qu'il aurait droit à une parodie de procès et qu'il serait condamné. Mais il n'avait pas l'intention d'accepter passivement son sort. Or, s'il réussissait à s'échapper, toute personne proche de lui serait immédiatement soupçonnée.

Morgan, l'un des chefs des services secrets, était venu lui faire ses adieux, ce matin même, dans sa cellule.

— Je sais que tu es innocent, avait-il déclaré, l'air sombre. Et que tu es victime d'un complot. J'aimerais t'aider, Richard. Indique-moi dans quelle direction chercher les traîtres.

Richard appréciait Morgan. Comme lui, et contrairement à beaucoup de leurs collègues, il n'avait pas grimpé les échelons en s'appuyant sur ses relations haut placées. Sa réussite, il ne la devait qu'à son travail et à son intelligence. Il y avait malgré tout une différence majeure entre eux : Morgan respectait le règlement.

Cependant, Richard avait préféré ne pas le mettre dans la confidence. Après tout, il n'était pas certain de sa loyauté. Si ce dernier travaillait avec ses ennemis, son offre n'était alors qu'un piège pour tenter de découvrir ce que savait exactement Richard, et effacer les traces de leur forfait.

Les traces ? Cette idée le faisait rire. Ses agresseurs s'étaient littéralement volatilisés, si bien que Richard n'avait aucune idée de l'endroit où les chercher. Le complot avait été ourdi de main de maître, et il ignorait toujours qui se trouvait derrière.

Ce n'était pourtant pas faute d'avoir retourné la question dans sa tête, ni de manquer de suspects. À vrai dire, il y en avait trop.

Soudain, Richard entendit la clé tourner dans la serrure. L'instant d'après, la lourde porte en chêne de sa cellule s'ouvrait sur un gardien en uniforme, que Richard reconnut sans peine à ses épais sourcils broussailleux.

— Jack ! s'exclama-t-il. Tu en as mis du temps !

L'autre sourit.

— J'attendais que le temps se lève. Allez, secoue-toi. On n'a pas toute la journée.

Le sergent Jack Harper était l'une des rares personnes en qui Richard avait une totale confiance. Ils se connaissaient depuis longtemps, et éprouvaient un profond respect l'un pour l'autre. Tous deux avaient servi en Espagne comme espions de Sa Majesté. Ils étaient amis. En privé, ils se parlaient librement, et si Richard était le supérieur hiérarchique de Harper, celui-ci ne se gênait pas, à l'occasion, pour lui dire ses quatre vérités.

Harper jeta un coup d'œil dans le couloir, pour s'assurer que personne ne venait, avant d'entrer dans la cellule, une clé à la main.

— Tends-moi tes chaînes, que je les déverrouille. Mais ne les retire pas tant qu'on est encore ici.

Maintenant que le moment de s'évader était arrivé, Richard se sentit un regain d'énergie. La douleur dans sa poitrine avait disparu comme par miracle, et il avait l'esprit clair.

Tandis que son ami déverrouillait les chaînes qui l'entravaient aux bras et aux jambes, Richard récapitula mentalement les étapes de leur plan.

Harper était vraiment gardien à Newgate. Il s'était fait embaucher, grâce à quelques complicités dans l'administration, avant même que Richard ne soit reconnu coupable et incarcéré. Harper était d'une nature pessimiste, mais quelquefois, cela avait du bon : en l'occurrence, il avait eu raison de s'attendre au pire.

Dès que Richard serait libéré de ses chaînes, il se déguiserait à son tour en gardien – un uniforme et un pistolet chargé l'attendaient dans les toilettes situées au bout du couloir. Puis les deux hommes gagneraient la cour intérieure et se mêleraient aux autres gardiens. Ensuite, au moment de la relève, ils rejoindraient tranquillement la loge des gardiens, à côté du bureau du directeur, et il ne leur resterait plus qu'à franchir la dernière porte qui les séparait de la liberté.

Ils comptaient sur l'effervescence qui régnerait pour s'introduire chez le directeur. Là, ils prendraient ce dernier en otage et obligeraient les geôliers à leur ouvrir la porte.

Le seul vrai danger, c'était que quelqu'un reconnaisse Richard. C'est pourquoi, sur les conseils de Harper, celui-ci avait refusé les services du barbier ces deux derniers jours. Et Newgate, il fallait pour une fois s'en féliciter, était aussi sombre et sinistre qu'un tunnel la nuit.

— Prêt ? demanda Harper.

— Prêt, répondit Richard.

Quand Rosamund redescendit dans la salle à manger, une demi-heure plus tard, elle trouva Charles Tracey engagé dans une conversation animée avec Callie et la tante Franie. Elle en conclut que quelque chose n'allait pas. Charles n'était-il pas supposé les rejoindre à Newgate ?

Le beau-frère de Callie avait la trentaine. Il était grand, plutôt bel homme, avec des cheveux blonds qui commençaient à se dégarnir au niveau des tempes. Mais Rosamund ne l'appréciait que modérément, car elle trouvait lassantes ses récriminations constantes à propos de tout et de rien. En fait, la seule personne qui trouvait vraiment grâce aux yeux de Charles, c'était Callie. Il adorait littéralement sa belle-sœur.

Pour l'heure, il exprimait ses inquiétudes au sujet de cette expédition à Newgate.

— Ça peut très mal tourner, déclara-t-il.

— Mais non, répliqua Callie, tout est arrangé. Je ne vais pas laisser ce genre de broutilles m'arrêter.

— Quelles broutilles ? demanda Rosamund en pénétrant dans la pièce.

Sa question fut accueillie par un silence surpris. Visiblement, personne ne s'attendait à la voir.

Charles reprit le premier ses esprits.

— Lady Rosamund ! s'exclama-t-il. Vous n'êtes quand même pas de l'expédition ?

— Je pensais que tu ne voulais pas venir, fit Callie.

Rosamund salua d'abord Charles.

— Comment allez-vous, Charles ? Cela me fait plaisir de vous voir, l'assura-t-elle, puis, se tournant vers Callie, elle ajouta : Je ne me souviens pas de t'avoir dit que je ne viendrais pas. Mais si l'expédition est annulée, je n'en ferai pas un drame.

— L'expédition n'est pas annulée, rétorqua Callie. Ce n'est quand même pas la foule qui va me dicter ma conduite.

Rosamund interrogea Charles du regard.

— La foule ?

Il hocha la tête.

— Il y a carrément une émeute, lady Rosamund. La milice a été appelée pour disperser les centaines de personnes qui se sont assemblées devant le palais du prince-régent. Quand ils ont appris qu'il ne recevrait pas leur porte-parole, ils se sont énervés et ont commencé à jeter des pierres sur la façade.

— Que réclament-ils ?

Charles haussa les épaules.

— Du travail, une baisse des impôts, de meilleurs salaires…

— Le palais du régent se trouve à l'opposé de Newgate, fit valoir Callie.

Tante Franie, qui fourrageait dans le panier suspendu à son bras, releva soudain la tête.

— Newgate… répéta-t-elle. Je me souviens des émeutes de 1780. La foule avait marché sur Newgate et libéré tous les prisonniers.

— C'était il y a presque quarante ans, objecta Callie. Aujourd'hui, les autorités savent beaucoup mieux contenir les foules.

— Tante Franie a eu raison de rappeler cet épisode, la contra Charles. Je doute fort qu'aucun cocher accepte de nous conduire jusqu'à Newgate aujourd'hui.

— Zut ! laissa échapper Callie, désappointée, mais presque aussitôt, son visage s'éclaira : Eh bien, dans ce cas, nous prendrons l'attelage de Rosamund. Avec cette armée de domestiques pour nous protéger, les émeutiers y réfléchiront à deux fois avant de s'en prendre à nous.

Charles perdit patience.

— Les émeutiers ne réfléchissent pas. Ils lancent d'abord des pierres et discutent ensuite.

Rosamund, qui dans un premier temps s'était sentie toute disposée à offrir sa voiture, commençait à nourrir de sérieux doutes. Elle préférait ne pas songer à la tête que ferait son père si elle lui ramenait son précieux attelage en piteux état.

— Nous pourrions prendre votre attelage, suggéra-t-elle, et emmener mes postillons.

Callie secoua la tête.

— Notre voiture est en réparation. Je ne te l'avais pas dit ?

Tante Franie fronça les sourcils.

— Callie, dois-je comprendre que tu t'obstines à vouloir te rendre là-bas ?

— Oui, confirma sa nièce. Charles, cela t'ennuierait-il de commander l'attelage de Rosamund. Et cesse de t'inquiéter. C'est une véritable forteresse ambulante. Il ne nous arrivera rien.

Comme Charles s'apprêtait à sortir, Franie voulut le retenir.

— Ne pourrions-nous pas reporter… Non, bien sûr, je suis idiote. Demain, il sera trop tard.

Rosamund nota que tante Franie ne semblait pas plus pressée qu'elle d'aller rendre visite à Richard Maitland. Mais si, dans son cas, il s'agissait d'un défi qu'elle s'était lancé à elle-même, elle ne comprenait en revanche pas pourquoi la vieille dame aurait dû se forcer à aller là-bas.

— Ça va, madame Tracey ? s'enquit-elle. Je vous trouve très pâle.

La vieille dame saisit la balle au bond, comme si elle n'attendait que cela.

— Oh, ce temps humide me ronge les os ! Je n'ai pas fermé l'œil de la nuit.

Callie soupira.

— Pourquoi ne retournes-tu pas te coucher, ma tante ? Rosamund et moi nous servirons mutuellement de chaperon.

La vieille dame ne se le fit pas dire deux fois. Elle posa son panier, empoigna ses jupes et courut presque jusqu'à l'escalier.

Après son départ, Callie se tourna vers Rosamund :

— Eh bien, nous allons encore nous retrouver toutes les deux, comme dans le bon vieux temps.

Et comme dans le bon vieux temps, Rosamund avait, une fois encore, mordu à l'hameçon tendu par son amie.

Sur l'insistance de Rosamund, ils abandonnèrent la voiture et les postillons dans la cour d'une auberge proche de la prison. Ainsi, l'attelage serait en lieu sûr pendant qu'ils rendraient visite au condamné. Callie avait d'autant plus de mal à comprendre cette précaution que les rues étaient absolument désertes.

— Elles sont désertes parce que les gens se sont barricadés chez eux, lui expliqua Charles. Et nous aurions dû en faire autant.

— Pas un mot de l'émeute au directeur de Newgate, le mit en garde sa belle-sœur. Il risquerait de décider d'annuler notre visite.

Ils pénétrèrent dans la prison par une porte privée qui menait directement dans le bureau du directeur, M. Proudie. Prévenu de leur arrivée, celui-ci les attendait. Il semblait ravi de recevoir des hôtes de marque dans son établissement.

— Lady Rosamund! s'exclama-t-il, après que les présentations eurent été faites. La fille du duc de Romsey! Quel honneur, vraiment! Mais Newgate, si je puis me permettre cette remarque, semble de plus en plus couru par l'aristocratie. Vous seriez étonnés de connaître le nom de certaines personnes incarcérées ici.

Rosamund hocha la tête d'un air entendu.

— Le crime n'est pas l'apanage des pauvres.

Le directeur la fixa, médusé, et Callie s'empressa d'intervenir :

— Comment va le colonel Maitland? Reçoit-il beaucoup de visites?

M. Proudie secoua la tête.

— Non. Ce n'est qu'un meurtrier ordinaire, vous savez. S'il s'appelait Robin des Bois, les gens feraient la queue pour le voir... Bien, si vous voulez me suivre.

Ils lui emboîtèrent le pas le long d'un couloir dépourvu de fenêtres. Rosamund resserra son châle sur ses épaules en frissonnant. Les murs suaient l'angoisse, et l'odeur était nauséabonde, comme si les prisonniers et leurs geôliers respiraient le même air depuis la nuit des temps. Chaque fois qu'elle entendait une porte se refermer derrière elle, un nouveau frisson la secouait. Elle venait à peine d'entrer dans cette prison qu'elle avait déjà envie d'en ressortir.

Le corridor débouchait dans une cour ouverte à l'air libre, mais les murs en étaient si hauts que le soleil ne devait jamais y pénétrer. Quelques hommes et femmes en civil, des visiteurs sans nul doute, conversaient avec des prisonniers. Au pied des murs, des bancs de pierre avaient été scellés à même le sol. C'est vers l'un d'eux que les conduisit le directeur.

— Nous n'allons pas voir le colonel Maitland dans sa cellule ? s'étonna Rosamund.

— Non, lady Rosamund, répondit le directeur, amusé. Ce ne serait pas convenable pour des dames.

Et, désignant les gardiens en uniforme postés à intervalles réguliers le long des murs, il ajouta :

— Vous serez plus en sécurité ici. La plupart de mes gardiens sont d'anciens soldats. Ils savent se servir de leur arme.

Sur ces mots, il demanda au gardien le plus proche de l'escorter jusqu'à la cellule du prisonnier Maitland.

Tandis que les deux hommes disparaissaient dans l'escalier, Callie se laissa tomber sur l'un des bancs. Charles posa en marmonnant le panier qu'ils avaient apporté pour le prisonnier. Quant à Rosamund, elle inspecta la cour du regard.

Son attention se porta sur les gardiens. Ils lui faisaient davantage l'effet de brigands que de soldats. Leurs uniformes étaient chiffonnés, leurs tricornes posés de travers. Ils conversaient tranquillement entre eux. Rosamund savait ce qu'était un soldat, et ceux-ci ne lui donnaient pas l'impression d'être très disciplinés.

Deux gardiens, en particulier, intriguaient la jeune femme. Le plus âgé avait un visage un peu inquiétant, avec ses gros sourcils broussailleux. Quant au plus jeune… il possédait indéniablement ce que son père avait coutume d'appeler une « présence physique ». Ce n'était pas qu'il fût spécialement beau, ou grand, mais il se dégageait de sa personne une aura de virilité qui le rendait presque intimidant. Il affichait cette nonchalance vigilante du prédateur qui se prépare à fondre sur sa proie.

À un moment, il tourna la tête et leurs regards se croisèrent. Rosamund en frissonna. Elle avait compris, à l'éclat glacial de ses prunelles, qu'il l'avait jugée en un éclair et qu'il la méprisait déjà, sans même la connaître.

Elle détourna les yeux et dit quelques mots sans intérêt à Charles. Cependant, elle avait du mal à effacer de son esprit l'expression de cet inconnu, qui n'avait rien fait pour masquer le dédain qu'elle lui inspirait. Et après tout, cela n'avait rien d'étonnant. Callie et elle portaient des toilettes fort élégantes. Un œil non exercé pouvait prendre la fourrure bordant le col de Callie pour de l'hermine, et les brillants ornant les boucles de souliers de Rosamund pour de vrais joyaux. Si elle avait su plus tôt qu'elle se rendait à Newgate, Rosamund se serait vêtue plus modestement.

Ce gardien devait les prendre pour deux petites aristocrates qui s'ennuyaient et étaient venues à Newgate pour mettre un peu de piment dans leur existence oisive. Jamais il n'aurait imaginé qu'elles étaient là par charité. Rosamund non plus, du reste.

Pour tout dire, elle commençait sérieusement à se demander ce qu'elle faisait dans cet endroit.

Richard se posait exactement la même question. Que diable faisait-elle là ? Cette aristocrate arrogante, venue tromper son ennui à Newgate, menaçait de ruiner son plan d'évasion. À cause d'elle, le directeur était en route pour sa cellule, et d'un instant à l'autre il allait donner l'alerte. Tout cela par la faute de Rosamund Devere.

Parce qu'il l'avait reconnue, bien sûr. « La belle indifférente », comme on l'avait surnommée à Madrid. Pas distante – lady Rosamund ne répugnait pas à parler aux personnes de rang inférieur –, juste indifférente. Il avait autrefois admiré sa beauté avant de découvrir que derrière ces traits bien dessinés et ces yeux gris se dissimulait une vanité démesurée.

Richard ne comprenait absolument pas la raison de sa visite. Cela ne rimait à rien, puisqu'ils ne s'étaient jamais rencontrés. À Madrid, les simples soldats – à cette époque, il n'était encore que lieutenant – n'étaient pas jugés dignes de baiser l'ourlet de sa robe. S'il s'y était risqué, Richard était persuadé qu'elle lui aurait décoché l'un de ses pieds richement chaussés en pleine figure.

C'est pourquoi la présence de lady Rosamund en ces lieux ne lui inspirait rien de bon.

Harper partageait son avis.

— Qu'allons-nous faire ? murmura-t-il avec impatience.

— Attendre, répliqua Richard.

— Attendre quoi ?

— Que Proudie donne l'alerte.

— Et ensuite ?

— Nous profiterons de la confusion pour prendre un otage et nous en servir pour sortir d'ici.

Harper se tourna vers lui. Il avait compris.

— Quand même pas la fille du duc ? Pas lady Rosamund ?

— Tu vois quelqu'un d'autre ?

— Elle est presque aussi grande que toi. Prenons plutôt l'autre. Elle sera plus facile à maîtriser. On dirait une poupée de porcelaine.

— Certes, mais ce n'est pas la fille d'un duc, rétorqua Richard. Son port de tête n'a rien d'altier. Et puis…

Il esquissa un sourire.

— Et puis ?

— J'ai toujours rêvé de poser les mains sur lady Rosamund. Je n'aurai sans doute pas d'autre occasion. Écoute ! Je crois que les ennuis commencent. Du calme, Harper ! Ne bouge pas avant mon signal.

Le gardien qui avait escorté le directeur venait de dévaler l'escalier.

— Fermez les portes ! s'écria-t-il, haletant. Fermez les portes ! répéta-t-il, plus fort. Que personne ne sorte ! Maitland s'est échappé de sa cellule !

Aussitôt, les autres gardiens dégainèrent leurs pistolets et les pointèrent vers le groupe de prisonniers et de visiteurs qui se trouvaient dans la cour, suscitant un vacarme de cris et d'exclamations. La stupeur était totale. Rosamund n'en croyait pas ses oreilles : Maitland s'était échappé !

Et soudain, elle *sut* pourquoi le regard dédaigneux du gardien lui avait semblé si intimidant.

Callie s'était levée.

— Il n'a pas pu aller bien loin, déclara-t-elle. On ne s'évade pas de Newgate comme cela. Qu'y a-t-il, Rosamund ? Que regardes-tu ?

Rosamund recula d'un pas, puis de deux. Richard Maitland – elle était sûre que c'était lui – fondait sur elle, un pistolet à la main. La jeune femme voulut crier, mais sa gorge était comme paralysée. Elle sentit que plus rien ne pouvait retenir le prédateur, maintenant qu'il avait repéré sa proie.

Puis tout se précipita.

Rosamund recula encore d'un pas, mais elle buta contre le panier posé sur le sol et bascula à la renverse, son crâne heurtant les pavés. Au même instant, un coup de feu partit. Il y eut des cris, puis Richard Maitland se jeta sur la jeune femme.

— Si vous me résistez, je vous tue, siffla-t-il d'une voix dure. Compris ?

Même si elle l'avait voulu, Rosamund n'aurait pu lui résister. Maitland l'écrasait de tout son poids et elle pouvait à peine respirer. En outre, sa chute l'avait quelque peu sonnée. Voyant du sang sur ses doigts gantés, elle s'alarma.

— Je crois que je suis blessée, dit-elle faiblement.

— Par là ! Par là ! cria soudain Harper en désignant l'escalier. Il s'échappe ! Et il y en a un autre !

À ces mots, la panique devint générale. La moitié des gardiens se précipita dans l'escalier, tandis que les autres entreprenaient de rassembler les prisonniers et leurs visiteurs dans un coin de la cour, pour les protéger des coups de feu.

Richard se releva.

— La fille du duc a été blessée ! cria-t-il par-dessus la mêlée.

Callie cria quelque chose, mais sa voix ne portait pas. Rosamund se redressa et chercha Charles du regard. Il se trouvait à l'autre bout de la cour, avec le reste des visiteurs et des prisonniers, les mains en l'air. Au même instant, le faux gardien aux sourcils broussailleux pointa son pistolet dans les côtes de Callie. Ce qu'il lui dit dut lui faire une forte impression, car elle se tut sur-le-champ et se laissa choir sur un banc, l'air pétrifié.

Rosamund laissa échapper un cri quand Maitland la tira par le bras pour la forcer à se relever. Elle ne chercha pas à lui opposer la moindre résistance. Il avait une poigne d'acier.

— Si vous dites un mot, lui chuchota-t-il à l'oreille, l'un de mes camarades abattra votre amie. Et j'en ferai autant avec vous. C'est compris ?

L'un de ses camarades ? Mon Dieu, mais combien étaient-ils ?

— Vous m'avez entendu ? Si vous parlez, je vous tue.

Rosamund hocha la tête. Elle le croyait. Maitland avait une tête d'assassin – ses lèvres avaient un pli cruel et son regard était dur comme le silex. Il n'hésiterait certainement pas à les tuer, Callie et elle, car il n'avait plus rien à perdre.

Sans prévenir, il souleva Rosamund dans ses bras, tandis que son comparse s'écriait :

— Livrez passage à lady Devere ! Elle est blessée ! Il faut l'évacuer.

Rosamund était encore un peu groggy, mais elle était certaine de ne pas être blessée. La jeune femme avait compris ce que Maitland avait en tête : il allait se servir d'elle comme otage pour s'évader.

« Ne panique pas ! Ne panique pas ! » se répéta-t-elle. L'épreuve serait bientôt terminée. Une fois dehors, Maitland n'aurait plus besoin d'elle et la relâcherait. Ce n'était qu'une question de minutes.

Du reste, peut-être n'arriverait-il même pas à sortir de la prison. Les gardiens refuseraient de le laisser passer. Mieux encore : l'un d'eux le reconnaîtrait et il serait aussitôt reconduit dans sa cellule.

Dans ce cas, et malgré son aversion pour les exécutions capitales, Rosamund se ferait un plaisir de revenir à Newgate le lendemain pour le voir pendre.

Cependant, pour l'instant, son plan semblait fonctionner. Rosamund était médusée de voir avec quelle facilité les gardiens leur laissaient le passage. Personne ne semblait reconnaître Maitland, sans doute parce qu'il la tenait suffisamment haut contre sa poitrine et gardait constamment la tête baissée. C'était son complice qui se chargeait de parler.

Avant d'atteindre le bureau du directeur, ses ravisseurs tinrent conférence. Maitland prétendait qu'on ne les laisserait pas sortir au seul prétexte que lady Devere était blessée. On ferait appeler le médecin de la prison. Il fallait donc changer de stratégie. Ils raconteraient que la fille du duc de Romsey s'était évanouie et que le directeur leur avait ordonné de la reconduire à son attelage.

— Où se trouve votre voiture ? demanda sèchement Maitland.

Rosamund comprit qu'il était inutile de mentir. Elle leur donna le nom de l'auberge.

Suivant leur nouveau plan, les deux hommes réussirent sans encombre à se faire ouvrir la dernière porte qui les séparait de l'extérieur.

Une fois dans la rue, Maitland parut tituber sous le poids de son fardeau. Rosamund n'en fut pas surprise. Quoi qu'elle n'eut pas un gramme de graisse, elle était plus grande que la plupart des femmes. S'il n'avait pas voulu se charger, il aurait mieux fait de choisir Callie.

— J'aurais dû prendre l'autre, bougonna-t-il, comme en écho à ses propres pensées, tandis qu'il la reposait brutalement sur le sol. Celle-là n'est pas un poids plume !

Quel goujat ! Rosamund ravala cependant sa fureur. Mieux valait ne pas provoquer ce brigand. Il était trop dangereux.

— Qu'est-ce que c'est que ça ? demanda-t-il soudain.

Tous trois tendirent l'oreille. Un grondement sourd leur parvint, tel un lointain roulement de tonnerre, ou le martèlement de la cavalerie.

— Les émeutiers, expliqua Rosamund, soulagée. Ils se dirigent vers la prison. Je vous conseille de vous enfuir au plus vite, messieurs. Au revoir, colonel Maitland. J'aurai peut-être l'occasion de vous revoir un jour.

« Au bout d'une corde », espéra-t-elle silencieuse-ment.

Il secoua la tête.

— Vous n'irez nulle part tant que je n'aurai pas découvert pourquoi vous avez essayé de me faire abattre, tout à l'heure, à Newgate, rétorqua-t-il.

Elle le fixa, bouche bée.

— Vous avez perdu l'esprit ! Un coup a dû partir dans la panique, c'est tout !

Il la saisit sans douceur par le poignet.

— Vous avouerez la vérité, dussé-je vous briser les os un à un, répliqua-t-il, puis, se tournant vers son complice, il ajouta : Où sont les chevaux ?

— Derrière l'église.

Entraînant Rosamund derrière lui, Maitland s'élança en direction de l'église du Saint-Sépulcre. Une ou deux fois, elle trébucha, mais il la retint à temps pour l'empêcher de tomber.

Elle sentait monter en elle une colère noire. Le genre de rage qui vous fait oublier votre peur. Elle avait joué son rôle sans broncher, et voilà sa récompense ! Sans sa complicité passive, Maitland n'aurait jamais pu sortir de Newgate. Mais si cela continuait, elle risquait d'être sa première victime.

Tout à coup, une véritable marée humaine surgit au bout de la rue, et elle sut ce qu'il lui restait à faire. Avec l'énergie du désespoir, elle assena un coup dans le dos de Maitland. Surpris, il lâcha le poignet de Rosamund, qui se rua vers les émeutiers, comme s'il s'agissait de la cavalerie venue à sa rescousse.

— Bon sang, grommela Harper, ils vont nous couper la route ! Nous ne pourrons jamais atteindre les chevaux.

Maitland jeta un coup d'œil par-dessus son épaule.

— Impossible de rebrousser chemin.

En effet, les gardiens de la prison s'étaient lancés à leurs trousses.

— Regarde la fille ! s'exclama Harper. Où va-t-elle ?

Rosamund venait brusquement d'obliquer à droite, dans une petite ruelle qui longeait la cour d'assises.

— Où a-t-elle dit qu'était sa voiture ? demanda Richard.

— À l'auberge du Lion d'or.

Les deux hommes s'échangèrent un regard, avant de se précipiter à la poursuite de Rosamund.

3

Rosamund courait pour sauver sa vie. La cour d'assises se trouvait droit devant elle. Elle en fit son objectif. Il y aurait là-bas des juges, des avocats ou des policiers pour la protéger. Elle leur raconterait ce qui s'était passé à Newgate.

Maitland était dangereux. Ce n'était pas seulement un assassin, c'était un fou. Il voyait des conspirateurs partout. On ne pouvait pas raisonner avec ce genre de personne.

La jeune femme s'immobilisa devant la première porte qu'elle trouva. Elle était verrouillée. Elle tambourina contre le battant, mais n'obtint pas de réponse. Sa respiration était si haletante que ses cris pour appeler à l'aide se réduisaient à de pathétiques miaulements.

Rosamund regarda derrière elle. La foule se dirigeait droit sur Newgate. Et ses ravisseurs n'étaient plus en vue. Mais le danger n'était pas écarté pour autant. Maitland n'était pas homme à renoncer si vite.

La jeune femme rassembla ses jupes et repartit au pas de course. Tout à coup, telle une rivière en furie, une autre vague d'émeutiers surgit dans la rue, droit devant elle. Le vacarme de leurs souliers sur les pavés et leurs traits déformés par la rage la glacèrent d'effroi.

Une autre porte se présenta à elle. Elle frappa de nouveau, et, cette fois, quelqu'un l'interpella de la fenêtre située juste au-dessus du porche. Mais ce quelqu'un brandissait un pistolet.

— Aidez-moi, supplia la jeune femme. Je suis lady Rosamund Devere et…

Voyant que l'homme armait son pistolet, Rosamund laissa échapper un cri et se plaqua contre le mur. À mesure qu'ils avançaient, les émeutiers lançaient des pierres contre les maisons. D'autres hommes armés apparurent à toutes les fenêtres de la cour d'assises. Ils tirèrent quelques coups de feu au-dessus des têtes des émeutiers, en guise d'avertissement. Loin de les effrayer, ces menaces ne firent qu'accroître leur fureur.

Dos au mur, Rosamund tremblait de la tête aux pieds ; elle ne savait plus où aller. Comble de malchance, deux silhouettes hélas familières surgirent à l'autre bout de la rue. Richard Maitland et son complice.

La panique la submergea. Ce n'était pas possible ! Cela ne pouvait pas lui arriver à *elle* qui n'avait jamais fait deux pas dans Londres sans être escortée par trois valets chargés de s'assurer que personne ne la regardait de travers.

Et pourtant, voilà qu'elle se retrouvait sans la moindre protection, prise entre deux feux : d'un côté, un fou meurtrier et son complice, de l'autre, une populace en rébellion. Il fallait choisir un parti. Maitland ou les émeutiers.

Elle choisit les émeutiers.

Dès qu'elle eut pris sa décision, son cerveau recommença à fonctionner normalement. Juste derrière les émeutiers se trouvait Fleet Lane, la rue où elle avait laissé son attelage. Avec ses postillons et ses laquais. Ils n'hésiteraient pas à tirer sur Maitland s'il se risquait à la toucher. L'essentiel était d'arriver à traverser cette foule. Après, elle serait hors d'atteinte.

Ses agresseurs toujours sur les talons, la jeune femme affronta vaillamment la marée humaine qui déferlait sur elle, jouant sans ménagement des coudes pour se frayer un chemin. À un moment, cependant, elle risqua un regard en arrière.

Ses poursuivants gagnaient du terrain.

Rosamund plongea en avant, quand, tout à coup, deux bras puissants la saisirent.

— Alors, ma petite dame, on prend le mauvais sens ?

C'était bien la première fois que Rosamund se faisait traiter de petite dame. Il est vrai qu'en comparaison de la force de la nature qui se dressait devant elle, elle se faisait presque l'effet d'une miniature.

— Vous êtes blessée, ajouta-t-il en désignant une petite coupure au bras de Rosamund, que celle-ci n'avait même pas remarquée. Qui vous a fait ça, ma petite dame ?

Rosamund tourna instinctivement la tête. Maitland était si proche, à présent, qu'elle pouvait voir les petites rides aux coins de ses yeux bleus. Il était difficile d'imaginer que cet homme puisse sourire tant ses traits étaient durs et figés.

Il portait toujours son déguisement de gardien. Rosamund décida d'en profiter. Mieux valait un gros mensonge, que de tenter d'expliquer au géant qui elle était et qui était Maitland. Du reste, s'il apprenait qu'elle était fille de duc, il serait sans doute moins enclin à prendre sa défense.

— C'est cet homme qui me poursuit, gémit-elle. C'est un milicien. Il veut me conduire à Newgate.

Ses paroles produisirent l'effet escompté.

— Un milicien ? rugit le géant. Où ça ?

Rosamund lui désigna Maitland d'un doigt tremblant.

Le géant la contourna et fonça droit sur Maitland, les poings serrés. Rosamund s'autorisa un soupir de soulagement. Et d'un ! Elle chercha du regard son complice, en vain. Priant le ciel pour que son uniforme lui ait fait subir le même sort, elle tourna les talons et se dirigea vers l'auberge.

Quand elle arriva enfin à bon port, ses jambes ne la portaient plus que difficilement. Dans la mêlée, elle avait perdu son chapeau, son châle et une de ses chaussures. Sans oublier son réticule, tombé dans la cour de la prison. Mais cela n'avait pas d'importance. Rosamund n'avait qu'une idée en tête, monter dans sa voiture et filer avant que ne survienne une autre catastrophe.

La cour de l'auberge était remplie d'une foule de buveurs qui débordaient de la salle. Des émeutiers, d'après leurs conversations. Mais ceux-là avaient voulu prendre le temps de savourer une bière avant de repartir à l'attaque. Ils étaient beaucoup plus calmes et sereins que ceux qu'elle avait dû affronter dans la rue. Pour un peu, elle se serait crue à une garden-party.

Cependant, une mauvaise surprise l'attendait. Son attelage était toujours là, mais ses gens avaient disparu. Seul un garçon d'écurie se tenait à côté du véhicule, tenant les rênes des chevaux. En fait, elle avait prévenu ses gens qu'elle serait absente au moins une heure, mais elle était revenue plus tôt que prévu. Ses domestiques avaient dû profiter de son absence pour aller boire un verre à l'auberge, se dit-elle.

Rosamund réussit tant bien que mal à rejoindre le gamin.

— Allez me chercher mes postillons, lui ordonna-t-elle.

Le gamin parcourut du regard la tenue débraillée de la jeune femme et renifla dédaigneusement.

— *Vos* postillons? Revenez me voir quand vous aurez dessoûlé.

Rosamund voulut le remettre à sa place d'une phrase bien sentie, mais comme le gamin reniflait à nouveau avec mépris elle l'attrapa au collet et le souleva de terre. Ce n'était pas difficile, elle était beaucoup plus grande que lui.

— Va tout de suite me chercher mes gens, lui intima-t-elle, retrouvant instinctivement les inflexions de son père lorsqu'il donnait un ordre, sinon je t'envoie croupir au fond d'un cachot.

Elle vit avec satisfaction que la menace avait porté ses fruits. Le gamin roulait des yeux effarés, et à peine l'eut-elle reposé sur le pavé qu'il se précipita ventre à terre à l'intérieur de l'auberge. Tandis qu'elle se chargeait de retenir les chevaux en son absence, elle songea qu'elle n'avait encore jamais parlé à quiconque sur ce ton, et certainement pas à quelqu'un qui n'était pas en mesure de lui répondre. Jusqu'à présent, elle avait toujours cru posséder une inépuisable réserve de patience. Et voilà qu'en moins d'une heure, elle avait changé du tout au tout. Elle se jura de ne plus jamais reprocher à son père de prendre autant de précautions pour assurer sa protection.

Maintenant qu'elle se sentait en sécurité, avec ses gens à proximité, sa colère contre Maitland retomba quelque peu. Elle lui en voulait toujours, certes, mais elle ne souhaitait plus le voir pendu. Un simple bannissement dans les colonies constituerait un châtiment suffisant.

Elle fut tirée de ses pensées par des cris.

— Écoutez! Écoutez les détonations!

Tout le monde se figea. Presque au même instant retentit le bruit caractéristique d'une fusillade. Le mot « milice » courut sur toutes les lèvres. Ce ne fut pas la panique, mais les réjouissances étaient terminées; en quelques secondes, la cour se vida de ses occupants.

C'est alors que Rosamund aperçut Maitland. Perché sur une branche d'un des marronniers de la cour, il buvait tranquillement une pinte de bière. Il portait toujours son uniforme de gardien, mais il en avait arraché tous les insignes, si bien qu'on aurait pu le prendre pour un émeutier. Et il semblait en pleine forme. Ni œil poché, ni nez cassé, ni la moindre blessure apparente. De toute évidence, le géant n'était qu'un fanfaron. Un instant, Rosamund eut l'espoir que Maitland la prendrait pour une émeutière, vu sa tenue débraillée, mais elle y renonça en le voyant lever sa pinte dans sa direction en manière de salut ironique.

La situation était délicate, mais pas désespérée. Son cocher gardait toujours un pistolet sous son siège. Et grâce à son père, Rosamund avait appris à tirer. Elle plongea dans la voiture, s'empara de l'arme et s'accroupit devant la fenêtre. Dans l'intervalle, comme c'était hélas prévisible, Maitland avait disparu. Tête baissée, Rosamund s'approcha de l'autre portière, pour essayer de le repérer. C'est à cet instant qu'il fondit sur elle par-derrière. Elle se retourna vivement, et, contrairement aux instructions de son père, visa l'épaule de son agresseur plutôt que son cœur. Elle était tout simplement incapable de tuer. Il fut plus rapide qu'elle. Alors qu'elle s'apprêtait à tirer, il dévia le canon de l'arme d'un coup de pied. La balle partit se perdre dans les arbres, tandis que le pistolet échappait des mains de la jeune femme. Puis Maitland se jeta sur elle, et, une fois de plus, la plaqua au sol. Les chevaux, effrayés par la détonation, se cabrèrent.

— Harper! rugit Maitland.

Harper! Son garde du corps. Elle avait entendu parler de lui par les journaux. Rosamund voulut crier, mais Maitland lui écrasait la poitrine si bien qu'elle pouvait à peine respirer.

— C'est bon, je les tiens! répondit Harper.

Elle comprit qu'il avait réussi à s'emparer des rênes. Elle sentit soudain le froid canon d'un pistolet sur sa tempe.

— Restez allongée, sinon je vous éclate la cervelle, fit Maitland entre ses dents.

Comme la jeune femme ne répondait pas, il s'impatienta :

— Vous m'avez entendu ?

Rosamund hocha vigoureusement la tête.

Finalement, il se redressa et elle put respirer à nouveau. Mais cela ne dura pas. Il s'installa sur la banquette et posa le pied sur la poitrine de Rosamund.

Qu'avait-il en tête ?

— Vas-y! ordonna-t-il soudain à son complice.

Rosamund entendit un fouet claquer et, au même instant, l'attelage s'ébranla.

Ils n'iraient pas loin, se rassura-t-elle. Les chevaux de son père étaient notoirement difficiles à conduire. Seule une main exercée pouvait se faire obéir d'eux. Ce Harper n'avait aucune chance de les maîtriser. Les chevaux se cabreraient, la voiture verserait et l'évasion de Maitland s'achèverait sur un trottoir.

Et à supposer qu'ils n'aient pas d'accident, ils tomberaient forcément sur les émeutiers ou la milice. Il suffisait d'attendre.

D'où elle était la jeune femme ne voyait rien, mais elle entendit des cris et des jurons lorsque la voiture quitta la cour de l'auberge. Puis les chevaux s'engagèrent sur les pavés et elle dut subir les cahots de la route. Mais du moins, Maitland ne pointait-il plus son arme sur sa tempe. Son propre pistolet devait se trouver quelque part sous la banquette, mais il ne lui serait d'aucune utilité tant qu'elle ne l'aurait pas rechargé. Et, pour l'instant, elle n'avait aucune liberté de mouvement.

— Que complotez-vous encore ? lui demanda soudain Maitland en se penchant vers elle.

— Je ne complote rien. Votre imagination vous joue des tours.

— Mon imagination ?

— Oui.

— Ah, j'ai donc imaginé que vous avez essayé de me tirer dessus ?

— Vous me poursuiviez ! Et je ne visais que votre épaule.

— Comment se fait-il que la fille d'un duc sache se servir d'une arme ?

— Mon père a insisté pour que j'apprenne à me défendre, après que ma mère a failli perdre la vie quand son attelage a été attaqué par des brigands.

— C'est sans doute la meilleure façon de se faire tuer.

— C'est bien ce que je compte dire à mon père lorsque vous m'aurez relâchée.

Il se contenta de hausser les sourcils, puis détourna le regard. Mais Rosamund eut l'impression qu'il riait d'elle et sa peur s'envola. Rire d'elle! Une Devere! Alors que tous ses ancêtres étaient aussi valeureux que les héros de la Guerre de Troie: William Devere, qui avait combattu à Poitiers, contre le Prince noir; lady Margaret Devere, qui avait défendu le château de son mari contre les sbires de Cromwell; son propre père enfin, un autre William Devere, qui avait sauvé des dizaines d'aristocrates français pendant la Révolution. Sans oublier sa mère, qui avait bravement résisté aux brigands attaquant sa voiture. Oui, toute sa famille était marquée du sceau de l'héroïsme.

Du coup, Rosamund trouvait sa situation encore plus insupportable. Comment pouvait-elle tolérer de rester allongée sur le plancher de sa propre voiture, coincée sous la botte d'un goujat qui ne devait même pas avoir d'ancêtres!

— Ôtez votre pied, espèce de... espèce de gredin.

Et, joignant le geste à la parole, elle repoussa sans ménagement la botte de Maitland. Contre toute attente, il la laissa faire, mais pointa de nouveau son pistolet sur elle.

— Restez par terre, lui ordonna-t-il.

Il n'y avait pas la moindre trace d'amusement dans sa voix, ni dans ses yeux. Rosamund s'était trompée en s'imaginant qu'il se moquait d'elle. Cet homme n'avait aucun sens de l'humour.

Elle se redressa sur les coudes, pour s'adosser à la portière, sans toutefois se risquer à enfreindre l'ordre de Maitland.

— Expliquez-moi ce qui vous a conduite à Newgate, reprit-il.

Rosamund attendit avant de répondre, comme si elle cherchait à mettre de l'ordre dans ses pensées. En fait, elle tendait l'oreille dans l'espoir d'entendre un bruit de poursuite. Les rues de Londres étaient censées être quadrillées par les gens de la milice. Alors pourquoi n'avaient-ils pas encore arrêté leur attelage ? Et pourquoi les chevaux se laissaient-ils manœuvrer aussi facilement par un inconnu ? Et pourquoi...

— J'attends, lady Rosamund.

La jeune femme leva les yeux vers lui.

— Ma venue à Newgate n'avait rien de prémédité. Ce matin, mon amie, Mme Tracey, m'a invitée à l'accompagner. Elle avait beaucoup de peine pour vous, car figurez-vous qu'elle vous croit innocent. Elle voulait vous le dire de vive voix et vous remettre par la même occasion un panier de gourmandises, pour adoucir vos dernières heures.

— Mais vous, vous n'aviez pas de peine pour moi, lady Rosamund, n'est-ce pas ?

— Oh si ! Mais c'était avant de vous rencontrer.

Pour la première fois, il sourit. Mais son sourire n'avait rien de plaisant. Il se révéla même aussi intimidant que le pistolet qu'il tenait à la main.

— J'aurais volontiers cru à votre petite histoire, si vous n'aviez pas donné le signal pour me tirer dessus.

— Quel signal ?

— Vous avez jeté votre réticule et aussitôt après, un coup de feu est parti.

— *Jeté mon réticule ?* Je l'ai perdu, oui ! Comme mon chapeau, mon châle et une de mes chaussures. Cette histoire de signal est ridicule.

Il se mordilla la lèvre et secoua la tête.

— Vous m'avez reconnue. Je l'ai vu dans vos yeux. Et c'est alors que vous avez donné le signal.

Cet homme n'était pas seulement fou. Il était aussi stupide.

— On devait vous pendre demain, articula-t-elle patiemment, comme si elle s'adressait à un simple d'esprit. Pourquoi aurait-on cherché à vous tuer, alors qu'il suffisait d'attendre vingt-quatre heures pour que le bourreau de Sa Majesté s'en charge ? Et je ne vous ai pas reconnu. Du moins, pas tout de suite. Du reste, comment l'aurais-je pu alors que nous ne nous étions jamais rencontrés ? Vous paraissiez différent des autres gardiens, c'est tout. Et quand l'un d'eux a hurlé que vous vous étiez évadé de votre cellule, j'ai fait le rapprochement.

Maitland fronça les sourcils.

— Différent des autres gardiens ? Alors pourquoi ne s'en sont-ils pas aperçus ? Pourquoi vous et pas eux ?

Rosamund ne pouvait lui avouer la vérité – à savoir, qu'elle avait été frappée par sa virilité, sa présence physique. Pour le coup, il se moquerait ouvertement d'elle.

— Parce que vous aviez un regard sournois. J'en ai déduit que vous étiez un assassin. Si vous aviez été pendu hier, tout cela ne serait jamais arrivé.

C'était sorti d'un coup. Elle s'attendit à une riposte foudroyante, mais Maitland se contenta de grommeler quelques paroles inintelligibles, avant de reprendre :

— Parlez-moi de votre amie, cette Mme Tracey. Et n'omettez aucun détail. Je veux savoir pourquoi la fille d'un duc s'abaisserait à rendre visite à un homme convaincu de meurtre. Tâchez d'être convaincante, il y va de votre salut.

Son regard glacial prouvait, s'il en était besoin, qu'il ne plaisantait pas. Si jamais Rosamund se risquait à mentir, elle le paierait cher. Elle n'avait aucune raison de lui mentir, mais cet homme était d'une méfiance si maladive qu'il serait incapable de reconnaître la vérité même si elle lui venait de Dieu lui-même. Rosamund était prête à parier que le soir, avant de se coucher, il inspectait les placards de sa chambre et regardait sous son lit.

Elle coula un regard vers la fenêtre. Sa position l'empêchait toujours de voir quoi que ce soit mais, au bruit que faisaient les roues, elle savait qu'ils étaient toujours en ville. Où allaient-ils ? Quel sort lui réservait Maitland ? Il n'avait quand même pas l'intention de la garder avec lui, elle ne ferait que ralentir sa fuite.

Elle songea à ce qu'il pourrait lui faire subir, s'attendant à frissonner, mais ce ne fut pas le cas. Aussi étrange que cela puisse paraître, elle craignait beaucoup moins Maitland, à présent. Il lui semblait qu'il s'était radouci. Et son intuition lui soufflait qu'il n'était peut-être pas aussi méchant qu'il en avait l'air.

Persuadée qu'il la relâcherait dès qu'il serait arrivé à destination, Rosamund se lança dans son récit :

— Tout a commencé avec le prince Michael de Kolnbourg.

Une demi-heure plus tard, Rosamund se reprochait sa naïveté. Où était-elle allée chercher que Maitland s'était radouci ? Pendant que ce rustre et son comparse discutaient tranquillement de la suite des opérations dans l'attelage ducal, elle gisait au sol, les mains attachées dans le dos, sous une barque retournée en bordure de la Tamise, juste à la sortie de Londres.

Du moins, la barque la protégeait-elle de la pluie qui s'était mise à tomber.

À présent, Rosamund ne se posait plus la question de savoir si Maitland la tuerait ou pas. C'était *elle*, qui le tuerait. Restait seulement à savoir quand. Et comment. Quoi qu'il en soit, ce monstre paierait cher toutes les indignités qu'il lui avait fait subir. Elle avait faim, elle avait froid et, le plus mortifiant de tout, une impérieuse envie lui tenaillait la vessie. Que mijotait donc cette brute ? Et pourquoi tardait-il tant à revenir ?

Ce qui retardait Richard, c'était précisément la décision qu'il devait prendre au sujet de lady Rosamund Devere.

— Je ne veux pas la garder, dit-il. Elle ne nous causera que des ennuis. Si elle ne retourne pas très vite auprès de son cher papa, celui-ci est capable d'exiger du Premier ministre qu'il lance une armée à nos trousses. Je ne plaisante pas, Jack. Le duc de Romsey est très influent.

— À qui la faute, colonel ? Qui a eu l'idée de l'emmener avec nous ? Nous aurions dû la laisser devant Newgate.

— J'ai cru qu'elle savait quelque chose. Ou qu'elle complotait contre moi.

— Pourquoi aurait-elle cherché à te tuer, alors que tu devais de toute façon être pendu demain ?

Richard ne put s'empêcher d'esquisser un sourire.

— C'est exactement ce qu'elle m'a répondu.

— Évidemment ! Je crois que ton petit séjour à Newgate t'a porté sur le système.

Il y eut un silence, que Harper mit à profit pour déboucher la bouteille de brandy qu'il avait découverte dans le petit compartiment de la voiture réservé aux alcools. Il y avait aussi des verres, mais Harper but à même le goulot, avant de passer la bouteille à Richard, qui avala à son tour une rasade avant de la lui rendre.

Jack avait peut-être raison, songea Richard. Depuis qu'il avait interrogé lady Rosamund, il avait pris conscience que ses soupçons à son sujet étaient absurdes. Certes, elle était furieuse contre lui. Mais c'était uniquement parce qu'il avait bouleversé sa petite existence si bien réglée.

Harper avait raison, il n'y avait eu ni complot ni conspiration. Lorsque les coups de feu avaient résonné dans la cour de la prison, il en avait déduit que ses ennemis avaient eu vent de sa volonté de s'évader et avaient cherché à l'en empêcher.

En tout cas, Richard ne s'ouvrirait pas de ses soupçons à son compagnon. Car, outre Harper, seuls Hugh et Abbie Templar étaient au courant de son plan. Et Richard ne voulait pas prendre le risque de les offenser en leur laissant croire qu'il pensait que l'un d'eux avait pu parler à tort et à travers.

Dieu qu'il était fatigué ! Sa blessure s'était rappelée à son bon souvenir et commençait à le faire sérieusement souffrir. À quelques centaines de mètres de là l'attendait un petit cottage confortable loué par Hugh, où il savait trouver des vêtements propres, un peu d'argent et de quoi manger. Ils avaient prévu de retrouver Hugh à Lavenham, en début de soirée, le temps de changer de chevaux. Mais c'était avant que lady Rosamund n'entre dans le tableau.

Richard s'étira et changea de position pour soulager la douleur dans sa poitrine.

— Je suggère qu'on l'abandonne sur une route déserte et qu'elle retrouve toute seule le chemin de son domicile.

Harper se gratta le menton, sceptique.

— Très bonne idée. Tu l'abandonnes dans la nature, elle tombe sur une bande de malfrats qui l'assassinent après l'avoir violée, et son père vient te remercier.

— Tu as un meilleur plan ?

— Oui. Sachant que le duc va lancer des gens à la poursuite de son attelage. Je me propose de les entraîner sur une fausse piste. Puis je troquerai l'attelage contre des chevaux frais, et je viendrai vous rejoindre, lady Rosamund et toi.

— Et que suis-je censé faire en t'attendant ?

— Te cacher dans le cottage. Et te reposer.

Richard secoua la tête.

— Pourquoi ne pas inverser les rôles ? Tu te caches avec elle, pendant que je me charge de l'attelage.

Harper éclata de rire.

— On dirait que tu as peur de te retrouver seul avec elle. Ce n'est qu'une fille. Tu n'as rien à craindre.

— Je préfère quand même m'occuper de l'attelage.

— Pas question. Si on te capturait, tu serais pendu sur-le-champ. Et de toute façon, tu n'arriveras jamais à maîtriser les chevaux du duc. Heureusement pour moi, j'ai été le cocher des Templar, autrefois. Quand on sait conduire leur attelage, on sait tout conduire.

Richard avait oublié cet épisode. Soldat, garde du corps, cocher… Jack avait tout fait avant de devenir espion. Ils s'étaient retrouvés tous les trois dans les services secrets. Hugh s'était retiré, Richard était condamné à mort et Jack était son complice! Jolie fin de carrière! Dire que le Premier ministre, à l'issue de la guerre, les avait assurés de son éternelle gratitude pour services rendus à la nation.

Mais où était passé le Premier ministre, maintenant qu'ils avaient besoin de lui?

— Donc, nous sommes d'accord? reprit Jack. Je me charge de l'attelage et tu prends la fille.

Richard se faisait l'effet d'être un enfant capricieux, mais il n'avait vraiment aucune envie de se retrouver seul avec lady Rosamund. La jeune femme avait de la ressource, et il se sentait si épuisé qu'il n'était pas certain de pouvoir la maîtriser.

— Elle est dangereuse, fit-il valoir, et…

Jack leva les bras au ciel en signe d'impuissance.

— Tu étais sans doute le meilleur espion de Sa Majesté. Alors si tu n'es même plus capable de t'occuper d'une fille sans expérience, où va l'Angleterre?

Richard laissa échapper un soupir résigné.

— Bon, d'accord. Mais que ferons-nous d'elle à ton retour?

— À la nuit tombée, nous la conduirons chez la mère Danby, avec instruction de ne pas la relâcher avant demain matin. Ensuite, nous partirons de notre côté.

— Qui est la mère Danby?

— Quelqu'un de très bien, rassure-toi. Son établissement est tout ce qu'il y a de plus respectable. Et c'est une nature. Comme lady Rosamund.

Richard hocha la tête, et les deux hommes sortirent de voiture. Jack s'installa aussitôt sur le siège du cocher et s'empara des rênes.

— Bonne chance, lui dit Richard. Fais attention à toi.

Jack lui indiqua la barque retournée qui servait d'abri à Rosamund.

— N'oublie pas que c'est une lady, ajouta-t-il.

Là-dessus, il fouetta les chevaux et partit au galop.

La bouteille de brandy dans une main, son pistolet dans l'autre, une couverture dénichée dans la voiture sur la tête, pour se protéger de la pluie, Richard s'avança vers la barque en soupirant.

4

Maitland autorisa Rosamund à courir vers le buisson le plus proche, pour se soulager, après lui avoir libéré les poignets. La jeune femme ne se le fit pas dire deux fois. Quand elle eut réglé son problème le plus pressant, elle put penser à autre chose.

L'attelage avait disparu, ainsi que Harper. Il ne lui restait donc plus qu'à se débrouiller avec Maitland. Avec un peu de chance, elle réussirait à lui fausser compagnie et à se cacher dans l'un des bosquets qui bordaient le fleuve en attendant la nuit. Il devait y avoir des habitations à proximité. Elle pourrait…

— Vous avez eu assez de temps ! lui cria soudain Maitland. Revenez tout de suite, ou je viens vous chercher.

Il en était bien capable ! Décidément, cet homme était un rustre. Personne n'avait jamais traité Rosamund avec autant de grossièreté. Si son père avait été là, il aurait fait jeter Maitland dans les oubliettes du château familial. Rosamund avait envie de rendre à ce mufle la monnaie de sa pièce, mais elle ne resterait pas assez longtemps pour en avoir l'occasion. Si elle voulait s'enfuir, c'était maintenant ou jamais.

Hélas, Maitland se dressa soudain devant elle, aussi silencieux qu'un fauve, si bien qu'elle n'eut d'autre solution que de rester plantée là, à le regarder d'un air stupide. Enfin, pas complètement stupide. Elle eut tout de même la présence d'esprit de se débarrasser de la chaussure qui lui restait et de la dissimuler derrière son pied. Si ses sauveteurs arrivaient jusque-là, ils sauraient qu'ils étaient sur la bonne piste.

— Venez! lui ordonna Maitland. Et prenez votre chaussure avec vous.

Rosamund serra les poings, mais son intuition lui chuchotait qu'il valait mieux prendre son mal en patience. Inutile de déclencher un conflit maintenant, même si son amour-propre était mis à rude épreuve. Ce Maitland était d'une arrogance rare. Il se permettait de lui donner des ordres comme si elle était sa servante. Et que dire de sa goujaterie! Il se protégeait de la pluie avec une couverture, sans s'inquiéter qu'elle-même soit trempée jusqu'aux os.

Cela dit, elle était consciente qu'il pouvait lui arriver bien pire. Maitland avait déjà tué une femme. Rien ne l'empêcherait de recommencer.

Quand elle l'eut rejoint, il indiqua du doigt la direction qu'il voulait la voir prendre. Rosamund frissonna. C'était un sentier étroit qui disparaissait entre deux bosquets. Le genre d'endroit idéal pour cacher un cadavre…

Comme elle ne bougeait pas, Maitland lui toucha l'épaule. La jeune femme sursauta avec un petit cri d'effroi, glissa dans la boue et s'écroula au beau milieu d'un buisson de ronces.

— Pour l'amour du ciel! s'exclama-t-il, sincèrement dérouté. Qu'avez-vous cru? Que j'allais vous tuer? Si telle était mon intention, je l'aurais fait quand vous étiez accroupie derrière les buissons. Tenez-vous tranquille, que je vous sorte de là.

Il fourra son pistolet dans sa ceinture, posa la bouteille de brandy sur le sol et commença à détacher les épines accrochées à la robe de la jeune femme. Rosamund était assise là, silencieuse et misérable, tandis que la pluie dégoulinait sur elle. Quelle ironie! Pas plus tard que la veille, elle rêvait d'un peu d'aventure. Si le ciel se moquait d'elle, elle ne trouvait pas cela drôle. C'était même plutôt injuste. Mais le ciel n'y était sans doute pour rien. Le seul et unique responsable s'appelait Richard Maitland.

— Ça va ? s'enquit-il, quand il eut terminé.

— Est-ce que ça va ? répéta la jeune femme d'un ton sarcastique. Je m'étonne que vous me posiez la question. Qu'y a-t-il de plus agréable que de se retrouver assise dans un buisson de ronces, sous la menace d'un pistolet, en plein orage et au milieu de nulle part ?

— Je vous rappelle que vous êtes tombée toute seule, répliqua-t-il en se baissant pour récupérer la bouteille de brandy.

Rêvait-elle, ou venait-il de sourire ? C'en était trop ! La colère la saisit et, sans réfléchir aux conséquences de son geste, Rosamund se pencha en avant, attrapa Maitland par la cheville et tira de toutes ses forces. Déséquilibré, il tomba à la renverse en poussant un juron sonore. Mais déjà elle s'était relevée et se ruait en titubant vers la rivière. Elle s'aperçut vite qu'il était impossible de courir avec une seule chaussure. Maitland la rattrapa en deux enjambées. Alors que sa main s'abattait sur son épaule, la jeune femme se retourna vivement, pour le gifler.

Instinctivement, Richard leva le bras pour se protéger le visage, mais dans la manœuvre, son coude heurta la mâchoire de Rosamund.

— Bon sang ! marmonna-t-il.

Il eut juste le temps de la retenir avant qu'elle ne s'effondre.

Le cottage n'était pas très éloigné. Mais quand Richard en poussa enfin la porte, pour déposer Rosamund sur le lit, il était à bout de souffle. Ses deux semaines passées à Newgate ne lui avaient pas arrangé la santé. Et sa blessure se rappelait toujours douloureusement à lui.

Avant de s'écarter du lit, il en profita pour contempler la jeune femme. La « princesse idéale », comme l'avaient surnommée les journaux. Pour l'heure, la princesse idéale n'avait pas vraiment fière allure.

Comme ceci était-il arrivé? C'était un accident, bien sûr, mais il y avait peu de chances qu'elle accepte de le croire à son réveil. Richard n'avait jamais frappé une femme de sa vie, et il n'avait certainement pas voulu blesser lady Rosamund, ni la terroriser. Il ne lui demandait que de se conduire convenablement jusqu'à ce que chacun reprenne sa route respective.

Attrapant la couverture pliée au pied du lit, il l'étendit sur la jeune femme, puis il se dirigea vers un placard encastré dans le mur, près de la cheminée. Il y trouva ce qu'il cherchait et remercia silencieusement Hugh Templar de lui avoir procuré tout ce dont un fugitif avait besoin: des vêtements propres, un peu d'argent, une trousse de secours, des bandages, un nécessaire de rasage, de la nourriture, et même une bouteille de brandy, qui remplacerait avantageusement celle qu'il avait été contraint d'abandonner près de la rivière.

Deux gobelets attendaient sur la table. Richard en remplit un, goûta une gorgée, puis revint vers le lit. Il souleva la tête de la jeune femme et fit couler quelques gouttes entre ses lèvres. Elle avala l'alcool sans protester. Puis elle battit légèrement des paupières, et Richard soupira de soulagement. Elle allait bien.

Ce qui n'était pas son cas. Il avait mal partout, et il était épuisé. Mais ce n'était pas le moment de s'accorder une sieste, alors que sa prisonnière pouvait se réveiller d'une seconde à l'autre.

Mieux valait attendre le retour de Jack. D'autant que lady Rosamund n'était pas une femme ordinaire. N'importe quelle autre à sa place se serait liquéfiée. Mais pas elle. Même lorsqu'elle avait peur, elle savait se dominer. La façon dont elle avait affronté les émeutiers avait laissé Richard admiratif. Si elle avait été un homme, et s'il avait encore été officier dans les services secrets, il l'aurait embauchée sur-le-champ.

Cette idée le fit sourire, puis son regard parcourut le corps de la jeune femme et il cessa de sourire. La couverture imprégnée d'humidité soulignait les rondeurs appétissantes de sa silhouette. Bien qu'elle soit grande, lady Rosamund était parfaitement proportionnée. Après tout, Richard n'était jamais qu'un homme, et les charmes physiques de la jeune femme lui avaient sauté aux yeux dès qu'elle avait pénétré dans la cour de la prison. Maintenant qu'il avait le loisir de l'étudier de plus près, il trouvait d'autres motifs de l'admirer : son abondante chevelure brune ; ses sourcils finement arqués et ses traits délicats ; la courbe sensuelle de ses lèvres parfaites…

Quand il s'aperçut qu'il fixait ses lèvres, Richard s'obligea à se ressaisir. Cette femme était dangereuse ! Pas question de s'attendrir sur son sort, et encore moins de la désirer. Il risquait sa peau. Il devait au contraire faire en sorte qu'elle le craigne. C'était la seule façon d'obtenir qu'elle marche droit.

Cependant, il avait du mal à s'y résoudre. C'était contraire à tous ses principes. Les femmes représentaient le sexe faible. Tout homme qui en prenait avantage n'était qu'une brute. Du reste, lady Rosamund n'avait aucun crime à se reprocher. Sa seule faute était de s'être trouvée au mauvais endroit, au mauvais moment.

Mais ce genre de raisonnement pouvait le conduire droit à Newgate et à l'échafaud, songea-t-il. Que cela lui plaise ou non, il fallait qu'elle le craigne.

Sur cette pensée peu réjouissante, il se débarrassa de ses habits trempés puis se frictionna avec une serviette avant d'enfiler les vêtements propres laissés par Hugh.

Quand Rosamund revint à elle, sa mâchoire était douloureuse et elle avait un goût de brandy dans la bouche. Elle était allongée sur un lit, mais elle sut tout de suite que ce n'était pas le sien. Le matelas était trop cabossé. « Maitland », se rappela-t-elle soudain, et tout lui revint en mémoire. Elle ouvrit les yeux et se redressa.

Maitland se tenait devant un placard ouvert, à côté d'une cheminée. Rosamund inspecta rapidement le reste de la pièce. Elle repéra une petite table et deux chaises en bois, des étagères avec des ustensiles de cuisine et deux fenêtres encadrant la porte. C'était un minuscule cottage qui semblait abandonné.

Elle repoussa la couverture et posa les pieds sur le sol. Mais dans la manœuvre, le lit grinça. Maitland se retourna aussitôt et vint vers elle. Rosamund n'en crut pas ses yeux. Il était rasé de frais, ses cheveux châtain clair étaient brossés, et il portait des vêtements propres. Mais ce n'était pas tout. Son expression inquiétante avait disparu. Rosamund le trouva beau.

Par contraste, elle se sentait encore plus débraillée, avec ses cheveux défaits et sa robe mouillée qui pendait lamentablement sur son corps. Elle se leva, et lui jeta un regard méfiant.

— Ne m'obligez pas à recourir à la force, la mit-il en garde.

Son regard était si menaçant que Rosamund faillit détourner la tête, mais sa fierté le lui interdit. Maitland aurait été trop heureux.

— Je connais votre propension à la violence, rétorqua-t-elle en se massant la mâchoire.

Il grommela quelque chose d'inintelligible, puis se passa la main dans les cheveux, et recula d'un pas.

— Écoutez-moi bien, lady Rosamund. Si vous vous tenez tranquille, il ne vous arrivera rien. Harper ne va pas tarder à revenir avec des chevaux frais. Nous partirons aussitôt d'ici et nous vous laisserons devant une auberge avant de continuer notre chemin. D'ici peu, vous aurez retrouvé votre famille.

Les choses commençaient à prendre forme dans l'esprit de Rosamund. De toute évidence, l'évasion de

Maitland avait été parfaitement organisée. Mais ce cottage était trop rudimentaire pour être sa destination ultime. Il ne constituait qu'une étape dans sa fuite, sans doute vers la côte. Mais pouvait-elle le croire quand il lui assurait qu'il la relâcherait bientôt?

— Je vous ai trouvé de quoi vous changer, reprit-il.

Il retourna vers le placard, et en revint avec une pile de vêtements propres, ainsi qu'une serviette.

— Ils étaient destinés à Harper, mais ça devrait aller le temps que votre robe sèche.

Rosamund était secouée de frissons et elle aurait volontiers enfilé n'importe quoi de sec. Mais l'idée d'emprunter les vêtements de Harper, qu'elle craignait presque autant que Maitland, ne lui plaisait pas vraiment. Sans compter qu'il y avait autre chose...

Comme elle ne répondait pas, Maitland s'impatienta.

— Je vous donne cinq minutes pour vous changer. Si vous n'avez pas terminé quand je reviendrai, je me chargerai moi-même de vous habiller. Et oubliez toute idée de fuite. Je resterai devant la porte. Cinq minutes, lady Rosamund, c'est compris?

— Je ne me changerai pas.

Maitland s'emporta pour de bon.

— Vous êtes trempée jusqu'aux os! Et vous claquez des dents. Je n'ai pas envie que vous attrapiez la fièvre. Vous comprenez?

— Tout à fait. C'est vous qui ne comprenez pas.

— Dans ce cas, soyez assez bonne pour m'éclairer, madame.

Rosamund haussa les épaules.

— Je ne peux pas me changer sans Nane.

— Nane?

— Ma femme de chambre.

Il y eut un silence. Elle s'empourpra légèrement, et le fixa, le mettant au défi de se moquer d'elle. Maitland la considéra avec stupéfaction, puis finit par comprendre quel était son problème. Elle ne pouvait se changer seule parce que sa robe était boutonnée dans le dos.

— Je ferai office de femme de chambre, déclara-t-il.

Rosamund se raidit.

— Ce ne sera pas nécessaire. Si vous me donnez une paire de ciseaux, ou même un canif, je me débrouillerai.

— Un canif ou une paire de ciseaux? répéta Maitland, éberlué.

La jeune femme hocha la tête.

— Vous me prenez pour un imbécile? Tournez-vous, je vais vous aider avec votre robe.

La jeune femme roula des yeux horrifiés, ce qui ne fit que porter un peu plus sur les nerfs de Maitland, qui sut aussitôt à quoi elle pensait.

— Vous ne croyez tout de même pas que je vais en profiter pour abuser de vous? Si vous pouviez vous voir dans une glace, vous comprendriez qu'il n'y a aucun risque. Tournez-vous, maintenant.

Rosamund était furieuse, cependant, elle s'exécuta sans broncher.

Les boutons étaient beaucoup trop petits pour les doigts de Richard. Au rythme où il allait, ils y seraient encore le lendemain. Aussi, perdant patience, il saisit les pans de la robe et tira un grand coup. Les boutons cascadèrent sur le sol, le tissu s'écarta, révélant les épaules crémeuses de la jeune femme et sa chute de reins. Elle avait la taille incroyablement fine. Deux mains masculines en feraient presque le tour. Les siennes, par exemple, songea Richard, avant de se reprocher aussitôt pareille pensée.

— Voilà, grommela-t-il, je vous laisse.

Sur ces mots, il sortit.

Rosamund attendit que la porte se soit refermée derrière lui, puis elle s'empressa de se débarrasser de sa robe et de ses sous-vêtements, et de se frictionner avec la serviette.

« Si vous pouviez vous voir dans une glace », répétat-t-elle en imitant la voix de Maitland. Et lui, alors ! Ce n'était quand même pas un Roméo ! En plus, il n'était même pas capable de déboutonner la robe d'une dame. Ce qui ne la surprenait pas, au fond. Quelle femme un peu sensée aurait voulu d'un homme pareil ? Même son ancienne maîtresse souhaitait le quitter. Pauvre Lucy Rider !

Si seulement elle pouvait se voir dans une glace ! Non mais, à quoi s'attendait-il après les épreuves qu'elle venait de traverser ? Convenablement arrangée, elle était très belle. Son père ne cessait d'ailleurs de le lui répéter. Certes, il exagérait peut-être un peu, par affection paternelle. Mais elle n'était certainement pas aussi repoussante que Maitland le prétendait.

De toute façon, l'avis de ce rustre n'avait aucune importance. Il était donc parfaitement inutile de s'en soucier.

Une fois sèche, la jeune femme revêtit une chemise blanche qui lui tombait presque jusqu'aux genoux, puis un pantalon noir qui n'était pas davantage à sa taille. Les jambes étaient trop longues, la ceinture trop large. Finalement, c'était aussi bien qu'il n'y eut pas de miroir dans ce petit cottage misérable. Elle l'aurait probablement brisé.

Tandis qu'elle enfilait les chaussures – de gros souliers d'homme, à semelles épaisses –, Rosamund s'interrogea soudain : Pourquoi Maitland tenait-il tant à ce qu'elle se change ? Avait-il réellement l'intention de la relâcher, comme il le prétendait ? Pouvait-elle lui faire confiance ? *Devait*-elle lui faire confiance ?

Évidemment, non, conclut-elle en retroussant le bas de son pantalon.

Elle enfilait le dernier article de la pile – une veste bleue très légère – quand Richard poussa la porte. Tous deux se figèrent.

Lui, parce que les vêtements destinés à Jack, loin de dissimuler les courbes de la jeune femme, les suggéraient au contraire de façon très excitante.

Elle, parce qu'il paraissait bizarre, comme sonné.

— Êtes-vous capable de vous coiffer ? demanda-t-il d'un ton irrité. Ou vous faut-il aussi l'aide de votre femme de chambre ?

Rosamund était bien sûr habituée à se faire coiffer par Nane. Les femmes de chambre servaient à cela. D'ailleurs, que deviendrait cette brave fille si elle décidait de se passer de ses services ? Sans ses gages, comment ferait-elle pour nourrir sa mère, qui était veuve, et ses frères et sœurs ? Cet homme était obtus, il ne comprenait visiblement pas comment tournait le monde.

Tandis qu'il s'approchait du placard et l'ouvrait, la jeune femme arrangea tant bien que mal sa coiffure. Sa chevelure soyeuse, qui faisait sa fierté, n'était plus qu'une masse informe et emmêlée dont elle ne savait trop que faire à part la rejeter en arrière

Mais pourquoi Maitland paraissait-il si furieux ?

Il tira du placard un panier à pique-nique qu'il déposa sur la table. Il dénoua la ficelle qui en retenait le couvercle, puis s'approcha de Rosamund. Celle-ci sursauta quand il porta la main à ses cheveux.

— Vous n'êtes décidément bonne à rien, lâcha-t-il. Tenez-vous droite.

Il rassembla ses cheveux sur sa nuque et les attacha avec la ficelle. Cela fait, il désigna la cheminée du doigt.

— Allumez le feu. Je m'occupe du repas.

Rosamund contempla la cheminée sans rien dire. Elle n'avait jamais allumé un feu de sa vie, mais elle avait souvent vu les domestiques le faire, et cela n'avait pas l'air bien difficile. Tout le nécessaire se trouvait sur le manteau : une boîte d'amadou et deux pierres à silex. Il ne restait plus qu'à provoquer une étincelle qui enflammerait l'amadou et à le glisser sous les bûches.

— Allez, la pressa Maitland. Allumez le feu et met- tez votre robe à sécher.

« Des ordres, toujours des ordres ! » rumina la jeune femme en s'approchant de l'âtre. Jamais elle ne se serait adressée ainsi à ses domestiques. Cela les aurait blessés.

Après plusieurs tentatives malheureuses pour enflammer l'amadou, son respect pour les domes- tiques fit un bond de géant. Allumer un feu n'était pas seulement difficile ; c'était impossible.

Richard Maitland lui arracha les silex des mains.

— Savez-vous faire quelque chose de vos dix doigts ? s'écria-t-il, exaspéré. Si vous deviez vous débrouiller seule, vous ne tarderiez pas à mourir de faim et de froid. Ces aristocrates... ajouta-t-il en sou- pirant. Regardez-moi faire.

Elle regarda, en effet. Maitland avait beau frotter les silex l'un contre l'autre, aucune étincelle n'en- flammait l'amadou.

— L'amadou a dû prendre l'humidité, marmonna- t-il finalement.

Rosamund lui aurait volontiers ri au nez si sa mâchoire ne l'avait fait souffrir. Elle se contenta de hausser les sourcils.

— Je me mets à votre place, compatit-elle. Moi aussi, mes domestiques me manquent. Si seulement Harper était là.

Rosamund apprécia chaque bouchée de leur frugal repas, même s'il leur manquait un bon feu et quelques chandelles pour réchauffer l'atmosphère. Ni sa mâchoire douloureuse ni sa main gauche menot- tée à sa chaise ne réussirent à assombrir son humeur. Bien que froid, le repas était aussi délicieux que s'il avait été préparé par sa propre cuisinière. Et à mesure que le temps passait, la crainte que lui inspi- rait son ravisseur commençait à s'atténuer.

Maitland, quant à lui, semblait très agité. Il se leva à plusieurs reprises et passa la tête dehors, pour inspecter les environs, prétendit-il. Il était préoccupé. Non pas qu'il le lui ait dit, mais Rosamund avait du flair. Elle sentait sa tension s'accroître de minute en minute. Et plus il devenait nerveux, plus elle se détendait. Les secours n'étaient sans doute plus très loin.

— Nous partons, annonça-t-il brusquement.

Rosamund reposa sa fourchette.

— Mais… nous n'avons pas fini de manger. Et Harper n'est pas revenu.

— C'est justement pourquoi nous partons. Il devrait être là depuis longtemps.

Elle ne savait s'il s'agissait d'une bonne ou d'une mauvaise nouvelle.

— Dois-je comprendre que vous allez me libérer ? risqua-t-elle.

Maitland allait et venait entre le placard et le lit. Il avait sorti deux grands sacs de selle qu'il remplissait d'objets divers.

— Pas vraiment, répondit-il sans même lever les yeux. Vous vous empresseriez d'amener la milice ici.

— Je croyais que vous deviez me conduire jusqu'à une auberge, puis repartir de votre côté.

— Uniquement si nous avions eu des chevaux. Comme Jack était supposé nous les fournir et qu'il n'est pas là, je dois trouver un autre plan.

Seulement quelques minutes plus tôt, Rosamund se sentait pour ainsi dire en sécurité avec cet homme. À présent, elle ne savait plus que penser. Et c'était ainsi depuis ce matin ! Une seconde, tout allait bien, la seconde d'après, l'univers s'écroulait.

— Et si je vous promets de ne rien dire aux autorités ? proposa-t-elle.

Cette fois, Maitland la regarda droit dans les yeux.

— Pourquoi vous croirais-je ?

Rosamund releva fièrement le menton.

— Parce que je suis une Devere.

Il faillit lui répondre sèchement, mais se ravisa en décelant une lueur de peur dans son regard.

Rien de plus normal qu'elle ait peur ! Il l'avait prise en otage, et elle le considérait comme un assassin. Elle était sans doute prête à promettre n'importe quoi pour recouvrer sa liberté.

Mais le plus surprenant, c'était qu'il mourait d'envie de la croire.

— Je ne peux pas vous relâcher avant d'être sûr d'avoir une bonne avance sur mes poursuivants, dit-il, radouci. Mais si vous me donnez votre parole que vous ne chercherez pas à vous enfuir, je rangerai mon pistolet et je vous ôterai vos menottes.

La jeune femme parut sur le point d'acquiescer, mais secoua finalement la tête.

— Chez les Devere, donner sa parole d'honneur est sacré. Y a-t-il quelque chose de sacré pour vous, Richard Maitland ?

Ces mots emplirent Richard d'amertume. Toute sa vie, il avait servi son pays. Et maintenant, son pays se retournait contre lui. Alors pourquoi attendre plus de la part de cette fille ? Elle n'avait pas plus confiance en lui qu'il n'avait confiance en elle. Eh bien, dans ce cas, il reprendrait son rôle de ravisseur sans scrupule.

— Ma vie m'est sacrée, répondit-il avec un vague sourire. Et je vous conseille de ne jamais l'oublier.

Sur ce, il se remit à remplir ses sacs. Bizarrement, Rosamund avait le sentiment d'avoir en quelque sorte manqué à ses devoirs envers lui. Ce qui était absurde. La victime, c'était elle. Et sa parole avait de la valeur. Alors que Maitland n'était qu'un assassin. Sa parole ne valait rien.

Dans ce cas, pourquoi avait-elle ce sentiment de l'avoir trahi ?

— Qu'allez-vous faire de moi ? voulut-elle savoir.

— Je trouverai bien une solution.

Ces quelques mots, prononcés froidement, rappe-lèrent Rosamund à la raison. Elle avait intérêt à prendre ses menaces au sérieux.

Elle frissonna, et son malaise s'accrut en pensant à son père. À l'heure qu'il était, il avait dû apprendre son enlèvement et se faisait sans doute un sang d'encre. Ainsi que ses frères.

Elle regarda par la fenêtre. La nuit n'allait pas tar-der à tomber. Elle aurait plus de chance de s'enfuir dans l'obscurité.

5

La nouvelle que Maitland s'était évadé de Newgate en prenant lady Rosamund en otage se répandit à travers Londres telle une traînée de poudre. Plusieurs bals et réceptions prévus ce soir-là avaient été annulés à cause de l'émeute, mais les clubs de gentlemen, en revanche, restèrent ouverts, et ils affichaient complet.

Au *Jockey Club*, George Withers écouta avec attention Charles Tracey faire le récit détaillé de l'enlèvement devant une assistance pendue à ses lèvres. Il n'hésitait pas à se mettre en avant, alors que sa conduite n'avait rien eu d'héroïque, songea Withers cyniquement. Il aurait cependant aimé lui poser quelques questions précises. Mais Tracey était si entouré qu'il ne parvint même pas à l'approcher.

Ce n'était peut-être pas plus mal, après tout. L'annonce de l'évasion de Maitland l'avait mis dans une telle rage que Withers craignait de se trahir auprès des membres du très sélect *Jockey Club*, qui l'avaient accueilli comme un de leurs pairs.

On le connaissait ici sous le nom de George Withers, un Anglais de bonne souche qui avait fait fortune en Caroline du Sud, où il possédait une plantation. Ses lettres de recommandation étaient authentiques. Il était réellement un citoyen important de Charles Town. Ce que tout le monde ignorait, en revanche, c'était que le véritable George Withers était mort bien avant que celui qui avait pris son identité ne s'installe en Caroline.

Il se leva et réussit à esquisser un sourire en annonçant qu'il rentrait chez lui. Son départ fut salué par quelques hochements de tête, mais personne ne le retint. Ils étaient tous trop occupés à écouter le récit de Tracey.

Son appartement de Bond Street n'était distant que de quelques centaines de mètres, qu'il préféra couvrir à pied dans l'espoir que cela servirait d'exutoire à sa colère.

« Maitland s'est échappé de Newgate », ne cessait-il de se répéter.

Personne ne pouvait l'accuser d'avoir sous-estimé Richard Maitland. Mais s'évader de Newgate lui avait tout bonnement paru impensable. Il ne pouvait quand même pas prévoir que lady Rosamund s'y trouverait providentiellement, et que Maitland la prendrait en otage.

Certes, il aurait dû le tuer quand il en avait eu l'occasion, dans la chambre de Lucy Rider. Mais cela n'aurait pas servi ses plans. Il voulait que Maitland survive à sa blessure et soit humilié publiquement avant d'être pendu. Tout avait été pensé et organisé dans ce but. Et voilà que tout était à recommencer…

Enfin, pas tout à fait. Maitland serait pris en chasse, et on ne lui ferait pas de cadeau étant donné l'identité de son otage. Il n'avait plus d'amis, personne pour l'aider – il s'en était assuré. Sa capture n'était qu'une question de temps.

Non pas qu'il craigne que Maitland remonte sa piste. Celui qui s'était forgé la réputation d'être l'espion le plus intelligent de Sa Majesté ne saurait jamais qui avait comploté sa chute.

En fait, plus il pensait à ce pauvre Maitland pourchassé comme un rat, et essayant en vain de deviner qui était derrière tout cela, plus son humeur s'améliorait. Quand il arriva chez lui, il était parvenu à la conclusion qu'il avait la situation bien en main.

Il alla droit à la bibliothèque, se versa un verre de brandy qu'il vint déguster devant le feu. Un miroir était accroché au-dessus de la cheminée et ses yeux accrochèrent son reflet. Personne n'aurait pu le soupçonner d'être un assassin. Il n'était pas à franchement parler bel homme, mais son visage était plaisant, amical, le genre qui inspire confiance, aux femmes, en particulier. Il paraissait plus vieux que son âge, mais considérait cela comme un avantage. Ses cheveux bruns commençaient à se strier de blanc et il accusait quelques rides provoquées par les rudes hivers canadiens.

C'était à cause de Maitland qu'il avait enduré ces années de bannissement au Canada. La pensée le frappa soudain que les deux seules personnes au monde à ne jamais lui avoir fait confiance, c'étaient son père et Maitland.

« Je n'ai pas tué le chat, papa ! Je t'assure que je ne l'ai pas tué. C'était un renard. Et je l'ai mis en fuite. »

Malgré les larmes qui coulaient sur ses joues, son père n'avait pas été totalement convaincu. Heureusement, sa mère était intervenue pour le défendre.

Il avait toujours été doué pour manipuler les femmes – sa mère, d'abord, puis sa femme, et enfin Lucy. Avec le garçon, c'était différent. Il n'avait jamais eu « d'apprenti », auparavant, mais ce gamin se révélait un bon élève. Et puis, ce n'était pas désagréable de pouvoir tomber le masque devant quelqu'un qui vous admirait. Ensemble, ils étaient promis à un bel avenir.

Maitland, lui, était seul. Du reste, il n'avait jamais eu beaucoup d'amis. Par précaution, sans doute. Ses amis se comptaient sur les doigts d'une seule main. Jack Harper, bien sûr, son fidèle lieutenant, qui l'avait aidé à s'évader. Et puis Jason Radley et Hugh Templar. Jason Radley était parti à Paris un peu avant que Maitland ne se fasse arrêter, et il n'était toujours pas revenu. Quant à Templar, il avait tourné le dos à son « ami » dès la nouvelle de son arrestation connue.

En apparence, du moins. Mais à la réflexion, il n'était peut-être pas prudent de laisser les autorités traquer seules Maitland. Il n'avait pas confiance en elles. Ni dans la justice, d'ailleurs. Il y avait trop d'incompétents. La preuve : ils avaient condamné Maitland, alors que lui-même courait toujours.

Il avait déjà commis cinq meurtres. La première fois, le choc avait été rude, même s'il avait tout prévu dans le moindre détail. Mais, à présent, cela devenait de plus en plus facile. Et de plus en plus agréable. Le sentiment de puissance qu'il éprouvait était sans équivalent. Quand il tuait, il se sentait comme un dieu.

Rien que d'y penser, cela l'excitait. Mais le plaisir qu'avaient pu lui procurer ces meurtres n'était rien en comparaison de celui qu'il ressentirait quand il verrait enfin Maitland se balancer au bout d'une corde.

Il devait cependant se montrer prudent. Maitland ne serait pas aussi facile à avoir que les autres. Il était d'une nature trop méfiante. Avec lui, le charme et l'intuition ne suffisaient pas. Il fallait faire marcher sa cervelle.

Un coup discret fut frappé à sa porte, le tirant de ses pensées. Il sourit. Son visiteur était à l'heure. Il avait quelques questions à lui poser. Où étaient passés les amis de Maitland ? Où avait-il pu se cacher ? Qu'allait-il vraisemblablement faire ensuite ? Et qui s'était lancé à sa poursuite ?

Harper posa le coude sur le zinc, avala une bonne gorgée de bière, et s'essuya les lèvres d'un revers de manche.

Il réalisait que son chef et ami n'avait finalement pas eu une très bonne idée d'enlever la fille d'un duc. La route de Chelsea était infestée de troupes. Jack n'avait pas fait deux kilomètres qu'il s'était retrouvé pris en chasse par la cavalerie. S'il n'avait pas manœuvré fin, il serait sans doute à Newgate à l'heure qu'il était. En fait, il avait juste eu le temps d'abandonner discrètement l'attelage à l'entrée de la cour d'une auberge et de trouver refuge à l'intérieur.

Son répit avait été de courte durée. Les soldats n'avaient pas tardé à repérer la voiture ducale. Ils avaient investi l'auberge et bloqué toutes les issues. Personne n'avait le droit de partir sans avoir été interrogé au préalable. Le roi lui-même aurait été enlevé qu'on n'aurait pas pris plus de précautions.

Heureusement, aucun de ces soldats n'avait eu l'occasion de rencontrer Jack. Il n'y avait donc aucune chance pour qu'on le reconnaisse.

Pour l'instant, ils n'avaient pas encore commencé à interroger les clients. Cela pouvait prendre du temps, et Jack était pressé de rejoindre Richard. Il fallait qu'il trouve un moyen de provoquer une diversion, pour s'esquiver discrètement.

Hélas, la porte s'ouvrit sur deux nouveaux clients et Jack comprit qu'il avait du souci à se faire. Mine de rien, il leur tourna le dos afin qu'ils ne puissent voir son visage. Il ne savait pas s'ils risquaient de le reconnaître, lui, en tout cas, les connaissait. Tout le monde, aux services secrets, les connaissait. Digby et Whorsley travaillaient aussi pour le compte des renseignements de Sa Majesté. Mais certaines sections étaient encore plus secrètes que d'autres. Digby et Whorsley faisaient partie de la section C, communément surnommée « L'Inquisition ». C'étaient des espions chargés de surveiller les espions.

Ils fourraient sans cesse leur nez là où on ne le souhaitait pas. Le colonel Maitland les avait rabroués à une ou deux reprises, non sans raison. Digby en avait conçu de la haine pour Maitland, qu'il accusait de lui avoir raflé sa promotion.

Jack tourna discrètement la tête et vit que les deux hommes ressortaient avec un officier. Se pouvaient-ils qu'ils sachent, à propos du cottage ? Non, bien sûr. Trois personnes seulement étaient au courant : lui-même, Maitland et Hugh Templar. Et aucun d'eux ne parlerait. Mais maintenant que les miliciens avaient retrouvé l'attelage, ils devaient se douter que ses occupants n'étaient pas bien loin.

Ça commençait à sentir mauvais.

— Regardez! cria soudain quelqu'un. Le duc vient d'arriver.

La plupart des clients se massèrent aux fenêtres. Jack ne bougea pas. Il préférait assister à la scène de là où il se trouvait.

Digby et Whorsley étaient en fait ressortis pour accueillir avec forces courbettes le duc, accompagné de ses deux fils. Après quelques secondes de conciliabule, la porte de l'auberge se rouvrit, et un soldat annonça:

— Sa Grâce, le duc de Romsey, offre une récompense de cinq mille livres à toute personne susceptible de lui fournir un renseignement qui mettrait les autorités sur la piste des ravisseurs de sa fille.

Cinq milles livres! Une petite fortune. Il y eut un grand silence, puis tout le monde se mit à parler en même temps. Deux hommes commencèrent à se quereller, obligeant l'un des soldats à abandonner son poste pour les séparer. C'était la diversion que Jack attendait.

Il se faufila vers la porte laissée sans surveillance, et s'apprêtait à la pousser, quand soudain quelqu'un hurla:

— C'est le sergent Harper! Il était avec Maitland!

La voix de Digby! Jack se rua dans la cour. Une horde de clients se lança à sa poursuite dans l'espoir de toucher la récompense.

Dans la cour, les soldats alertés par le bruit dégainèrent leur arme.

— Là-bas! cria Jack, l'index pointé vers la droite. Un suspect essaye de s'échapper.

Il avait déjà utilisé ce stratagème avec succès à Newgate. Il ne restait plus qu'à espérer que ça marcherait une deuxième fois.

Il détacha un cheval au hasard et sauta en selle. Une série de coups de feu claqua, mais aucun ne l'atteignit. Les soldats avaient tiré au jugé, dans la direction qu'il leur avait indiquée. À présent, il leur faudrait du temps pour recharger leur arme.

Jack éperonna sa monture, qui partit au triple galop. Une balle siffla près de son oreille, mais il se trouvait déjà hors d'atteinte quand les coups de feu suivants retentirent.

Il était provisoirement sauvé. Mais il n'était plus question pour lui de rejoindre Richard. Au contraire, son rôle, désormais, consistait à entraîner leurs poursuivants sur une fausse piste.

6

Le duc fit signe à Digby et à Whorsley de les suivre, ses fils et lui, à l'intérieur de l'auberge. Le patron les mena dans une petite salle tranquille, à l'étage. À peine entré, le duc désigna les chaises qui entouraient une table.

— Asseyez-vous.

Digby et Whorsley échangèrent un regard puis, voyant que les fils du duc prenaient un siège, ils les imitèrent, se contentant de s'asseoir au bord de leurs chaises.

Le duc, pour sa part, resta planté au milieu de la pièce, dans une posture qui trahissait sa colère. C'était un homme de haute taille, solidement bâti, le teint hâlé par le grand air. Malgré ses tempes grisonnantes, il ne paraissait d'ordinaire pas ses soixante ans. Aujourd'hui, cependant, la tension et l'inquiétude avaient creusé ses traits, et il accusait son âge.

Ses fils, Gaspard et Julien, lui ressemblaient tellement qu'il n'aurait pu les renier. Rosamund quant à elle n'avait pas hérité du nez aquilin et de la mâchoire carrée de son père, mais tous trois possédaient le regard clair et pénétrant du duc.

— Asseyez-vous, père, proposa Gaspard, comme le silence s'éternisait.

— Quoi ? demanda le duc, comme s'il avait été tiré brutalement de ses pensées, avant de prendre le siège que lui désignait son fils.

Il n'avait pas l'habitude de se laisser conduire par les événements. Pendant la Révolution, ses fréquentes expéditions en France pour sauver des aristocrates avaient fait de lui une sorte de héros. Mais cette fois, c'était différent. Cette épreuve lui rappelait le chagrin qui avait suivi la mort de sa femme. Il avait oublié à quel point il était fragile, jusqu'à ce que la police vienne lui annoncer l'enlèvement de Rosamund. Puis on l'avait averti que la voiture avait été retrouvée à Chelsea. Et maintenant, il attendait que le major Digby et le capitaine Whorsley lui expliquent en détail ce qui était arrivé à sa fille.

Gaspard et Julien se sentaient probablement aussi perdus que lui. Cette histoire avait au moins eu le mérite de les rapprocher. Gaspard, contre l'avis de son père, était parti se battre en Espagne. Il en était revenu transformé, avec une volonté affirmée que le duc admirait secrètement, sans cependant toujours la tolérer.

Imitant son frère aîné, Julien avait gagné aussi l'Espagne, vers la fin de la guerre. Mais son expérience était différente. La guerre lui était apparue comme une aventure romantique, alors que Gaspard en avait connu les aspects les plus sombres. Quoi qu'il en soit, le duc comptait maintenant sur ses deux fils pour l'aider à traverser cette épreuve.

Ils ne croyaient pas Maitland assez idiot pour tuer son otage alors qu'elle lui serait si précieuse pour marchander sa liberté. Cela dit, les comptes rendus des journaux à son sujet leur faisaient quand même redouter le pire. S'il s'avérait qu'elle le gênait plus qu'autre chose, il n'hésiterait pas à la tuer. Il fallait donc les retrouver avant qu'il ne soit trop tard.

Le duc se tourna vers Digby et Whorsley. Ils ressemblaient plus à des hommes de dossiers qu'à des militaires. Avec leurs sourcils froncés et leur expression concentrée, ils lui rappelaient son régisseur : dès qu'un centime manquait dans les comptes, il n'avait de cesse de le retrouver. Il espéra que c'était de bon augure.

Ils lui avaient expliqué fièrement qu'ils appartenaient à la section C des services secrets. Mais cela n'avait pas suffi à rassurer le duc. Les services secrets étaient si cloisonnés qu'un service pouvait parfaitement ignorer ce que faisait son voisin.

Tout le monde le regardait, attendant qu'il parle. Il se décida enfin.

— Major Digby, qui est ce Jack Harper ?

— Le subordonné de Maitland. Et, désormais, son complice. Il a aidé Maitland à s'évader de prison. C'est tout ce que nous savons pour l'instant, Votre Grâce.

Le duc hocha la tête.

— Et qui est l'imbécile qui a tiré sur Maitland dans la cour de la prison ? Il aurait pu blesser ma fille.

— Je l'ignore, Votre Grâce, répondit Digby. Mais quand je le saurai, croyez bien qu'il sera puni.

La réponse parut satisfaire le duc.

— Maintenant, parlez-moi de Richard Maitland. Pourquoi a-t-il été jugé par une cour civile, plutôt que par un tribunal militaire ?

— Parce que, expliqua Digby, ce sont les autorités civiles qui l'ont arrêté. Et qu'elles n'ont plus voulu le lâcher. Nous aurions pu insister, mais l'opinion réclamait un procès public. Nos supérieurs ont préféré ne pas provoquer de remous.

— Mais qui est-il exactement ? insista le duc. Que pouvez-vous me dire à son sujet ?

— Avec tout le respect que je vous dois, Votre Grâce, le temps presse, risqua Digby. Maitland a pris de l'avance. Nous devrions organiser les recherches, rue par rue, maison par maison.

Le duc posa les mains à plat sur la table.

— Ce serait une excellente idée s'il restait des gens pour cela, fit-il remarquer d'une voix dure. Mais vos hommes se sont tous lancés à la poursuite du fugitif.

Espérons qu'aucun d'eux ne le tuera, auquel cas notre meilleure chance de retrouver Maitland disparaîtra.

Digby se mordit nerveusement la lèvre.

— Donc, reprit le duc, en attendant le retour de vos hommes, parlez-moi de Maitland. Comment un tel individu a-t-il pu devenir officier des services secrets ? Qui sont ses amis ? Sa famille ? Qui serait susceptible de lui venir en aide ?

— Je crois savoir, commença Digby, que sa famille vit en Écosse. Son père est un genre d'homme de loi, mais ce n'est pas quelqu'un d'influent. Disons que ce sont des gens modestes. En revanche, leur fils était ambitieux. Il travaillait bien à l'école, et a rejoint l'armée après ses études universitaires. Il a finalement intégré les services secrets en Espagne.

— Vous décrivez là un homme honorable, intervint Gaspard. Alors, pourquoi a-t-il mal tourné ?

— Le problème justement, s'emporta Digby, c'est qu'il avait trop d'ambition. Il n'est pas devenu officier par ses qualités. Il a simplement eu la chance de se trouver au bon endroit, au bon moment.

Il parut s'apercevoir qu'il se montrait trop passionné et, après une courte pause, reprit d'un ton plus modéré :

— Vous avez sans doute entendu parler du complot destiné à éliminer le Premier ministre.

— En effet, j'en ai entendu parler, répondit le duc. C'est donc ce Maitland qui l'aurait empêché d'aboutir ?

— Non. Mais il s'en est attribué tout le mérite. Ainsi qu'à son fidèle chien de garde, Harper.

— Je vois, fit le duc. Continuez.

— En récompense, lord Liverpool l'a nommé officier supérieur. Mais si la section C avait été consultée, nous aurions contesté cette promotion. Nous ne considérons pas Maitland comme l'un des nôtres. Ses méthodes sont trop personnelles. C'est d'ailleurs pour cela qu'il n'a pas d'amis. Du moins, ce que vous et moi appelons de vrais amis. Il a des collègues et des connaissances, c'est tout.

— Pourtant, intervint lord Julien, ce Jack Harper semble être un véritable ami. En tout cas, il est loyal.

Digby esquissa un sourire entendu.

— Le sergent Harper a touché à tous les métiers. Cocher, simple soldat, espion... et maintenant complice de Maitland dans le crime. Un bel ami, en vérité, de la trempe de son chef

Le duc considérait son ancien cocher – aujourd'hui à la retraite – comme un véritable ami, et il n'aimait pas la façon abrupte que Digby avait de juger les gens. Il n'aimait pas non plus son air méprisant. À vrai dire, il n'aimait pas l'homme, tout simplement. Il se tourna vers l'autre agent.

— Eh bien, capitaine Whorsley, vous n'avez encore rien dit ?

Whorsley jeta un coup d'œil à son supérieur.

— Oh, je suis entièrement d'accord avec le major Dibgy, Votre Grâce.

— Maitland ne nous échappera pas, Votre Grâce, reprit Digby. Il n'a aucun endroit où aller. Et quand nous l'aurons coincé, soyez assuré qu'il paiera pour tous ses crimes.

Le duc se releva et, par respect, tout le monde l'imita.

— Capturer Maitland et lui faire payer ses crimes n'est pas notre objectif, déclara-t-il gravement. Notre objectif, c'est de récupérer ma fille. Et si Dieu a permis qu'elle soit toujours en vie, nous donnerons à Maitland tout ce qu'il voudra en échange. S'il demande une rançon, je la paierai. S'il veut son passage pour la France, je lui procurerai un bateau. S'il souhaite être amnistié, je lui obtiendrai une amnistie. Quoi qu'il exige, il l'aura, est-ce bien clair ?

Les deux agents hochèrent la tête, Whorsley sans hésitation, Digby avec quelques réticences.

Le duc tourna le regard vers la fenêtre.

— Mais s'il arrive quoi que ce soit à ma Rosamund, poursuivit-il d'une voix coupante, alors Maitland m'en répondra personnellement.

Le silence qui suivit ces paroles glaçantes fut brisé par un bruit de cavalcade. Le duc s'approcha de la fenêtre.

— Vos hommes sont de retour, major, annonça-t-il. Bredouilles, apparemment.

S'éloignant de la fenêtre, il enchaîna :

— Je vais faire de cette auberge mon quartier général. Vous viendrez m'informer ici de la suite des événements. Ce sera tout.

Comme les deux agents le fixaient, interdits, il ajouta :

— Vous parliez d'organiser des recherches, je crois ? Eh bien, c'est le moment.

Digby et Whorsley s'éclipsèrent la tête basse.

Les deux agents descendirent sans un mot, mais une fois dans la cour, ils laissèrent éclater leur indignation.

— Tu l'as entendu ? s'écria Whorsley, incrédule. Il veut accorder à Maitland tout ce qu'il exigera !

Digby était en rage.

— Une rançon ! Un bateau pour la France ! Et puis quoi encore ? Une récompense ? Jamais je ne permettrai cela !

Whorsley secoua la tête.

— Que veux-tu faire ? Tu connais la consigne : nous ne devons rien décider sans en référer au duc. L'ordre vient directement du Premier ministre.

— Il y a toujours moyen de contourner les ordres.

Les deux hommes se dirigeaient vers un détachement de soldats qui venait de mettre pied à terre, mais à ces mots, Whorsley s'arrêta net.

— Tu as un plan ?

Digby soupira d'exaspération.

— Bien sûr que non ! Je voulais simplement dire que nous ne pourrons pas consulter le duc s'il n'est pas là au moment crucial. Et personne ne peut prédire ce qui se passera quand nous mettrons la main sur Maitland. Un coup de feu est si vite parti... Qui s'en souciera si la fille du duc s'en sort indemne ?

— Et si elle est blessée ? Ou tuée ?

— Nous ferons porter le chapeau à Maitland. De toute façon, personne n'ira écouter sa version des faits.

Digby s'était senti si humilié par le duc qu'il passa sa rage sur ses hommes. Maitland ! Il n'y en avait toujours que pour lui, songeait-il avec amertume. C'était le monde à l'envers. Le duc voulait qu'on protège un assassin, et il l'avait obligé lui, Digby, un honnête homme, à se faire tout petit.

Mais c'en était fini de vivre dans l'ombre de Maitland. Il avait montré qu'il valait mieux que lui. Maitland n'avait fait que jeter l'opprobre sur le service. Si Digby avait été chef à sa place, comme cela aurait dû être le cas, Maitland aurait été relégué à un poste subalterne où il n'aurait causé de tort à personne.

Mais à présent, tout le monde avait les yeux braqués sur lui – le Premier ministre, le ministre de l'Intérieur, tous ses collègues et le duc de Romsey –, pour voir comment il allait s'y prendre dans l'affaire Maitland. C'était l'occasion qu'il attendait pour faire ses preuves.

En haut, dans la petite salle de l'auberge annexée par le duc, l'atmosphère était plus détendue. Gaspard et Julien avaient pris leurs aises dans des fauteuils tandis que leur père fumait un cigarillo, debout devant la cheminée.

Julien fouilla dans sa poche, et en sortit à son tour un cigarillo qu'il alluma à la flamme d'une chandelle. Son père le regarda faire sans broncher.

Ses fils étaient assez grands pour ne plus avoir à répondre de leurs actes. Et il était mal placé pour les mettre en garde contre les dangers du tabac. Et puis, il y avait pire que fumer.

Gaspard l'inquiétait davantage que Julien. Ce garçon avait trop reçu de la vie : il était beau, riche, et avait toutes les femmes qu'il voulait. Quand donc se déciderait-il à se ranger et à fonder un foyer ? Enfin, songea le duc en soupirant, pourquoi s'inquiéter pour de telles broutilles quand la vie de Rosamund était en jeu ?

Julien avait entendu son père soupirer.

— Vous avez dit quelque chose, père ?

— Non, répliqua le duc. Mais va ouvrir la fenêtre.

Tandis que son frère s'exécutait, Gaspard étira ses jambes devant lui.

— Plus j'écoutais le major, dit-il, et moins j'étais hostile à Maitland. Je me demande si ce Digby se rend compte que sa jalousie transpire dans chacune de ses paroles.

— Il est visible qu'il méprise Maitland uniquement parce qu'il est issu d'un milieu modeste, ajouta Julien.

— Prenez garde à ne pas faire un ange de Maitland, rétorqua leur père. Moi non plus, je n'aime pas ces deux agents. Mais jusqu'à preuve du contraire, Digby et Whorsley n'ont pas été accusés de meurtre et ils n'ont pas enlevé votre sœur.

Il fit une pause, avant d'enchaîner :

— Cela dit, je ne pense pas que nous devions nous en remettre entièrement à ces deux types. Ils ne m'ont pas paru briller par leur intelligence, or nous avons affaire à quelqu'un de très malin. Son évasion de Newgate était un modèle du genre. Non seulement il n'a pas paniqué quand les choses ont commencé à mal tourner, mais il a utilisé la situation à son avantage. Il ne pouvait pas savoir que Rosamund serait là, en revanche, il a su tirer parti de sa présence.

Et, regardant tout à tour ses fils, il insista :

— Ne le sous-estimez pas. Rappelez-vous qu'il a déjà tué une fois. Et qu'il n'a plus rien à perdre s'il recommence.

— Qu'attendez-vous de nous, père ? demanda Gaspard.

— Il nous faut plus d'informations. C'est ridicule de prétendre que Maitland n'a pas d'amis. Ce Harper lui est loyal, et il n'est sans doute pas le seul. Maitland a sûrement dans son entourage quelqu'un susceptible de le cacher et de lui procurer de l'argent. Un ami d'enfance, par exemple. Ou un ancien condisciple de l'armée.

— Dois-je commencer par enquêter du côté de ses collègues des services secrets ?

— Non. Ces types ne parlent jamais. Interroge d'abord Callie. Je n'ai toujours pas compris ce que Rosamund et elle faisaient à Newgate. Callie nous mettra peut-être sur une piste intéressante.

Se tournant vers son autre fils, le duc ajouta :

— Julien, je veux que tu ailles porter un message à Twickenham House. Si Maitland réclame une rançon ou essaie un quelconque marchandage, il se pourrait qu'il tente de me joindre là-bas. Explique à mon secrétaire où je suis et dis-lui de m'avertir immédiatement s'il y a du nouveau.

— Entendu, père.

— Et nous aurons besoin de nos hommes.

— Combien ?

— Une douzaine devrait suffire.

Julien sourit.

— Pas de problème. La moitié de nos valets sont d'anciens soldats.

— J'espère qu'ils étaient meilleurs comme soldats que comme domestiques, marmonna le duc. Oui, oui, je sais. Les temps sont durs et il fallait bien donner du travail à tous ces hommes qui revenaient de la guerre.

Il accompagna ses fils jusqu'à la porte.

— Revenez aussi vite que possible.

Gaspard serra la main de son père.

— Rosamund est saine et sauve, père. Elle est la carte maîtresse de Maitland. Il n'a pas intérêt à ce qu'il lui arrive quoi que ce soit.

— Je sais, répondit le duc. Je sais.

Mais quand il se retrouva seul, sa belle assurance s'envola.

Le duc avait raison au sujet de Callie. Elle lança Gaspard sur une piste, mais ce ne fut pas aisé de la faire parler. Elle était furieuse contre ce qu'elle considérait comme une trahison de Maitland et s'interrompait à chaque phrase pour vitupérer contre lui. Et, bien sûr, elle ne cessait de se faire des reproches. C'était elle qui aurait dû être enlevée, pas Rosamund. Tout était sa faute.

Si elle cherchait de la sympathie, cependant, Gaspard n'était pas disposé à lui en offrir. Toute petite déjà, Callie se débrouillait toujours pour attirer l'attention, si bien que les visiteurs la prenaient souvent pour la fille du duc ! Gaspard ne la supportait pas à l'époque, et il ne la supportait pas davantage aujourd'hui. Ses états d'âme ne l'intéressaient pas. Tout ce qu'il voulait savoir, c'était comment Maitland avait réussi son évasion, et qui d'autre que Jack Harper aurait pu l'aider. Finalement, il obtint ce qu'il désirait. Un nom. Hugh Templar.

Gaspard le connaissait. Il l'avait rencontré dans des réceptions à Madrid. On le surnommait «le militaire érudit», à cause de son intérêt pour les antiquités romaines. Depuis lors, leurs chemins s'étaient parfois croisés à Londres et ils avaient échangé quelques mots polis, mais leur relation s'arrêtait là.

— Je ne sais pas s'ils sont amis, reprit Callie. Plutôt d'anciens collègues. Tous deux ont combattu sous les ordres de Wellington, en Espagne.

— Comme tant d'autres, répliqua Gaspard. Ça ne signifie pas pour autant qu'ils aient gardé des liens après la guerre.

— Je sais. Cependant, on les a vus ensemble. Maitland a été invité chez les Templar, à Londres et dans l'Oxfordshire. Il y a autre chose : Jack Harper a servi autrefois comme cocher chez les Templar. Et lui aussi était en Espagne.

— Qui vous a dit tout cela ?

— Je ne m'en souviens plus. C'est important ? Il n'y a rien de secret là-dedans. Et de toute façon, je ne pense pas qu'ils soient encore amis. Templar ne s'est même pas déplacé pour assister au procès de Maitland.

Gaspard quitta son hôtesse peu après pour se rendre chez les Templar qui habitaient Berkeley Square, à quelques centaines de mètres seulement.

Les rues étaient redevenues calmes, mais les troupes de la milice quadrillaient toujours la ville. Gaspard, cependant, n'y prêta pas attention. Il songeait à son enquête. S'il ne savait pas grand-chose de Maitland, en revanche, il en connaissait un peu plus sur Templar, et il l'imaginait mal tournant le dos à un ami dans l'épreuve. Alors, que s'était-il passé ? Qu'est-ce qui avait empêché Templar d'assister au procès de Maitland ? Et que venait faire Harper dans tout cela ? L'intermédiaire ?

Hélas, tout espoir d'obtenir des réponses à ses questions s'évanouit quand le majordome des Templar lui apprit que son maître était absent. Il avait emmené sa femme et leur fils à Staines, pour visiter les ruines d'une villa romaine.

Gaspard n'avait pas besoin d'une carte pour localiser Staines. C'était un petit village en bordure de la Tamise, près de Chelsea, sur la route de Windsor.

— Quand sont-ils partis ? s'enquit-il.

— Il y a deux jours, milord.

Deux jours. Soit juste au moment de la condamnation de Maitland. Curieuse coïncidence…

Gaspard sourit au majordome.

— Monsieur... ?

— Soames, milord.

— Si nous entrions, monsieur Soames, pour que vous m'expliquiez où exactement je puis les trouver ?

7

Maitland avait donné le signal du départ, mais ils n'allèrent pas bien loin. Après avoir déposé dans la barque amarrée derrière le cottage les deux grands sacs qu'il avait emportés, il ordonna à Rosamund de monter à bord, puis il l'imita et rama jusqu'à l'autre rive du fleuve, où il immobilisa l'embarcation sous les branches d'un saule pleureur. Ils demeurèrent là, tandis que la nuit commençait à tomber.

L'idée de plonger dans la rivière pour s'enfuir effleura Rosamund, mais elle y renonça bien vite. Outre que ses mains menottées l'empêcheraient de nager, elle n'avait aucune envie de se retrouver dans l'eau glacée.

Maitland était à nouveau d'une humeur massacrante, et c'est à peine s'ils avaient échangé trois mots depuis leur départ. Rosamund commençait à trouver ce silence pesant.

Elle se racla la gorge.

— Qu'attendons-nous ?

— Harper.

Elle scruta l'autre rive, en vain. L'obscurité était presque totale, à présent.

— Comment saura-t-il que nous sommes ici ?

— Il le saura.

Elle renonça à sa question suivante. Harper ne pourrait évidemment pas les voir dans le noir. C'était donc que tout avait été arrangé à l'avance.

Maitland, du reste, semblait penser à tout. Avant de quitter le cottage, il avait fait disparaître toute

89

trace de leur passage. Le panier de pique-nique et les reliefs de leur repas avaient été jetés dans le fleuve. En revanche, il avait emporté la robe de Rosamund, et il avait même pris la précaution de ramasser tous les boutons tombés par terre.

Lui qui était si prévoyant, comment diable avait-il pu se laisser surprendre après son crime ? On l'avait pratiquement pris en flagrant délit. Il n'était peut-être pas si extraordinaire que cela, après tout.

D'un autre côté, il s'était évadé de Newgate, et l'exploit était de taille. À sa connaissance, un seul prisonnier avait réussi à s'échapper de cette prison avant lui, et c'était il y avait fort longtemps.

— Colonel Maitland…

— Taisez-vous !

Rosamund pinça les lèvres. Puisqu'il ne voulait pas parler, eh bien, tant pis. Elle se ferait la conversation toute seule.

— Bon sang ! lâcha-t-il soudain en s'agitant.

Leur embarcation tangua et Rosamund avec.

— Bon sang de bon sang ! répéta Maitland.

Elle regarda de l'autre côté du fleuve et vit des lanternes se déplacer dans l'obscurité, aux abords du cottage. Ce ne pouvait être Harper, car il y avait plusieurs lanternes. Elle en conclut qu'il s'agissait de personnes venues à sa rescousse. Son père ou ses frères faisaient même peut-être partie du lot. Elle s'apprêta à crier, mais se figea en sentant le canon d'un pistolet sur sa tempe.

— Si vous criez, ce sera votre dernier souffle, chuchota Maitland en lui enserrant la gorge de sa main libre. Et ça ne servirait à *rien*. Ils ne pourront pas venir jusqu'à vous. Ils n'ont pas de bateau. Il me suffit de vous balancer par-dessus bord et vous vous noierez en quelques minutes. C'est ce que vous voulez ?

— Non, murmura-t-elle, les larmes aux yeux. Mais vous ne comprenez pas ce que mon père doit traverser.

— Je m'en moque! répliqua Maitland, furieux. Essayez de vous mettre une fois pour toutes dans la tête que je joue ma vie. Si je dois choisir entre vous et moi, je n'hésiterai pas une seconde.

Sur ces mots, il l'obligea à s'agenouiller, tête baissée. Rosamund ne pleurait plus. Elle était désormais animée d'une haine féroce envers son ravisseur.

Tandis que Rosamund gisait au fond de la barque, Richard se traitait silencieusement de tous les noms, se reprochant son incompétence. Sa première erreur avait été d'enlever la fille d'un duc. La deuxième, d'avoir accepté de se retrouver seul avec elle. Pour ce qui était de la troisième, la faute en incombait principalement à ses parents. C'étaient eux qui l'avaient élevé dans le respect des femmes, quelle que soit leur attitude. Du coup, il se sentait coupable de s'être mal comporté avec Rosamund.

S'il avait su, il aurait gardé deux des chevaux de l'attelage ducal pour rejoindre les Templar avec Jack. Quant à lady Rosamund Devere, il l'aurait abandonnée à son sort. Bon sang, cette femme n'avait rien d'une porcelaine de Saxe! Elle était tout à fait capable de se débrouiller seule.

Maintenant, la situation devenait critique. Il devait mettre le plus de distance possible entre ses poursuivants et lui. Dieu seul savait où Jack était passé. Et Hugh devait commencer à imaginer le pire.

Il essaya de remonter le cours du fleuve, mais chaque fois qu'il tirait sur les rames, il sentait sa blessure se réveiller. S'il forçait trop, elle finirait par se rouvrir et saigner. Il n'eut donc d'autre solution que de se laisser dériver au fil du courant, c'est-à-dire dans la direction exactement opposée à celle qu'il souhaitait prendre.

Il lui fallait se débarrasser de cette fille, mais il devait faire en sorte que cela lui laisse le temps de s'enfuir. Il avait besoin de panser sa blessure, d'un cheval, et surtout, de repos.

Richard amarra la barque à un ponton désert. Puis ils marchèrent jusqu'au village le plus proche, qui s'appelait Kennington. C'était un tout petit bourg de campagne, qui ne comptait qu'une seule auberge, Le Prince noir.

Avant d'en pousser la porte, Richard arrangea la tenue de sa prisonnière, puis il enfonça son chapeau sur sa tête pour dissimuler ses yeux. Il lui expliqua qu'ils se feraient passer pour deux frères, au cas où on les questionnerait. Ils raconteraient qu'ils étaient des marchands venus rendre visite à des clients. Pour le reste, Rosamund fut priée de se taire. Richard ferait seul la conversation. Et pour donner plus de poids à ses menaces, il colla le canon de son arme dans les côtes de la jeune femme, à travers son manteau.

Personne ne leur posa de question, ni ne leur prêta la moindre attention. L'aubergiste, un solide gaillard, se contenta d'esquisser un sourire quand Maitland posa sur son comptoir une pièce d'or, et commanda des sandwichs, du café et de l'eau chaude à faire monter dans leur chambre. Il n'eut même pas la curiosité de leur demander d'où ils venaient, ni comment ils étaient arrivés là. Il semblait supposer qu'ils étaient venus à cheval et avaient laissé leurs montures à l'écurie.

Bien qu'elle eût beaucoup voyagé, Rosamund n'avait encore jamais dormi dans une auberge. Son père ne l'aurait pas toléré. Quand ils venaient à Londres, le duc et sa famille descendaient au Clarendon, l'hôtel le plus chic de la capitale, où il louait une suite à l'année. Et lorsqu'ils partaient en voyage, il y avait toujours des amis ou des parents pour les héberger. Du coup, Rosamund ne connaissait des auberges que ce que Callie lui en avait raconté. D'après son amie, c'étaient des lieux magiques, où on pouvait s'asseoir à la même table que des étrangers et devenir amis avant la fin du repas.

Mais un seul regard à la salle suffit à lui faire comprendre que Le Prince noir n'était pas le genre d'auberge que Callie avait en tête. Le plafond était bas, le plancher usé et l'escalier étroit. Quant aux quelques clients qui s'y trouvaient, ils avaient des allures de bandits de grands chemins.

L'aubergiste avait agité une clochette. Comme personne ne répondait, il cria « Becky ! », avant d'agiter à nouveau sa clochette.

Quelques secondes plus tard, une jeune femme surgit de l'arrière-salle en s'essuyant les mains sur son tablier tout en grommelant. Mais quand elle vit Maitland et Rosamund, elle se figea, les yeux écarquillés.

Le cœur de Rosamund fit un bond dans sa poitrine. Becky avait dû reconnaître Maitland, car elle semblait incapable de détourner le regard de son visage.

L'aubergiste dit quelque chose, mais Rosamund ne l'entendit pas. Elle s'attendait que Becky se mette à crier, et se demandait ce qu'elle ferait alors. Profiter de la confusion pour s'enfuir ou se jeter sur Maitland, avec l'espoir que les autres clients lui prêteraient main-forte ?

Elle lui lança un regard de côté et découvrit avec stupeur qu'il souriait.

Becky ne cria pas. Elle battit des cils, s'empara d'une chandelle et les pria de la suivre.

Rosamund comprit tout à coup ce qui se passait. Ils flirtaient ! Cette fille d'auberge et Maitland ! Lui qui ne pouvait ouvrir la bouche sans proférer une menace, voilà qu'il échangeait maintenant avec Becky des regards pleins de sous-entendus.

Becky les précéda dans la chambre pour allumer la chandelle posée sur le manteau de la cheminée à la flamme de son propre chandelier.

— C'est notre meilleure chambre, annonça-t-elle. Les draps sont propres et vous ne trouverez pas la moindre punaise dans le matelas.

Des punaises ? Dans le matelas ? Rosamund était horrifiée. De toute façon, il n'y avait qu'un lit. Maitland le prendrait. Pour sa part, elle dormirait par terre.

— Et voilà la salle de bains! ajouta fièrement Becky en ouvrant une porte qui donnait dans un réduit de la taille d'un placard.

— Charmant, commenta Maitland en lui décochant un sourire.

Rosamund était médusée. Il était vraiment bel homme, quand il souriait. Maintenant, elle commençait à comprendre pourquoi la servante le dévorait des yeux. Dieu merci, elle-même n'était pas assez naïve pour se laisser tourner la tête par un sourire. Et la carrure de Maitland ne l'impressionnait pas davantage. Ses frères le valaient largement. D'ailleurs, si Gaspard entrait dans cette pièce, Becky n'accorderait plus un regard à Maitland.

Cela dit, ce gredin avait quelque chose. De la présence. C'était d'ailleurs ce qui l'avait frappée au premier regard. Sa présence physique. Sa virilité impossible à ignorer.

Et voilà qu'il flirtait... Rosamund trouvait cela révoltant.

Elle ne put s'empêcher de tressaillir quand Maitland lui entoura l'épaule de son bras.

— Mon frère a une extinction de voix, expliqua-t-il à la fille d'auberge. Il ne peut pas parler.

Becky hocha la tête et se dirigea vers la porte.

— Si vous avez besoin de moi pour quoi que ce soit, vous me trouverez en bas. Et la femme du patron fait de la bonne cuisine.

Maitland soupira.

— Malheureusement, mon frère et moi sommes épuisés. La route a été longue, aujourd'hui. Et nous devons nous lever tôt demain matin. Mais si vous pouviez nous monter le café et les sandwichs que j'ai commandés, ce serait gentil de votre part.

Becky sourit de toutes ses dents.

— Je m'en occupe.

Maitland referma la porte derrière elle, puis se tourna vers Rosamund.

— Pourquoi faites-vous la moue ?

— Je ne fais pas la moue ! se récria-t-elle, indignée. En fait, je ne me suis jamais autant amusée de ma vie.

Il haussa les sourcils.

— Dois-je comprendre que son altesse est vexée parce que la servante ne lui a pas fait la révérence ? Mais comment cette pauvre Becky aurait-elle pu deviner que vous êtes la fille d'un duc ?

Quel goujat, décidément ! Ce n'était pas le comportement de Becky qui ulcérait Rosamund. Mais le sien. Elle préféra cependant ne pas le lui faire remarquer.

— Je me moque bien d'être la fille d'un duc, figurez-vous.

Il éclata de rire.

— Allez raconter cette fable à qui vous voudrez, mais pas à moi. Je me rappelle vous avoir vue à Madrid. Vous assistiez à un bal auquel j'avais été convié. Vous étiez charmante à regarder, mais quelle froideur ! Vous auriez pu tout aussi bien être une statue de marbre.

La jeune femme songea à se défendre, à lui assurer qu'elle n'était ni froide ni hautaine, mais à quoi bon ? De toute façon, il n'était pas disposé à la croire. Elle se débarrassa de son chapeau et de son manteau qu'elle jeta sur un fauteuil, puis alla se planter devant le feu.

— Colonel Maitland, commença-t-elle en se tournant vers lui.

Mais elle s'interrompit net au spectacle de Maitland cramponné à la poignée de la porte, le visage soudain blême et les traits crispés.

— Que se passe-t-il ? s'écria-t-elle.

— Asseyez-vous, lui ordonna-t-il.

Rosamund s'exécuta, les yeux rivés sur son ravisseur. Il semblait sur le point de s'évanouir.

Maitland lâcha la poignée de la porte pour ôter son manteau. C'est alors que Rosamund vit la tache de sang séché sur sa chemise. Et quand il enleva cette dernière, elle réprima un cri. Un bandage lui entourait la poitrine, il était maculé de sang frais au niveau du poumon gauche.

— Qui vous a fait ça ?

Il ne répondit pas, mais ouvrit l'un des sacs de selle et en sortit plusieurs objets qu'il disposa sur la table avec soin : des bandages propres, une paire de ciseaux et une flasque en argent.

— Vous n'avez pas une petite idée ?

Comme la jeune femme demeurait interdite, il ajouta :

— Celui qui a tué Lucy Rider.

Rosamund mit quelques secondes à recoller les morceaux. Il faisait allusion au meurtre de son ancienne maîtresse. Il avait prétendu au procès que l'assassin l'avait poignardé, lui aussi.

— Je croyais que ce n'était qu'une blessure superficielle ? dit-elle.

Il lui jeta un bref regard.

— Ce n'était pas une blessure mortelle, si c'est ce que vous voulez dire. Mais ça fait un mal de chien. Et surtout, cette saloperie ne veut pas cicatriser.

Rosamund se rappela soudain qu'on l'avait accusé d'avoir tué sa maîtresse par jalousie. Maitland jaloux ? Maitland cédant à un crime passionnel ? Elle avait du mal à l'imaginer ! Visiblement, il ne tenait pas les femmes en très haute estime.

L'idée l'effleura qu'il aurait pu évoquer la légitime défense en accusant Lucy de l'avoir frappé en premier, par exemple. Ce qui lui aurait permis d'échapper à la peine capitale Or, il ne l'avait pas fait. Pas une seule fois, il ne s'était écarté de sa première déposition : un garçon l'attendait en haut des marches, devant la chambre de Lucy. Il l'avait accompagné jusqu'au lit, où il avait découvert le cadavre de la jeune femme. À cet instant, un inconnu l'avait frappé d'un coup de poignard.

— Avez-vous tué Lucy Rider ? demanda Rosamund d'une voix posée.

— Non. Mais je ne m'attends pas que vous me croyiez.

Leurs regards s'accrochèrent, et Rosamund réitéra sa question, toujours aussi calmement.

— Avez-vous tué Lucy Rider ?

Un instant, elle crut qu'il allait s'emporter contre elle. Mais il se contenta de se passer la main dans les cheveux – un geste qui commençait à lui être familier –, et répondit du même ton calme :

— Non, je ne l'ai pas tuée.

Rosamund n'aurait su dire pourquoi, mais elle le croyait. Pourtant, elle le connaissait à peine. Et cependant, elle était sûre de son intuition. Elle en éprouvait un immense soulagement. Comme si le gros nuage noir qui lui obscurcissait l'esprit venait de disparaître.

Elle ne put réprimer un frisson quand il écarta le bandage et versa un peu du liquide contenu dans la petite flasque sur sa blessure. Il serra les dents, porta la flasque à ses lèvres et en avala une gorgée. C'était du brandy, bien sûr. Rosamund en avait reconnu l'odeur. Maitland prit une profonde inspiration, et se remit à la tâche. Il humidifia un morceau de tissu propre avec de l'alcool et en tamponna sa blessure.

— Vous ne changez pas votre bandage ? demanda Rosamund. Vous ne risquez pas d'arrêter le saignement ainsi.

— À quoi ça me servirait de l'ôter ? Je suis incapable de le refaire.

— Moi, je peux, dit-elle en se levant.

Il attrapa son pistolet et elle se rassit aussitôt.

— Si vous voulez saigner à mort, c'est votre affaire. Ce n'est pas étonnant que votre blessure ne se referme pas, avec ce que vous lui faites subir. Vous n'auriez jamais dû me porter pour sortir de Newgate, ni ramer, comme tout à l'heure. N'avez-vous donc aucun bon sens ?

Il secoua la tête.

— Je ne pouvais pas vous demander de diriger la barque à ma place. Vous m'auriez assommé avec une rame.

— Je parle sérieusement ! se récria Rosamund. Au lieu de courir la campagne, vous auriez dû vous trouver un endroit où vous reposer. D'autant que nos pérégrinations n'ont servi à rien. Nous voilà pratiquement revenus à notre point de départ.

— Vous savez quoi, Rosamund ? La prochaine fois que je m'évade de prison, je vous laisserai le commandement des opérations.

La jeune femme n'était pas d'humeur à goûter la plaisanterie.

— Je suppose que vous avez l'intention de louer des chevaux demain matin, pour que nous repartions au plus vite ? Merveilleux ! Je meurs d'impatience. Et combien de temps comptez-vous tenir si votre blessure se remet à saigner ?

Maitland l'étudia, les sourcils froncés.

— Venez là, dit-il au bout d'un moment.

Comme elle s'approchait de la table, il mit son pistolet hors de sa portée, puis découpa son bandage, avant d'éloigner les ciseaux.

— Tenez, dit-il en lui tendant un bandage propre.

— Qu'y a-t-il dans ce pot ? s'enquit-elle en désignant un récipient sur la table.

— De la poudre de basilic.

Rosamund s'en saisit et en versa une bonne quantité sur un pansement.

— Comment se fait-il que vous sachiez faire cela ? s'étonna-t-il.

En réalité, elle n'avait aucune expérience, si ce n'est qu'elle avait souvent soigné les chevaux de son père.

— Eh bien ? insista Maitland.

— Vous savez ce que c'est, colonel Maitland, répondit-elle ironiquement. Nous autres, châtelains, devons prendre soin de nos serfs.

Il ne répondit pas.

Rosamund s'approcha de lui et examina sa blessure.

— Ce n'est pas beau, commenta-t-elle, tout en songeant que c'était pire que cela.

À l'instant où elle approcha le pansement de la plaie, elle se rendit compte de la situation dans laquelle elle se trouvait. Maitland était à demi nu, et elle allait devoir l'entourer de ses bras pour fixer la bande.

Son souffle s'accéléra soudain.

— Tenez ce pansement contre votre blessure en appuyant fortement avec la paume, ordonna-t-elle.

— Bien, madame, répondit-il docilement.

Elle fronça les sourcils. L'entourer de ses bras l'obligerait à se presser contre lui.

— Je pense, dit-elle, que ce serait plus facile si vous vous tourniez.

— Rosamund, il n'est pas question que je vous tourne le dos.

Elle croisa son regard. Il ne souriait pas, cependant, elle aurait juré qu'une lueur d'amusement dansait dans ses prunelles.

Elle était mortifiée. À vingt-six ans, elle se sentait aussi nerveuse qu'une adolescente.

Paupières baissées, elle commença à opérer. Mais quand ses seins frôlèrent le torse de Maitland, c'est lui qui tressaillit.

— Je suis désolée, s'excusa-t-elle. Mais je suis obligée de serrer.

Elle reprit sa tâche. Cette fois, Maitland demeura immobile, mais sa respiration était devenue audible.

— Tenez-vous bien droit, dit-elle en tirant sur les deux extrémités du bandage pour en faire un nœud.

Comme il restait silencieux, Rosamund leva les yeux vers lui. Il arborait à nouveau cette drôle d'expression, comme s'il venait de recevoir un coup.

— J'espère que je ne vous ai pas fait trop mal ? murmura-t-elle.

· Il ne répondit pas, se contentant de la fixer. Le silence s'éternisait.

— Vous... commença-t-il.

Rosamund ne pouvait détourner son regard du sien.

— Je... ?

Ils se rapprochaient insensiblement. Les doigts de Maitland frôlèrent les bras de la jeune femme. Elle posa la main sur son torse. Sa peau était chaude, elle percevait les battements de son cœur. À moins que ce ne soit le sien, à elle ! Tout naturellement, elle leva son visage vers lui.

Maitland la repoussa brutalement, lui arrachant un cri.

— Bon sang ! s'exclama-t-il. Vous jouez avec le feu ! On ne vous a jamais dit qu'il ne fallait pas flirter avec un homme si vous n'étiez pas prête à en assumer les conséquences ?

Puis, plissant désagréablement les yeux, il ajouta :

— Mais peut-être aviez-vous dans l'idée de me séduire pour marchander votre liberté...

Redescendue brutalement sur terre, Rosamund plaqua les mains sur ses hanches.

— C'est ainsi que vous me remerciez de vous avoir aidé ? Vous faites erreur, colonel Maitland. Ça ne me viendrait pas plus à l'idée de vous séduire que de m'enfuir avec l'un de mes valets. Auriez-vous oublié qui je suis ?

C'était bien là le problème. Richard avait effectivement oublié qui elle était. Quelque chose était en train de se passer entre eux, quelque chose qu'il ne pouvait tolérer.

— Allez vous asseoir, ordonna-t-il en lui désignant le lit. Et restez *loin* de moi !

— Avec plaisir, rétorqua-t-elle. Et cessez de m'appeler Rosamund, je vous prie. Pour les gens de votre sorte, je suis lady Rosamund.

Le café, les sandwichs et l'eau chaude pour leurs ablutions arrivèrent peu après. Richard se contenta de se laver les mains et le visage, mais Rosamund s'enferma dans la « salle de bains » et se livra à une toilette plus poussée.

Quand vint le moment de prendre un peu de repos, Richard s'aperçut qu'il n'avait nul endroit où fixer les menottes de sa prisonnière. Enfin, ce n'était pas totalement exact. Il pouvait toujours l'attacher à la poignée de la fenêtre – ce qui signifiait qu'elle aurait dû dormir debout –, ou l'enfermer dans le cabinet de toilette, qui n'était qu'un réduit glacial. Mais cela lui paraissait injuste après la façon dont elle avait pansé sa blessure. Et puis, elle avait autant besoin de dormir que lui. Il ne restait donc qu'une solution : l'attacher à lui.

La jeune femme ne songea même pas à résister quand il l'entraîna vers le lit. Elle ne broncha pas davantage. En fait, elle n'avait pas ouvert la bouche depuis qu'il lui avait ordonné de garder ses distances. Oh, ce n'était certes pas une preuve de soumission de sa part ! Elle lui avait fait clairement comprendre qu'il n'était rien de plus qu'un domestique à ses yeux. Et en vraie lady, elle se comportait désormais avec lui comme s'il était invisible.

Malheureusement, Richard ne parvenait pas à en faire autant. Il ne cessait d'osciller entre irritation et admiration. Elle l'irritait parce qu'elle refusait de lui obéir, ce qui l'obligeait à se conduire comme un monstre. Mais ce qui l'exaspérait le plus, c'était son innocence. Elle semblait parfaitement inconsciente de son pouvoir sur les hommes. Quand elle était vêtue à la dernière mode, elle était superbe. Avec des vêtements d'homme, elle devenait irrésistible ! Ah, ces longues jambes ! Ce joli derrière rond ! Sans parler du balancement de ses hanches qui le mettait au supplice ! Ne s'apercevait-elle vraiment pas de l'effet qu'elle lui faisait ? À l'évidence, non.

Mais le plus déroutant, c'est que tout ce qui l'irritait chez la jeune femme constituait autant de motifs d'admiration. Rosamund avait peur de lui, et cependant, elle ne pliait pas. Elle possédait une force intérieure dont rien ne pouvait venir à bout. Et son innocence allait bien au-delà de son ignorance de ce qu'était le désir masculin. Ainsi, elle avait pansé sa blessure, alors que son intérêt aurait été de le laisser saigner jusqu'à épuisement. Comment ne pas être touché ?

Rosamund ébranlait les préjugés qu'il nourrissait quant aux femmes de sa caste. Sans doute avait-elle reçu une éducation princière, mais du moins savait-elle s'adapter à toutes les situations. En cela, elle ressemblait à Abbie Templar et à Gwen Radley.

À cette différence près qu'il n'avait jamais désiré Abbie ou Gwen.

Mais s'agissait-il uniquement de désir, en l'occurrence ?

Les exigences de la chair, Richard était capable de s'en accommoder. Mais le trouble que Rosamund Devere suscitait en lui allait bien au-delà de cela.

Avez-vous tué Lucy Rider ?

Non, je ne l'ai pas tuée.

L'avait-elle cru ? Il le pensait. Et il l'espérait. Parce que... parce que...

Enfer et damnation ! Ce n'était vraiment pas le moment de rêver à une femme qu'il connaissait depuis moins de vingt-quatre heures, alors qu'il avait tellement besoin de repos. Sans compter qu'il ne pouvait totalement exclure l'hypothèse qu'elle cherche à endormir sa méfiance en jouant les innocentes. Cela paraissait peu probable, mais il s'était déjà trompé une fois, et il n'avait pas l'intention de refaire la même erreur. S'il n'avait pas fait confiance à Lucy, il n'en serait pas là aujourd'hui.

Il tourna la tête, pour contempler sa voisine. Elle s'était réfugiée à l'autre bout du lit, aussi loin que le permettaient les menottes liant leurs poignets. Ces maudites menottes entravaient aussi bien ses mouvements que ceux de la jeune femme, et Richard comprit qu'elles allaient lui gâcher son sommeil. Il fouilla dans sa poche, et en tira la clé qui les ouvrait. Au même instant, Rosamund se tourna vers lui en soupirant. Elle avait les yeux clos, mais Richard était persuadé qu'elle feignait de dormir. Pour en avoir le cœur net, il frôla ses lèvres du doigt. Pas de réponse. Lui, en revanche, ne put ignorer le tressaillement dans son bas-ventre.

Grommelant un juron, il détacha les menottes, repoussa la couverture et se leva. Après avoir rajouté une bûche dans l'âtre, il vint se planter devant la fenêtre. De l'autre côté du fleuve, il apercevait les lumières de Londres.

Hugh avait dû renoncer à l'attendre. Et il ne chercherait pas à le retrouver, pour ne pas risquer d'attirer l'attention des autorités. À présent, une seule personne savait où se rendrait Richard. Et cette personne, c'était Jack.

Tout en réfléchissant aux raisons pour lesquelles les choses avaient mal tourné, Richard revint sur ses pas et poussa un fauteuil devant la porte, avec l'intention d'y dormir en se couvrant de son manteau. Au cas où Rosamund chercherait à lui fausser compagnie pendant son sommeil.

Il demeura un long moment perdu dans ses pensées, contemplant de temps à autre le lit où dormait la jeune femme. En fait, il savait très bien pourquoi leur plan avait mal tourné. C'était parce qu'il avait enlevé lady Rosamund Devere.

Il s'obligea à fermer les yeux, puis entreprit de compter les moutons. Mais le sommeil fut long à venir.

8

De retour dans la petite maison qu'il avait louée à la sortie du village de Staines, Hugh Templar commença par ôter son manteau trempé, puis il prit le chandelier allumé posé sur la table et rejoignit sa femme à l'étage. Il était tard et les domestiques étaient déjà couchés, mais Hugh se doutait qu'Abbie ne dormait pas. Il la trouva dans la nurserie. Elle ne l'entendit pas entrer, et il en profita pour la contempler à son insu. Elle berçait leur enfant dans ses bras en lui chantant une comptine. Le bébé avait les yeux rivés sur les lèvres de sa mère, comme fasciné.

— Hugh! s'exclama-t-elle, s'apercevant soudain de sa présence. Je ne t'espérais plus.

Elle posa un doigt sur ses lèvres, puis désigna la porte adjacente. Hugh hocha la tête pour signifier qu'il avait compris. La nurse, qui couchait à côté, ne dormait peut-être pas.

— C'est la faute de Jasper, expliqua-t-il. Je l'ai attendu pendant des heures, en vain. Et sur le chemin du retour, mon cheval s'est abîmé un sabot, si bien que j'ai dû faire une bonne partie du trajet à pied.

Abbie acquiesça d'un air entendu. Jasper était le nom de code attribué à Richard, pour parler de lui sans risques devant les domestiques. M. Jasper était censé être un marchand d'antiquités.

— Regarde, dit-elle, je trouve que les cheveux de Thomas ont encore foncé.

Hugh étudia obligeamment le crâne de son fils. Thomas n'avait pas vraiment de cheveux, tout juste un fin duvet, aussi blond que les boucles de sa mère.

— Hmmm, murmura-t-il avec tact.

— Il est bien parti pour te ressembler.

Ce constat ravissait tellement Abbie que Hugh n'eut pas le cœur de la contredire. Pour lui, tous les bébés se ressemblaient. Sauf que lorsqu'il prenait *celui-ci* dans ses bras, il ressentait quelque chose d'étrange et d'unique au plus profond de son être.

Quelques minutes plus tard, quand Thomas fut endormi dans son berceau, ses parents s'éclipsèrent sur la pointe des pieds et regagnèrent leur propre chambre.

Dès que Hugh eut refermé la porte, Abbie demanda :

— Veux-tu boire quelque chose ? Du café ? Du whisky ?

— Non, j'ai assez bu comme ça, en attendant nos amis à l'auberge.

— Que s'est-il passé, Hugh ?

— Tout va bien, Abbie. Ils se sont échappés de Newgate.

Après s'être débarrassé de sa veste, il se laissa choir dans un fauteuil et ajouta :

— Mais la suite ne s'est pas déroulée comme prévu.

Abbie trouva son mari fatigué – ce qui n'avait rien d'étonnant, il était parti depuis le début de l'après-midi – et soucieux.

— Raconte-moi tout.

Hugh exhala un long soupir.

— Je les ai attendus à l'auberge du Faucon, comme convenu, mais au bout d'un moment, ne les voyant pas arriver, je suis allé aux nouvelles en ville. En arrivant à Chelsea, je suis tombé sur la milice qui interrogeait tous les voyageurs. Ils cherchaient nos amis, ainsi que la personne qu'ils avaient enlevée.

Abbie s'assit à son tour.

— Mon Dieu! Richard et Jack ont enlevé quelqu'un? Mais qui?

— Lady Rosamund Devere.

Abbie écarquilla les yeux.

— La fille du duc de Romsey?

— En personne. J'ai appris tout cela de la bouche d'un milicien. J'ai cru comprendre qu'il y avait eu une émeute à Londres, aujourd'hui. J'en ai déduit que Richard et Jack n'avaient pas pu trouver de chevaux, et qu'ils s'étaient rabattus sur l'attelage du duc, qui croisait opportunément leur chemin. Le problème – *le vrai* –, c'est que lady Rosamund se trouvait à l'intérieur.

Hugh avait raconté cela d'un ton badin, mais en voyant la mine consternée de sa femme, il cessa de sourire. Abbie avait raison. Ce n'était pas drôle.

— Il y a autre chose, reprit-il. On a retrouvé l'attelage à la sortie de Chelsea. Vide. C'était Jack qui le conduisait. Lui aussi, a disparu. Inutile de préciser que les soldats quadrillent tous le secteur.

— Tu crois qu'ils vont découvrir le cottage?

— Ce n'est pas impossible.

— Oh, Hugh, que pouvons-nous faire?

— Comme si de rien n'était. Nous irons visiter les ruines romaines et les sites intéressants des environs. Et dans quelques jours, nous rentrerons à Londres.

Comme Abbie secouait la tête, Hugh se releva brusquement pour aller se planter devant la fenêtre.

— Je n'aime pas ça plus que toi, Abbie, mais c'était le plan et nous allons le suivre. Richard le voulait ainsi. Autant pour notre sécurité que pour la sienne.

Se tournant vers sa femme, il ajouta:

— Richard a bien insisté: si les choses tournent mal, ce sera chacun pour soi. Ce qui signifie...

— Je sais ce que ça signifie! Mais c'est sans pitié!

Hugh crispa les mâchoires.

— Non, ce n'est pas sans pitié. C'est le code de conduite que nous avons toujours adopté face à l'ennemi. Et je te rappelle que nous ne sommes pas à l'abri du danger. Je serai sans doute la première personne que les autorités soupçonneront d'avoir aidé Richard, tu en es consciente. Ils peuvent venir nous interroger d'un moment à l'autre. Peut-être sommes-nous déjà sous surveillance. Je ne veux pas prendre le risque de les conduire droit à Richard.

Abbie haussa les épaules d'un air impuissant.

— Je sais, je sais. Excuse-moi. J'espérais simplement que nous pourrions faire quelque chose.

Hugh revint vers elle et l'obligea à se relever.

— Écoute-moi, Abbie. Richard était un agent hors pair. Il a toujours réussi à échapper à l'ennemi. Il y parviendra encore cette fois-ci.

Abbie essaya de sourire.

— Souhaitons que tu dises vrai.

— Ils ne l'auront pas. Je te le promets.

— Mais que va-t-il faire ? Et où va-t-il aller ? Et Jack ?

— Je l'ignore, mais je suis sûr que Richard a pensé à tout avant de s'évader de Newgate. Il possède une maison dans le Berkshire, un héritage, je crois. Il se peut qu'il aille se réfugier là-bas.

— C'est la première fois que j'entends parler de cette maison. Où se trouve-t-elle, exactement ?

— Je n'en sais rien. En fait, Richard ne m'en a jamais rien dit. Mais j'ai surpris une conversation entre son notaire et lui. Quand il s'est aperçu que j'étais là, il a refermé la porte de son bureau. Je pense qu'il ira dans cette maison. Et que Jack l'y rejoindra dès que possible.

Abbie était perplexe.

— Qu'est-ce que cette maison a de si mystérieux, qu'il n'en ait jamais touché un mot à ses amis ? Et quand je dis ses amis, c'est juste Jack et nous.

— N'oublie pas Jason Radley et sa femme.

— Richard les connaît depuis moins longtemps que nous. Et de toute façon, ils sont en voyage en France.

— C'est vrai. Mais Jason serait revenu immédiatement si Richard lui avait fait savoir qu'il avait des ennuis.

— Alors, pourquoi ne l'a-t-il pas fait ?

— Parce que c'est un loup solitaire, expliqua Hugh. Il ne se confie pas volontiers. Il est comme moi.

Il déposa un baiser sur les lèvres de sa femme, avant de préciser en souriant :

— Du moins, avant que je ne te rencontre.

Contre toute attente, Abbie ne lui retourna pas son sourire. Au contraire, elle frissonna.

— Ce qui est si terrible, c'est que cela aurait pu t'arriver, à toi, ou à n'importe qui d'autre. Qui aurait imaginé que les autorités croiraient une seule seconde qu'un homme tel que Richard avait pu tuer cette pauvre fille ?

— La machination était bien ourdie. Tout l'accusait. Et Richard a été son propre ennemi. Il est trop renfermé. Il n'a pour ainsi dire pas parlé devant les magistrats. À ses amis non plus, il n'a pas dit grand-chose, à part leur demander de ne pas s'en mêler.

— Heureusement que ses amis ne l'ont pas écouté. Je regrette juste que nous ne puissions faire plus.

— Je sais, c'est triste.

— Il est si seul.

— Je sais.

— Je me désole aussi pour ses parents. Ils sont si loin, et ne se doutent même pas de ce qui se passe.

Hugh posa une main affectueuse sur l'épaule de sa femme.

— Si seulement il était marié, soupira-t-elle.

— Je ne pense pas que Richard se mariera jamais. Il est trop solitaire.

— Il suffirait qu'il rencontre une femme qui lui convienne.

— C'est peut-être un peu prématuré de songer à cela en ce moment, tu ne crois pas ? Et je te signale qu'il a déjà une femme sur les bras.

Abbie haussa les sourcils.

— Ah, oui ! Et dis-moi, n'est-ce pas toi qui viens de m'assurer qu'il avait pensé à tout ? Alors, que vient faire lady Rosamund dans ses plans ?

— Il arrive qu'il y ait des impondérables. Mais je parie qu'il va l'abandonner dans une auberge à la première occasion, et se volatiliser dans la nature.

— Si je prenais une commission sur chacun de tes paris, je serais une femme riche à l'heure qu'il est ! répliqua-t-elle. Qu'y a-t-il de si drôle ? ajouta-t-elle en le voyant sourire.

— Richard et lady Rosamund, ensemble. Alors qu'ils sont comme l'eau et l'huile. Lui, le républicain qui verrait bien la royauté abolie et les aristocrates privés de leurs privilèges, et elle qu'on dit sur le point d'épouser un prince. Elle incarne tout ce que Richard déteste – riche, bien née, hautaine...

Abbie alla s'asseoir sur le lit et tapota le matelas pour inviter son mari à la rejoindre.

— Je n'ai pas eu l'honneur de lui être présentée, dit-elle, mais il m'est arrivé de l'apercevoir à des réceptions. Elle m'a paru ravissante. Et pas du tout hautaine. Plutôt... comment dire ? Seule. Elle m'a donné l'impression d'être prisonnière de son rang. Et que les gens qui l'entouraient étaient ses geôliers.

Hugh faillit éclater de rire, mais il se ravisa en constatant que son épouse était sérieuse.

— Après tout, pourquoi pas ? Tout est possible, au fond.

— Tu passes ton temps à me répéter que je sais juger les gens.

— Non, ce que je dis, c'est que tu es toujours prompte à en penser du bien. Si ça n'avait pas été le cas, tu ne m'aurais pas épousé, et je serais resté, moi aussi, un loup solitaire.

Abbie s'esclaffa.

— Un loup solitaire ? Avec toutes ces femmes qui te tournaient autour ?

— Abbie, c'est de l'histoire ancienne !

— Bon, admettons. Mais revenons à Richard et à lady Rosamund. À mon avis, ils ne sont pas si différents que cela. Je serais curieuse de savoir combien d'amis proches elle a. Pas plus que Richard, selon moi. En tout cas, j'espère qu'il n'est pas trop dur avec elle. Nous savons, toi et moi, que c'est un homme d'honneur, mais il peut parfois se montrer un peu rude.

— Ne crains rien. Richard n'est pas idiot. Il a déjà assez d'ennuis comme ça, sans chercher à se mettre à dos le père et les frères de lady Rosamund. Je suis certain qu'il la traitera bien et la libérera dès que possible.

— Pauvre duc de Romsey ! Il doit être mort d'inquiétude. Mais j'y songe : tu crois qu'ils pourraient venir ici ?

— Je te l'ai dit, la police peut débarquer d'une minute à l'autre.

— Je ne pensais pas à la police, mais à Romsey et à ses fils.

— Seigneur ! s'exclama Hugh.

Après réflexion, il reprit :

— Non, ça m'étonnerait. Je ne pense pas qu'ils battront la campagne une fois que lady Rosamund sera libérée. Ce qui ne devrait pas tarder.

À cet instant, on frappa à la porte du rez-de-chaussée, et les deux époux se figèrent.

— Tu crois que c'est Richard ? murmura Abbie. Ou Jack ?

— À la porte principale ? Ça me semble bizarre. Attends-moi ici.

Hugh descendit en hâte. Leur étrange visiteur s'impatientait et frappait à coups redoublés, menaçant de réveiller toute la maison. Hugh comprit qu'il ne pouvait s'agir ni de Richard ni de Jack.

— Lord Gaspard ! s'exclama-t-il en ouvrant la porte. Eh bien, quand on parle du loup… Entrez donc.

9

Rosamund se réveilla lentement. Ce fut d'abord l'odeur du café chaud, qui titilla ses narines. Elle ne comprenait pas. Nane avait dû se tromper. Elle ne buvait jamais de café au saut du lit. Uniquement du chocolat. Elle finit par ouvrir les yeux. Des chandelles étaient encore allumées. Étrange. En général, Nane ouvrait les rideaux pour laisser entrer la lumière du soleil. Mais, ils étaient ouverts! Les premières lueurs de l'aube commençaient tout juste à poindre à l'horizon. L'aube? D'ordinaire, elle ne se levait jamais avant 10 heures.

Et puis elle se souvint. *Maitland*.

Il était assis, et buvait tranquillement son café.

— Ça va refroidir, lui dit-il.

— Quoi?

— Votre café, répondit-il en lui désignant la cafetière posée sur la table. Levez-vous, Rosamund. J'ai à vous parler. Figurez-vous que j'ai trouvé un moyen de me débar… de vous rendre à votre famille sans prendre de risque.

Rosamund le regardait, perplexe. Était-ce un piège? Pouvait-elle lui faire confiance? À vrai dire, elle n'avait guère le choix.

Elle sortit du lit et se contenta d'enfiler la veste de Harper, sans prendre la peine d'arranger sa toilette ou ses cheveux. Dès qu'elle fut assise à table, devant sa tasse de café, Maitland lui expliqua son plan.

— C'est très simple. Je vais louer une voiture et je demanderai au cocher de vous ramener à Twickenham, pendant que je prendrai une autre route.

Il semblait d'excellente humeur, ce matin. Et même s'il s'était repris, Rosamund avait compris qu'il voulait bel et bien se *débarrasser* d'elle. Tout de même, elle avait du mal à croire à sa chance. Il devait y avoir un piège quelque part.

Maitland s'adossa à sa chaise.

— J'aurais pensé que cette nouvelle vous remplirait de joie.

— Hmmm, murmura la jeune femme d'un air songeur en prenant sa tasse à deux mains. Votre plan m'étonne un peu. Qu'est-ce qui m'empêchera, dès que vous aurez le dos tourné, d'ordonner au cocher d'aller prévenir la police ? Bien sûr, ce n'est nullement mon intention, s'empressa-t-elle de préciser. Mais j'essayais simplement d'envisager les choses de votre point de vue.

— Je monterai avec vous en voiture, sous prétexte de vous faire mes adieux. Une fois à l'intérieur, je vous ligoterai et je vous bâillonnerai. Le cocher n'en saura rien.

La jeune femme ne put réprimer un frisson.

— Écoutez, Rosamund, j'ai besoin de temps pour semer mes poursuivants. Le cocher ne devrait pas faire attention à vous avant que vous ne soyez arrivée à destination. Ce qui me donnera deux bonnes heures d'avance. C'est suffisant.

Donc, c'était vrai. Il allait réellement la relâcher. Et après tout, cette histoire de liens et de bâillon n'était pas si terrible. Ça aurait pu être bien pire.

Pour un peu, elle l'aurait remercié. Elle aurait voulu aussi l'assurer qu'elle ne lui causerait aucun ennui et qu'elle ne dirait rien à la police susceptible de la mettre sur ses traces. Elle aurait même voulu lui dire qu'elle était convaincue de son innocence, et que dès qu'elle serait libre, elle ferait tout ce qui serait en son pouvoir pour le réhabiliter. Mais elle garda le silence, parce qu'elle se doutait qu'il ne la croirait pas.

Maitland se leva.

— Je vous accorde cinq minutes pour vous préparer. Pas une de plus. Et n'essayez pas de me jouer un tour.

Elle ne bougea pas, même après qu'il eut refermé la porte. Un instant, elle songea à lui désobéir, mais uniquement parce qu'il lui en avait donné l'idée. À vrai dire, elle n'avait aucune envie de le trahir. Ce serait le mener droit à l'échafaud, or, contre toute attente, elle le pensait innocent.

Cinq minutes, avait-il dit. Elle commença par s'enfermer dans le cabinet de toilette.

Richard vit son plan s'écrouler quand il voulut louer une voiture à l'écurie de l'auberge.

— Vous iriez plus vite à pied, mon bon monsieur, lui annonça l'aubergiste. Vous n'êtes donc pas au courant ? On a enlevé la fille d'un duc et la milice a dressé des barrages sur tous les ponts. Personne n'entre ou ne sort de Londres sans son accord.

Impossible de renvoyer Rosamund à Twickenham. Sa voiture serait arrêtée à Westminster Bridge, ce qui ne lui donnerait pas assez d'avance pour filer. Mais s'il voulait retrouver Jack, il lui fallait expédier Rosamund ailleurs qu'à Londres.

Il songea à Brighton. Quand le cocher s'arrêterait pour se restaurer, il s'apercevrait que sa passagère était ligotée, mais d'ici là, Richard serait loin.

— Je vais quand même louer une voiture, décida-t-il en donnant une pièce d'or à l'aubergiste. Préparez-la-moi tout de suite. Je vais chercher mon frère.

— Bien, monsieur. C'est comme si c'était fait.

Au moment de tourner les talons, Richard faillit entrer en collision avec un garçon d'écurie qui courait à toutes jambes.

— Monsieur Bleecher ! La milice arrive ! Ils ont trouvé quelque chose dans un bateau près d'ici, et maintenant, ils fouillent toutes les maisons.

Richard resta impassible, mais tous ses sens étaient en alerte.

— La milice ici ? À Kennington ?

Le gamin hocha la tête.

— Vrai de vrai. Je les ai vus comme je vous vois.

— Retourne à ton travail, Danny, lui ordonna l'aubergiste. Et ne t'inquiète pas pour la milice. Je saurai leur parler.

Richard réfléchit un instant, avant de risquer :

— Peut-être devrions-nous repousser notre départ, mon frère et moi ?

— Pourquoi donc ? lui demanda l'aubergiste, étonné.

— La milice… expliqua Richard, laissant le mot flotter dans l'air.

L'aubergiste secoua la tête avec énergie.

— Ils ne vont quand même pas retarder des marchands respectables. Je répondrai de votre honorabilité s'il le faut.

Richard ne s'était pas trompé. L'aubergiste était un brave homme qui ne voyait pas le mal partout. Et comme beaucoup de citoyens, il avait un préjugé défavorable envers la milice.

En sortant des écuries, Richard regarda du côté du fleuve. Le jour était presque entièrement levé, à présent, mais il ne distinguait pas les uniformes rouges des miliciens. Le temps pressait. Oui, mais où aller ? Maintenant que la milice était à Kennington, la route de Brighton se trouvait elle aussi coupée. Il ne restait plus qu'à obliquer vers l'est. La direction qu'il avait pensé prendre lui-même.

Il songea à Rosamund et réprima un juron. Comment lui annoncer la nouvelle ? Devait-il lui dire que la milice approchait et qu'il avait été obligé de changer de plan ? Il voyait d'ici sa réaction. Elle se débrouillerait pour se faire remarquer, et il serait obligé de l'abandonner derrière lui. La milice n'aurait plus qu'à suivre sa piste.

La seule solution était de ne rien lui dire pour l'instant. Il lui expliquerait tout plus tard, quand ils seraient loin de Kennington. Elle serait furieuse, mais elle était intelligente, et elle comprendrait.

Rosamund était prête quand Richard pénétra dans la chambre. Il faisait de nouveau grise mine, mais elle commençait à être habituée à ses sautes d'humeur, et cela ne lui faisait plus aucun effet. D'ailleurs, maintenant qu'elle était convaincue de son innocence, elle n'avait plus peur de lui. La vérité même, c'est qu'elle avait désormais confiance en lui. Mais ce n'était pas réciproque.

La perspective de revoir bientôt sa famille lui tirait presque des larmes. Elle ne les avait quittés que depuis vingt-quatre heures, mais elle savait que pour son père, ces vingt-quatre heures avaient été les plus longues de sa vie.

La voiture était déjà dans la cour. Pendant que Maitland donnait ses ordres au cocher, Rosamund grimpa à l'intérieur. Elle fut étonnée de découvrir les sacs de Maitland sur le plancher, mais ne s'en alarma pas. Celui-ci monta à son tour – sous prétexte de lui faire ses adieux, crut-elle – et, comme prévu, la bâillonna et lui menotta les poignets dans le dos. Mais alors que Rosamund s'attendait qu'il redescende de voiture, Maitland s'installa sur la banquette, près d'elle, et passa la tête par la portière pour donner le signal du départ. Elle le regarda avec incrédulité.

Dès que le véhicule se fut ébranlé, Maitland leva les mains en un geste d'apaisement.

— Écoutez-moi, Rosamund. J'ai été obligé de changer mes plans. Je ne peux pas vous relâcher tout de suite. Sachez que…

Rosamund cessa de l'écouter. Maitland l'avait encore trahie, et c'était une fois de trop. Si elle n'agissait pas maintenant, il serait bientôt trop tard. Elle voulut se lever, mais il l'obligea à se rasseoir et lui ordonna de se montrer raisonnable. Si elle se tenait convenablement, tout se passerait bien, lui promit-il.

Elle le fixa, l'air choqué, puis, tel un animal pris de panique, elle se jeta sur lui, lui flanquant des coups de pied, luttant pour libérer ses mains, se cambrant, s'agitant dans tous les sens. Maitland n'eut d'autre choix que de la plaquer contre lui jusqu'à ce qu'elle cesse de se débattre.

Alors, seulement, il la relâcha.

— Si vous me promettez de ne pas me causer d'ennuis, je vous libère les poignets et je vous débarrasse du bâillon.

Rosamund lui décocha un tel regard qu'il eut un mouvement de recul.

— Haïssez-moi, si ça vous chante. Mais tant que je n'aurai pas votre parole, vous garderez les menottes et le bâillon. Tout ce que vous avez à faire, c'est de hocher la tête.

Pour toute réponse, elle se redressa et tourna ostensiblement la tête vers la fenêtre.

— Comme vous voulez, fit-il, laconique.

Peu de temps après leur départ, Rosamund aperçut le village de Chelsea sur l'autre rive du fleuve. S'ils continuaient cette même route, ils arriveraient bientôt à hauteur de Richmond. Et là, il suffisait de traverser le pont pour atteindre Twickenham. Elle commençait à reprendre espoir quand leur attelage obliqua vers l'est.

Appuyant la tête contre la banquette, elle ferma les yeux, pour cacher ses larmes. Dire qu'elle était passée si près de chez elle… Tout à coup, elle avait envie de mourir.

Elle entendit Maitland soupirer. Quand il commença à lui ôter son bâillon, elle rouvrit les yeux. La seconde d'après, les menottes avaient à leur tour disparu.

— Ne tentez rien de déraisonnable, l'avertit Maitland. Parce que je n'hésiterai pas à employer la force.

Rosamund savait qu'il ne plaisantait pas. Mais pour l'heure, elle était furieuse contre elle-même. Elle se reprochait sa naïveté, pour ne pas dire sa bêtise. Elle avait pansé sa blessure ! Et elle avait cru en lui au point de vouloir obtenir sa réhabilitation !

— La milice risquait d'investir l'auberge d'une minute à l'autre, expliqua Maitland. Ils sont partout. Je ne pouvais pas prendre le risque de vous abandonner derrière moi. Il faut que vous compreniez à quel point ma situation est critique, Rosamund. Je ne tiens pas à retourner à Newgate. Mais je vous promets que dès que les circonstances le permettront, je vous rendrai votre liberté.

Elle le gratifia d'un regard meurtrier. Cette fois, elle ne se laisserait pas prendre à ses vaines promesses. S'il voulait l'amadouer, il perdait son temps. Elle tourna à nouveau la tête et s'absorba dans la contemplation du paysage.

Richard en profita pour chercher une solution au problème de sa prisonnière. Jack avait raison : il ne pouvait l'abandonner au bord de la route. Elle risquait de se faire agresser. Mais il devait bien exister quelque hameau où il pourrait la relâcher en toute sécurité. Si ce n'était pas le cas, que ferait-il d'elle ?

À Morton, Richard renvoya le cabriolet à Kennington et loua deux chevaux. Il avait décidé de rejoindre le Berkshire en évitant les routes, de crainte de tomber sur la milice. Ils coupèrent donc à travers champs et bois.

Une pluie fine s'était mise à tomber peu après leur départ. Ils s'arrêtèrent deux fois en chemin, pour abreuver les chevaux et leur permettre de se reposer. Eux-mêmes n'avaient pour toute nourriture qu'un peu de pain et de fromage, ainsi qu'une gourde d'eau pour étancher leur soif. L'endurance de Maitland stupéfiait Rosamund. Pour sa part, elle aurait voulu abandonner mille fois, mais il allait de l'avant sans relâche.

Ce n'est que lorsque la nuit fut presque totale qu'il ordonna une halte. Ils trouvèrent refuge dans une étable abandonnée, mais le lendemain, dès les premières lueurs de l'aube, Maitland donnait à nouveau le signal du départ.

Quelques heures plus tard, ils furent contraints de s'abriter sous un pont, pour se protéger de la pluie qui était devenue soudain plus violente. Rosamund s'aperçut alors que son ravisseur n'était pas en meilleur état qu'elle. Il allait même plus mal. Il était livide, et sa respiration était laborieuse. Elle se demanda si sa blessure ne s'était pas remise à saigner et s'apprêtait à lui dire de se ménager, quand il ordonna de repartir. Rosamund était trop épuisée pour songer à discuter.

Depuis la veille, elle essayait de mémoriser la route qu'ils suivaient, mais plus les heures passaient et plus elle avait de mal à se concentrer sur sa tâche. Et quand l'obscurité se fit à nouveau, elle ne rêvait plus que d'un lit douillet et d'un oreiller moelleux.

Elle se sentit soudain glisser de sa selle et poussa un cri. Maitland la rattrapa à temps.

— Nous sommes arrivés, dit-il d'une voix qui trahissait sa propre fatigue.

Il mit pied à terre et Rosamund l'imita, mais elle n'avait pas la moindre idée de l'endroit où ils se trouvaient. D'autant qu'aucune lumière n'était visible.

— Arrivés ? répéta-t-elle. Où ?

Pour toute réponse, Maitland prit les rênes des deux montures et s'éloigna. Rosamund ne dépensa pas le peu d'énergie qui lui restait à le suivre.

Tout ce qu'elle désirait, à présent, c'était un lit.

Maitland resta invisible un moment, mais elle ne bougea pas d'un pouce. Elle ne se sentait plus la force de faire un pas. À défaut d'un bon lit, elle se contenterait du plancher des vaches, pourvu qu'elle puisse enfin s'allonger et dormir. Mais Maitland réapparut soudain, et la prit par le bras pour l'entraîner derrière lui. Telle une aveugle, elle se laissa guider sur un chemin empierré qui menait à une volée de marches. Puis ils entrèrent dans une maison. Bien qu'il y fît noir comme dans un four, Maitland semblait parfaitement se repérer.

À mesure qu'ils avançaient, Rosamund nota certains détails. Le contact de ses souliers sur le sol lui fit penser qu'ils marchaient sur du marbre. Ils traversèrent un vaste hall, puis gravirent un escalier, et suivirent un long couloir avant de pénétrer dans une pièce. Maitland s'affaira devant la cheminée et, ô prodige, réussit à allumer un feu. Rosamund regarda alors autour d'elle et comprit qu'il ne s'agissait pas d'une vulgaire maison, mais bien plutôt d'un manoir. C'est alors qu'elle aperçut le lit. La seconde d'après, elle ôtait son manteau trempé et s'y laissait tomber.

10

Cette fois, quand elle se réveilla, Rosamund avait l'esprit parfaitement clair. Elle savait qu'elle avait dormi dans une maison inconnue et que l'homme allongé à son côté s'appelait Richard Maitland. Elle était libre de ses mouvements. Et il n'y avait pas trace de Jack Harper ou de domestiques. Maitland et elle étaient seuls.

Elle se tourna légèrement pour l'étudier. Les premiers rayons du soleil qui pénétraient par les hautes fenêtres allumaient des reflets d'or dans ses cheveux. Dans son sommeil, il semblait plus jeune. Presque un adolescent. Comme Rosamund, il n'avait fait que se débarrasser de son manteau, avant de se coucher tout habillé.

Elle remarqua aussi d'autres choses. Sa respiration était difficile, il était très pâle et du sang frais maculait sa chemise. Elle faillit bondir du lit pour sortir des pansements neufs de leurs sacs de selles, mais elle se retint. Il s'agissait de Maitland ! Elle était sa prisonnière ! Elle n'allait pas ruiner bêtement sa seule chance de s'échapper.

Elle se glissa discrètement hors du lit. Maitland laissa échapper un gémissement, mais ne se réveilla pas. Rosamund s'interdit de lui tâter le front, pour ne pas tenter le démon, mais elle était à peu près sûre qu'il avait de la fièvre. Il avait besoin de boire, et elle aurait aimé…

Non ! Si elle le réveillait, elle ne pourrait plus s'enfuir. En revanche, elle pouvait lui venir en aide autrement. Elle chevaucherait jusqu'au village le plus proche, et là, elle lui enverrait un médecin. En prenant soin, bien sûr, d'inventer une histoire plausible, pour que personne ne se doute de son identité. Elle ne souhaitait pas le voir retourner en prison, elle désirait simplement recouvrer sa liberté. Elle ne parlerait à personne de cette maison, pas même à son père.

Forte de toutes ces bonnes résolutions, elle se dirigea vers la porte. En chemin, elle surprit son reflet dans une grande glace à chevalet. C'était la première fois qu'elle se voyait dans des vêtements d'homme. Elle en sursauta presque ; elle se reconnaissait à peine.

Trois jours plus tôt – une éternité ! –, elle portait une robe sur mesure à la dernière mode et se parfumait au gardénia. À présent, elle ne ressemblait plus à rien et sentait l'écurie.

Cette nouvelle image aurait dû l'horrifier, et, pourtant, ce n'était pas le cas. Au contraire, même. Elle était à la fois la même et cependant complètement différente. Ce n'était pas seulement une question d'apparence, c'était plus profond. Extérieurement, elle ne ressemblait plus à rien. Mais à l'intérieur, elle se sentait… Elle n'aurait su dire, exactement, et se demandait ce que sa mère aurait pensé d'elle en la voyant ainsi.

Maitland se tourna soudain dans le lit. Le cœur de Rosamund fit un bond dans sa poitrine. Il était temps de partir.

La maison lui inspirait de la curiosité. Elle ressemblait à Twickenham House, en plus petit. En d'autres circonstances, elle aurait adoré explorer les lieux, mais ce n'était vraiment pas le moment. Cependant, tandis qu'elle descendait au rez-de-chaussée sur la pointe des pieds, elle nota au passage un certain nombre de détails : le plafond à caissons du hall, les niches ménagées dans les murs qui abritaient des statues de marbre, le grand lustre. Une telle demeure ne pouvait appartenir qu'à quelqu'un de très riche.

Quel pouvait être le lien entre Maitland et le propriétaire de ces lieux ?

Une fois dehors, elle s'immobilisa sur le perron pour se repérer. Les écuries se trouvaient sur sa gauche. Elle s'y dirigea sans attendre. Les chevaux étaient dans les stalles où Maitland les avait laissés la veille, avec de l'eau et du foin.

Elle eut un pincement au cœur en constatant avec quel soin il s'était occupé de ces pauvres bêtes, en dépit de sa propre fatigue. Son père prétendait qu'on pouvait apprendre beaucoup d'un homme rien qu'en observant la façon dont il traitait ses montures. Or, la veille au soir, alors que Rosamund avait presque oublié l'existence des chevaux, Maitland les avait débarrassés de leurs selles, les avait nourris et abreuvés.

Au fond, cet homme n'était pas si mauvais.

Rosamund s'alarma à nouveau de la direction que prenaient ses pensées. Elle ne devait pas s'apitoyer sur lui ! Elle essaya même de ne plus du tout penser à lui, tandis qu'elle sellait sa monture. Mais tout semblait s'ingénier à la ramener à lui. Il lui avait dit qu'elle ne savait rien faire de ses dix doigts. Ce qui n'était pas totalement faux. Mais en matière de chevaux, son père lui avait tout appris. Autant dire que personne ne pouvait en remontrer à Rosamund en ce domaine.

Sauf qu'hier soir, c'était Maitland qui avait songé à s'occuper de leurs bêtes.

— Allez au diable, Maitland ! s'exclama-t-elle à voix haute.

Elle sortit son cheval de l'écurie, grimpa en selle et donna un petit coup de talon dans les flancs de sa monture qui s'élança aussitôt.

« Je suis libre, libre ! » répétait silencieusement Rosamund. Et comme c'était pratique de chevaucher à califourchon. Elle avait toujours détesté les costumes d'amazone. Maitland ne connaissait pas son bonheur.

Maitland ! Encore et toujours Maitland ! Ne réussirait-elle donc jamais à se débarrasser de lui ?

Au sommet d'une colline, elle arrêta sa monture pour inspecter les alentours. La maison était nichée dans un petit vallon, et entourée d'arbres aux couleurs flamboyantes. Rosamund pensa avoir deviné où elle se trouvait. Ce paysage ressemblait aux collines du Berkshire. La région n'était pas très peuplée. Le premier village se trouvait sans doute à des kilomètres.

Elle examina longuement l'horizon avant de repérer un clocher dans le lointain. Une fois là-bas, il n'y aurait plus moyen de revenir en arrière. Elle devrait inventer une histoire qui permettrait d'aider Maitland sans trahir son identité. Mais elle avait beau réfléchir, tout ce qui lui venait à l'esprit lui semblait trop risqué.

La situation devenait impossible.

Rosamund jeta à nouveau un regard vers la maison. Maitland avait de la fièvre. Peut-être se vidait-il de son sang. Il avait besoin de soins.

Elle devait retourner auprès de lui.

Rosamund monta droit à la chambre. En voyant Maitland, elle se figea sur le seuil. Il avait ôté sa veste et était roulé en boule.

Elle se précipita vers lui et, non sans peine, réussit à l'allonger sur le dos. Comprenant qu'elle n'arriverait pas à lui enlever sa chemise, elle la déchira sans hésitation. Le bandage avait glissé et la blessure avait recommencé à saigner. L'hémorragie était mesurée, mais la chair autour de la plaie était enflammée, ce qui inquiéta bien davantage Rosamund. L'infection guettait.

Avisant les deux sacs de selles posés par terre, elle trouva ce qu'elle cherchait dans le premier. Puis elle revint vers le lit et entreprit de nettoyer la blessure à l'alcool. Maitland sursauta violemment, repoussa son bras en laissant échapper un cri, avant de retomber sur les oreillers. Il n'avait même pas ouvert les yeux.

— Colonel Maitland ?

Pas de réponse.

Rosamund reposa la flasque de brandy et prit son pouls. Dieu merci, il était normal. Elle posa ensuite la main sur son front. Il était brûlant. Il devenait urgent de stopper l'inflammation de sa blessure.

La chambre était dépourvue de table de toilette, mais Rosamund finit par découvrir derrière l'une des portes une véritable salle de bains, luxueusement équipée, comme il en existait à Twickenham. Rassurée, elle revint vers Maitland dans l'intention de le débarrasser de ses vêtements encore humides.

Elle s'étonnait d'ailleurs qu'il soit toujours mouillé, alors que ses propres vêtements avaient séché pendant la nuit. Mais elle ne tarda pas à trouver l'explication. À chacun de leurs arrêts, Rosamund allait s'abriter, tandis que Maitland restait sous la pluie. Il était toujours le dernier à manger, le dernier à se reposer, le dernier à se mettre à l'abri, mais le premier à préparer les repas ou à prendre soin des bêtes et d'elle-même.

Tandis qu'elle s'affairait à le déshabiller, il s'agita soudain.

— Jack? murmura-t-il, les paupières closes.

Comme Rosamund ne répondait pas, il redemanda d'un ton pressant :

— C'est toi, Jack?

— Oui.

Ce mensonge eut le don de l'apaiser, et elle put continuer à le déshabiller. Elle le débarrassa de ses bottes, puis de son pantalon. Elle hésita un instant avant de s'attaquer à son caleçon, mais comme elle avait l'intention de le laver à l'eau froide pour aider la fièvre à retomber, elle jugea que le caleçon ne ferait que la gêner. Elle l'enleva donc.

Elle sentit ses joues s'empourprer, ce qui l'exaspéra. La nudité masculine n'avait pourtant plus de secrets pour elle. Elle avait vu assez souvent ses frères se baigner dans l'étang de la propriété familiale pour savoir à quoi s'en tenir sur le sujet.

Toutefois, ce n'était pas la nudité de Maitland, qui la fascinait le plus, mais toutes les cicatrices qu'elle découvrit sur son torse et son ventre. Cet homme était un vrai guerrier. Un guerrier à terre, pour l'heure. Et elle était le dernier rempart qui le séparait de ses ennemis.

Elle-même n'avait rien d'une guerrière, cependant, elle se promit de ne pas l'abandonner tant qu'il ne serait pas complètement rétabli. En attendant, il y avait beaucoup à faire : confectionner un onguent qui aiderait la plaie à cicatriser, veiller à ce que Maitland boive beaucoup d'eau, s'assurer qu'il ne s'agitait pas trop, de crainte que sa blessure ne se remette à saigner...

Mais d'abord, l'onguent. C'était le plus urgent.

Rosamund n'eut aucune peine à trouver l'office. Une des portes de la chambre ouvrait sur l'escalier de service, qui conduisait droit au quartier des domestiques. Elle ne fut même pas étonnée de constater que les placards étaient remplis de provisions diverses. De toute évidence, la maison était régulièrement entretenue. Mais alors, pourquoi aucun domestique n'était-il visible ? Où étaient-ils tous passés ?

Elle décida que chercher la réponse à ces questions pouvait attendre. Chaque chose en son temps.

11

Il possédait une espèce de don avec les femmes. Un don naturel, qu'il n'avait même pas besoin de cultiver. Enfant, déjà, il lui suffisait de prendre un air contrit pour qu'aussitôt sa mère lui cède. Aussi ne fut-il pas surpris que la logeuse de Richard Maitland lui ouvre facilement la porte de son appartement londonien, au motif qu'il pouvait être intéressé pour le reprendre.

— Monsieur Withers, vous dites ?

— George Withers.

Il ne voyait pas l'utilité de donner un faux nom. Si on le surprenait à mentir, les gens pourraient commencer à se poser des questions sur son compte. L'expérience lui avait appris à se tenir toujours au plus près de la vérité, sauf quand les circonstances exigeaient de s'en écarter. En l'occurrence, il avait une bonne raison de se trouver là : son propre appartement de Bond Street devenant trop petit, il cherchait quelque chose de plus grand.

Mme Everett le précéda dans l'escalier.

— M. Maitland a payé jusqu'à fin décembre, expliqua-t-elle. Il réglait par trimestre. C'était un locataire très calme. Mais il faut toujours se méfier des gens trop tranquilles, n'est-ce pas ? Voyez-vous, ce que je n'aimais pas chez lui, c'est qu'il était froid et distant. Pas du tout le genre amical. Mais de là à imaginer que c'était un assassin... !

Mme Everett était une femme grassouillette d'une quarantaine d'années. Elle était tout sauf séduisante, mais il la traita avec autant de galanterie que si elle avait été une beauté titrée. Flattée, la stupide mégère ne s'aperçut même pas qu'il cherchait simplement à obtenir des renseignements. Quand il devint évident qu'elle ne savait rien d'utile, il la persuada de le laisser un moment seul chez Maitland, lui promettant d'aller boire une tasse de thé chez elle en redescendant.

Dès que la bonne femme fut partie, il se mit en devoir de fouiller l'appartement. Sans grandes illusions, toutefois. La police était passée avant lui. Et il se doutait que Richard Maitland n'était pas homme à laisser quoi que ce soit d'intéressant en évidence.

Maitland était assurément un homme de ressources. Depuis quatre jours qu'il s'était évadé de Newgate, les recherches pour le retrouver n'avaient rien donné. Des patrouilles à cheval avaient beau parcourir les routes, personne n'avait pu repérer le fugitif, ni son complice, Jack Harper. On ne savait qu'une chose : Maitland s'était caché pendant quelques heures dans un cottage proche de Chelsea, et il s'en était enfui en barque. Ensuite, on perdait sa trace.

La rumeur – et il pensait qu'elle était fondée – prétendait que lord Gaspard avait enrôlé Hugh Templar pour l'aider à chercher Maitland. Il avait un moment repris espoir. Mais rien de bon n'était non plus venu de ce côté-là. S'ils avaient retrouvé lady Rosamund, cela se saurait déjà.

Peut-être avait-il mal jugé Templar. Peut-être n'avait-il pas abandonné son ancien ami. Et peut-être avait-il accepté l'offre de lord Gaspard dans le but de diriger les recherches sur une fausse piste pour laisser encore plus d'avance à Maitland.

Voilà pourquoi il sentait qu'il lui fallait intervenir. Lui seul avait intérêt à débusquer Maitland au plus vite, parce qu'il était celui qui avait le plus à perdre. Non pas qu'il crût que Maitland parviendrait à remonter sa trace. Mais connaissant sa sagacité, il ne voulait pas prendre le moindre risque.

L'aspect général de l'appartement le surprit. Il s'était attendu à quelque chose de plus spartiate, davantage en adéquation avec le caractère de Maitland. Mais les trois pièces étaient joliment décorées, avec des tentures de velours et du mobilier en acajou. Seule la bibliothèque était conforme à l'idée qu'il s'en était fait : des étagères remplies de livres, un bureau, deux fauteuils en cuir devant la cheminée et rien d'autre.

Il fouilla méthodiquement chaque pièce, meuble après meuble, tiroir après tiroir. En vain. Les quelques papiers ou lettres qu'il put dénicher ne présentaient pas le moindre intérêt. Le seul objet qui éveilla sa curiosité fut un petit tableau accroché dans la bibliothèque. C'était une peinture à l'huile, de bonne facture, mais sans plus. Elle représentait une maison de style néoclassique plantée dans un décor de verdure. L'œuvre était signée Richard Maitland.

D'autres tableaux ornaient les pièces voisines. Mais ils représentaient tous des paysages d'Écosse – le pays natal de Maitland.

Il fit de nouveau le tour de toutes les pièces, mais cette fois en ne s'intéressant qu'aux peintures. Elles étaient d'un style autrement meilleur que celle accrochée dans la bibliothèque. Et aucune n'était signée Maitland. Il en conclut que la maison qu'il avait représentée sur cette petite huile avait pour lui une valeur sentimentale, sinon il ne l'aurait pas gardée au milieu d'œuvres bien supérieures par leurs qualités picturales. Et il y avait un autre détail intrigant. Le paysage entourant la maison était typiquement anglais. Pas écossais.

Un souvenir lui revint tout à coup en mémoire. Durant les vacances, tout le monde retournait chez ses parents. Sauf Maitland. Lui se rendait chez un oncle qui possédait une maison dans le Berkshire.

Comment s'appelait-il ? Et quel était le nom de la maison ?

Ça n'avait sans doute pas grande importance. En quittant Chelsea, Maitland avait suivi le cours de la Tamise. Autrement dit, il avait tourné le dos au Berkshire.

Il considéra un moment la question, les yeux fermés pour mieux réfléchir. Et si Maitland avait délibérément égaré ses poursuivants sur une fausse piste ?

Il rouvrit les yeux et considéra une nouvelle fois le tableau. Si seulement il se rappelait le nom de cette maison ! Après réflexion, il décrocha le tableau du mur et l'approcha de la fenêtre.

La réponse était inscrite en toutes lettres au-dessus du porche.

Dunsmoor.

Pendant ce temps, à Dunsmoor, Rosamund s'était effondrée dans l'un des fauteuils installés devant la cheminée de la chambre. Elle avait réussi à dormir quelques heures durant la nuit, mais elle s'était levée à l'aube pour soigner son patient et allumer le feu. À force d'obstination, elle avait enfin réussi à enflammer l'amadou.

Dire qu'elle était épuisée aurait été bien au-dessous de la vérité. Elle était littéralement recrue de fatigue. C'était au point qu'elle se demandait si elle aurait la force de s'extirper du fauteuil, maintenant qu'elle s'était laissée aller à prendre quelques minutes de repos.

Elle jeta un coup d'œil à la pendule, puis au lit. Maitland dormait profondément. Dans quelques minutes, cependant, viendrait le moment du rituel qu'elle répétait toutes les heures : changer le pansement et mettre de l'onguent frais, passer une serviette d'eau froide sur tout son corps, lui faire boire du thé, prendre son pouls. Comme il s'agitait beaucoup, Rosamund s'était permis d'ajouter, ce matin, quelques gouttes de laudanum dans son thé, pour le calmer. Mais elle ne savait pas si elle avait bien fait.

Si seulement elle avait quelqu'un avec qui partager ses inquiétudes ! Même Jack Harper aurait fait l'affaire...

Elle avait l'impression que la fièvre était un peu tombée. Du moins, elle l'espérait, mais elle n'en était pas certaine. Même chose avec sa blessure, dont les bords commençaient apparemment à cicatriser. L'avis d'une autre personne lui aurait été bien précieux.

Au moins, elle était sûre d'une chose : l'état de son patient n'avait pas empiré.

Alors qu'elle venait enfin de réussir à s'arracher de son fauteuil, un bruit lui parvint de l'escalier de service. Un bruit de pas. Le cœur de Rosamund manqua un battement. Quelqu'un montait – quelqu'un qui tenait à ce que sa présence reste discrète. Ce ne pouvait donc être Jack Harper. Et encore moins la police. Ils auraient pris le grand escalier. Et ne se seraient pas gênés pour faire du bruit. Peut-être s'agissait-il d'un voleur qui s'imaginait que la maison était vide. À moins que ce ne soit l'ennemi juré de Maitland, celui qui avait manigancé sa chute.

La fatigue de Rosamund avait disparu comme par enchantement. Tous ses sens étaient en alerte. Elle n'avait plus le temps de cacher Maitland, ou de se cacher elle-même, mais elle se sentait prête à affronter le danger. Elle s'empara du pistolet de Maitland qui était posé sur la table.

Le cœur battant la chamade, elle alla se poster derrière la porte le plus discrètement possible. Quand le visiteur la pousserait, il ne pourrait pas la voir.

Déjà, la poignée tournait. Rosamund retint son souffle. Puis la porte s'ouvrit. Lentement. Elle entendit une exclamation de surprise, puis un homme, lui aussi armé, pénétra dans la pièce et marcha vers le lit.

Rosamund brandit son arme.

— Touchez-le et je vous fais exploser la cervelle ! Je ne plaisante pas ! Posez votre pistolet sur le plancher – doucement ! –, levez les bras en l'air et retournez-vous.

Harper avait tout juste eu le temps de s'assurer que Richard n'était pas mort quand la voix stridente l'interpella. Il obéit sans broncher, mais tout en se retournant, il se prépara à bondir. En découvrant son adversaire, cependant, il se figea de surprise. Un gamin – il était forcément jeune, puisqu'il n'avait pas de barbe – le tenait en joue ! Mais la main qui serrait le pistolet ne tremblait pas.

— Vous vous méprenez… commença-t-il, avant de s'arrêter net en voyant que l'autre abaissait son arme.

— Eh bien, vous en avez mis du temps, lui dit le jeune homme.

Sauf que sa voix, à présent, évoquait plutôt celle d'une jeune femme.

— Voilà trois jours que je passe mon temps à faire du thé, des onguents, des pansements. Sans parler des chevaux à nourrir et à abreuver. Je lui ai donné du laudanum, ce matin. J'espère ne pas avoir trop forcé sur la dose. Mais vous comprenez, jusqu'à présent, je n'avais jamais soigné que des bêtes.

Harper n'en croyait ni ses yeux ni ses oreilles. Le jeune homme était en réalité lady Rosamund. Et tout autour du lit, posés sur la table, les fauteuils ou le parquet, ce n'étaient que bassines d'eau, linges, bandages, et même un pot de chambre…

— Milady… murmura-t-il, interdit.

— Oh, Harper ! Je suis si contente de vous voir !

La soirée était déjà bien avancée quand Richard émergea finalement de son sommeil, pour découvrir Jack penché sur lui. Bien qu'il frissonnât et eût la migraine, il insista pour se lever. Il fronça les sourcils en découvrant qu'il était nu, mais s'abstint de tout commentaire.

— Rosamund? fut le premier mot qui sortit de sa bouche.

— Elle est dans la chambre d'en face. Elle dort du sommeil du juste. À mon avis, elle ne se réveillera pas avant demain midi.

Tout en aidant Richard à enfiler un peignoir, Jack en profita pour lui raconter ses aventures depuis qu'ils s'étaient séparés. Il mentionna la récompense colossale que le duc promettait à toute personne qui permettrait de retrouver sa fille, évoqua Digby et Whorsley, et justifia son retard. Toute la campagne, expliqua-t-il, était désormais sillonnée par la milice, ce qui avait considérablement ralenti ses déplacements. Il avait été obligé de dormir à la belle étoile ou dans des étables, pour finalement arriver ici, et trouver son chef dans un état comateux, et une lady Rosamund prête à le défendre bec et ongles.

À ce point de son récit, Jack s'interrompit. De toute évidence, Richard ne l'écoutait plus. Il inspectait la pièce du regard, sans doute à la recherche de preuves qui auraient étayé le témoignage de son ami. Mais Jack était là depuis deux heures et il avait mis ce temps à profit pour remettre la chambre en ordre.

— Assieds-toi, Richard, dit-il en lui désignant un fauteuil près du feu.

Dès que Richard se fut assis, il se retrouva avec un bol dans les mains.

— Je n'ai pas faim.

— Tant mieux, parce que je n'ai rien d'autre à t'offrir pour l'instant. C'est de la soupe. Ça devrait te remplir l'estomac. Mais j'insiste pour que tu vides ce bol. Lady Rosamund assure que tu n'as rien mangé depuis votre arrivée ici.

Richard contempla son bol, puis tourna les yeux vers la porte qui donnait sur le couloir et, de l'autre côté, la chambre de Rosamund. Jack parlait d'elle comme si elle était leur alliée. Ça n'avait pas de sens.

Harper s'installa dans le fauteuil en face du sien, pour avaler sa propre ration de soupe. Voyant que Richard reposait son bol sans y avoir touché, il s'impatienta.

— Tu ne m'as pas l'air de connaître ta chance, marmonna-t-il entre deux bouchées en désignant le couloir. Cette fille s'est crevée pour te sauver la vie. Moi-même, je n'aurais sans doute pas fait mieux. Elle est venue à bout de ta fièvre, elle a nettoyé ta blessure, elle t'a préparé des litres de thé, et elle a fait bien d'autres choses que je ne mentionnerai pas pour ne pas t'embarrasser. Et en plus, elle s'est occupée des chevaux. Et voilà comment tu la remercies ! Tu as besoin de reprendre des forces, Richard. Tu n'es pas encore tiré d'affaire. Mange cette soupe, pour commencer. Nous aviserons ensuite.

Richard fixait Jack d'un air à la fois incrédule et horrifié.

— Que veux-tu, reprit son ami en riant, il n'y avait personne d'autre pour s'occuper de toi, alors, lady Rosamund a fait le nécessaire, comme s'il s'agissait de son propre frère.

— Mais *toi*, bon sang, tu étais où ? s'emporta Richard.

Dans son délire, il avait tout de même eu conscience que quelqu'un le soignait. Mais il s'était imaginé que c'était Jack.

— Je viens de te l'expliquer. La milice m'a obligé à prendre des chemins de traverse qui m'ont retardé.

Richard jeta un regard à sa soupe et se décida finalement à en porter une cuillerée à sa bouche. Les paroles de son ami continuaient de se bousculer dans sa tête. Après avoir vidé la moitié du bol, il demanda :

— Si tu n'étais pas là, pourquoi ne s'est-elle pas enfuie alors qu'elle en avait la possibilité ? Pourquoi est-elle restée pour me soigner ?

— Elle est partie. Mais elle est revenue, expliqua Jack en tendant à Richard un morceau de pain que celui-ci prit machinalement. Figure-toi qu'elle te croit innocent et qu'elle ne veut pas te voir pendu.

Richard était encore plus médusé.

— Elle me croit innocent ?

— C'est ce qu'elle m'a dit, assura Jack, et, s'esclaffant, il ajouta : Je suis aussi étonné que toi. Mais les femmes ont parfois de ces idées...

— Je *suis* innocent.

— Bien sûr. Mais je me demande ce que tu as pu dire ou faire pour l'en convaincre.

— Rien. Rien du tout.

— Bon, ça ne peut pas être ton charme, tu n'en as pas. Donc, c'est bien ce que je disais : les femmes ont parfois des idées inexplicables.

Richard mangea son pain et termina sa soupe d'un air absent.

— Tu en veux encore ? demanda Jack en lui retirant le bol des mains.

— Non, merci. Cette soupe, c'est elle qui l'a faite ?

Jack se mit à rire.

— Non, c'est moi. N'oublie pas que c'est une aristocrate. Ses compétences culinaires sont inexistantes. Elle a toujours eu des domestiques pour lui faire la cuisine.

— Où a-t-elle appris à soigner un blessé, alors ?

— Les chevaux, expliqua Jack d'un ton laconique.

— Les chevaux ?

— Ceux du duc. D'après ce qu'elle m'a raconté, les Devere se font un point d'honneur à soigner eux-mêmes leurs chevaux. Tu as eu de la chance de ne pas t'être cassé la jambe. Elle aurait pu être tentée de t'abattre pour abréger tes souffrances.

Richard faillit éclater de rire, mais la douleur dans sa poitrine se réveilla et il s'en abstint.

— Non, pas Rosamund, dit-il. Elle ne ferait pas de mal à une mouche.

L'expression de son ami, et surtout, cette façon d'évoquer lady Rosamund en l'appelant par son prénom intriguèrent Jack. S'il n'avait pas connu Richard aussi bien, il en aurait volontiers conclu qu'une romance était dans l'air. Mais il savait que c'était impossible. Si le colonel ne dédaignait pas, à l'occasion, accueillir quelque belle créature dans son lit, il ne s'était jamais attaché à aucune femme. En fait, elles lui étaient indifférentes. Jack en avait déduit qu'il avait dû vivre un chagrin d'amour et n'avait aucune envie de renouveler l'expérience. Il ne le comprenait que trop bien ! Lui-même avait essuyé tant de déceptions sentimentales qu'il avait préféré tourner la page des femmes. Cela ne l'empêchait cependant pas de se désoler pour son ami. Il aurait sincèrement aimé voir Richard rencontrer la femme de sa vie. Sauf qu'à aucun moment, même avec l'imagination la plus débridée, Jack n'avait pensé qu'elle pourrait ressembler à lady Rosamund Devere.

— Pourquoi ai-je dormi aussi longtemps ? voulut savoir Richard.

Jack haussa les épaules.

— L'épuisement, la fièvre… Et les quelques gouttes de laudanum administrées par lady Rosamund pour éviter que tu ne t'agites dans ton sommeil. Au fait, qu'allons-nous faire d'elle ?

— Ce que nous allons faire d'elle ? répéta Richard, tandis qu'il contemplait le feu, un sourire indéchiffrable sur les lèvres. La renvoyer chez elle et l'oublier.

Il jeta un coup d'œil à Jack avant d'ajouter :

— Elle ne dira à personne où nous sommes. Si elle avait voulu me dénoncer, elle l'aurait fait depuis longtemps. En outre, la rendre à son père est le plus sûr moyen de décourager ceux qui voudraient se lancer à ma recherche pour rafler la récompense.

Tout bien considéré, Jack trouva que c'était une excellente idée. Au bout d'un moment, Richard s'étira.

— Il n'y a rien à boire, ici ?

Jack alla chercher une bouteille de whisky et remplit deux verres. Richard en avala une gorgée, puis ordonna :

— Reprends tout ton récit depuis le début, Jack. Raconte-moi bien tout ce qui t'est arrivé depuis notre séparation, sans omettre aucun détail.

Jack était aux anges. Il avait l'impression d'avoir retrouvé son chef et s'exécuta bien volontiers.

12

Rosamund ne savait pas quoi dire. Harper l'avait introduite dans la chambre de Maitland, puis s'était aussitôt éclipsé, les laissant seuls. La jeune femme ne reconnaissait plus son malade – il semblait si différent, si élégant. Elle s'était attendue à le trouver au lit, alors qu'il était debout, vêtu d'une veste et d'un pantalon bleu sombre.

Sa propre robe, que Jack avait dénichée elle ne savait où, avait dû appartenir à une gouvernante. C'était une tenue austère, toute grise, et, au grand soulagement de Rosamund, boutonnée jusqu'au col. En revanche, Jack n'ayant pu lui trouver de chaussures, elle portait toujours les siennes. Elle s'était lavé les cheveux mais, étant incapable de les coiffer toute seule, elle s'était contentée de les laisser cascader librement sur ses épaules. Saisissant une mèche entre ses doigts, elle la tritura nerveusement. Maitland semblait beaucoup plus à l'aise qu'elle.

— Lady Rosamund, prenez donc un siège, commença-t-il, en lui désignant un fauteuil. Pardonnez-moi de vous recevoir dans ma chambre, mais c'est la pièce la plus chaude de la maison, et après ce que nous avons traversé ensemble… enfin bref, si nous allumions maintenant un feu dans le salon, il faudrait des heures avant de réchauffer l'atmosphère. Et nous manquons de bras.

Rosamund comprit de quoi il parlait, car Jack lui avait expliqué la situation. Des gens du voisinage avaient été payés pour leur préparer la maison et, notamment, remplir les placards de provisions, mais il était trop risqué de les garder à demeure comme serviteurs. Jack leur avait raconté que son maître, qui souffrait de consomption, avait décidé de venir s'installer à la campagne et qu'il amènerait ses domestiques avec lui. Mais il n'y avait pas de domestiques, et ils étaient obligés de tout faire eux-mêmes.

La jeune femme prit place dans le fauteuil que Maitland lui désignait. Il s'installa à son tour dans le siège d'en face. Elle en profita pour l'examiner plus attentivement, et le trouva très pâle. Elle avait noté qu'il n'avait pu retenir une grimace de douleur en s'asseyant.

— Lady Rosamund, reprit-il, je dois vous remercier pour...

Elle le coupa sans vergogne.

— Vous ne devriez pas être debout. Tout mon travail n'aura servi à rien si vous rechutez. Je vous connais trop bien, désormais, pour me laisser abuser. Vous n'êtes pas du tout aussi en forme que vous le prétendez.

Il lui lança un regard noir, puis, soudain, de manière inattendue, un chaud sourire illumina son visage.

— Si vous me laissiez terminer ma tirade ? J'ai décidé de vous renvoyer chez vous, lady Rosamund. Vous partirez demain, à l'aube. Jack vous escortera jusqu'à Windsor et, là-bas, il vous louera un attelage pour que vous puissiez rentrer tranquillement à Twickenham.

Il l'appelait de nouveau « lady Rosamund » et elle trouva cela bizarrement blessant. C'était sa façon, supposa-t-elle, de lui faire sentir qu'elle se montrait trop familière avec lui. Elle s'efforça de sourire.

— Eh bien, il me semble avoir déjà entendu cela une fois, si je ne me trompe ?

Il eut l'obligeance de prendre un air coupable.

— Je sais que je peux vous donner l'impression de ne pas avoir tenu parole. Mais je n'avais pas le choix. Nous étions cernés par la milice. Qu'aurais-je pu faire d'autre ?

Rosamund n'aurait su dire pourquoi elle se sentait si contrariée. Elle avait compris depuis un moment déjà que Harper et Maitland la considéraient désormais comme une amie. Plus personne ne la surveillait ni ne prêtait attention à ses allées et venues. Elle pouvait sortir de la maison à sa guise. En fait, elle avait plus ou moins deviné que leur aventure commune allait se terminer. Et cela ne la réjouissait pas.

Elle aurait voulu que rien de tout cela ne soit arrivé. Si elle avait eu le pouvoir de revenir en arrière, elle aurait annulé sa visite chez Callie, et ainsi, elle ne se serait jamais retrouvée à Newgate et n'aurait jamais connu Richard Maitland.

Voyant qu'elle restait silencieuse, il insista :

— Je parle sérieusement. Je vais vraiment vous renvoyer chez vous.

— Je vous crois.

— Je pensais que vous seriez contente.

— Je le suis.

— Alors pourquoi faites-vous cette tête ? À quoi pensez-vous ?

Elle pensait qu'elle ne le reverrait jamais plus.

— Qu'allez-vous faire ? dit-elle à la place. Où irez-vous ?

Il sourit.

— Cela, il vaut mieux que vous ne le sachiez pas.

Rosamund se raidit.

— Vous craignez que je ne vous trahisse ? Vous vous trompez, vous savez.

Il la regarda droit dans les yeux.

— Ça ne m'a même pas effleuré l'esprit. À présent, j'ai une totale confiance en vous.

Son expression se fit soudain plus grave, et il ajouta :

— Je veux restaurer mon honneur.

— Pourquoi ne pas plutôt recommencer une nouvelle vie dans un endroit où personne ne vous connaîtrait ? suggéra Rosamund.

Il secoua la tête.

— On a tué Lucy Rider. Je ne peux pas laisser son assassin s'en sortir ainsi. Je *dois* le retrouver.

— Je comprends, murmura Rosamund.

Leurs regards s'accrochèrent et, l'espace d'un instant, ce fut comme s'ils se voyaient pour la première fois. Tout ce qui n'avait pas d'importance – le rang de Rosamund, la situation de Richard – avait été relégué à l'arrière-plan. Le tic-tac de la pendule, les rideaux ondulant sous la brise, le feu crépitant dans l'âtre, ils avaient oublié tout ce qui n'était pas eux.

Richard recouvra ses esprits le premier. Détournant le regard, il inspecta la pièce et dit d'une voix étrangement bourrue :

— Je parie que Jack aura laissé du sherry quelque part. Ah, là !

Il se pencha, et tressaillit en portant la main à sa poitrine.

— Cela vous ennuierait de faire le service, lady Rosamund ?

— Pas du tout.

Sa voix était naturelle, son sourire était naturel, mais quand elle voulut verser le sherry dans les verres, elle s'aperçut que ses mains tremblaient. Elle n'arrivait pas à croire à ce qui lui arrivait. « Pas lui, quand même ! implorait-elle en silence. N'importe qui, mais pas *Richard Maitland* ! »

Elle voulut se persuader que sa réaction résultait de la situation exceptionnelle dans laquelle elle s'était trouvée. D'abord, Maitland l'avait terrorisée. Puis il avait suscité sa compassion. Et maintenant, il la traitait en alliée. Pas étonnant, dans ces conditions, qu'elle se sente un peu désorientée. Mais dès qu'elle serait de retour chez elle, tout rentrerait dans l'ordre.

Le silence menaçait de devenir embarrassant. Elle s'obligea à le rompre.

— Qui sont vos ennemis, Richard ?

Elle l'avait appelé par son prénom tout naturellement. Sans réfléchir. Heureusement, il était plongé

142

dans ses pensées et ne semblait même pas s'en être aperçu.

— Avez-vous une idée du nombre de personnes qui pourraient vous en vouloir?

Il prit le verre qu'elle lui tendait.

— Oh oui! Facilement une bonne douzaine.

— Je ne vous aurais pas cru aussi populaire.

Il lui lança un regard et s'esclaffa.

— Quand on travaille dans les services secrets, on ne se fait pas beaucoup d'amis.

— Donc, vous pensez que quelqu'un aurait voulu se venger de vous?

— Oui. À moins que je ne sache quelque chose que je ne devrais pas savoir, et dont je n'ai même pas conscience. Ce quelqu'un aurait pu chercher à me supprimer par sécurité. Cependant, cette hypothèse me semble peu probable.

— Pourquoi?

— Parce que l'assassin de Lucy avait la possibilité de me tuer n'importe quand. À quoi bon attendre? Pourquoi échafauder un plan si compliqué, alors qu'il aurait pu m'abattre sur place, si ce n'est pour obtenir ma disgrâce? Je suis convaincu qu'il désirait que je sois exécuté publiquement.

Rosamund secoua la tête.

— Vous oubliez votre blessure. Vous auriez pu en mourir.

— C'est exact. Mais s'il avait vraiment voulu me tuer à ce moment-là, pourquoi ne pas m'avoir frappé dans le dos ou fracassé le crâne?

— Parce que, commença Rosamund, qui réfléchissait en même temps qu'elle parlait, la police aurait alors compris que quelqu'un d'autre se trouvait dans la pièce.

— De même si la blessure avait été mortelle. Peut-être que mon agresseur espérait que je me vide de mon sang. Il n'est pas impossible que je le crédite de trop d'imagination. Mais je ne le pense pas. En même temps, je ne suis pas certain qu'il souhaitait me blesser aussi profondément ; il se trouve que j'ai bougé et que le couteau a ripé. Mais assez parlé de cela. Buvez donc votre sherry.

Rosamund n'avait pas encore touché à son verre. Elle avala une gorgée, puis une autre, uniquement pour faire plaisir à Maitland. Elle s'étonnait de voir à quel point son point de vue sur cette affaire avait basculé, en l'espace de seulement trois jours. Maintenant qu'elle était convaincue de son innocence, tout ce qu'il disait lui semblait parfaitement logique.

— Pourquoi souriez-vous ? s'enquit-il, la tirant brusquement de ses réflexions.

Elle leva les yeux vers lui.

— Je me souviens d'avoir pensé, en lisant le récit de votre procès dans les journaux, que vous aviez bien mérité votre sort. À mes yeux, vous ne pouviez être que coupable.

— Qu'est-ce qui vous a fait changer d'avis ?

— La façon dont vous traitez les chevaux.

Il haussa les sourcils.

— Voilà un argument inattendu.

— Et… et moi aussi, vous m'avez bien traitée, malgré vos menaces. En fait, vous me rappelez mon père. J'ai l'habitude de dire qu'il aboie, mais ne mord pas. Mais pour ceux qui ne le connaissent pas, c'est terriblement intimidant.

— Je m'en souviendrai, fit-il, pince-sans-rire.

Après un silence, elle reprit :

— Que s'est-il passé exactement, Richard ? Je ne connais de votre histoire que le récit qu'en ont donné les journaux.

— Vous savez déjà tout, puisque la presse a également relaté ma version de l'affaire. Le problème, c'est que personne ne m'a cru.

— Oui, mais moi je vous crois. Et je vous écoute. Reprenez toute l'histoire depuis le début, s'il vous plaît.

Comme il semblait hésiter, elle insista :

— Je suis une oreille neuve. Peut-être relèverai-je un détail qui vous aura échappé.

Maitland faillit sourire, mais quelque chose dans l'expression de Rosamund l'en empêcha.

— C'est gentil de votre part. Mais commencez par remplir mon verre, et je vous dirai tout.

Quand ce fut fait, il s'installa plus confortablement dans son fauteuil et commença son récit. Le père de Lucy, expliqua-t-il, était le lieutenant Alex Rider. Ils avaient servi ensemble en Espagne. Leurs chemins s'étaient ensuite séparés, pour se retrouver à Waterloo.

— Et c'est là que Rider a trouvé la mort. J'ai alors écrit à Lucy pour l'avertir du décès de son père. Puis, à la fin de la guerre, dès mon retour en Angleterre, je suis allé la voir. C'était il y a à peine plus d'un an. Je l'invitais souvent à dîner, et je lui donnais un peu d'argent, pour l'aider à subsister. Nos relations s'arrêtaient là.

Il coula un regard à Rosamund, mais, voyant qu'elle ne songeait pas à discuter ce point, il prit un moment pour rassembler ses pensées avant de continuer son récit. Il en vint aux semaines qui avaient précédé le meurtre de Lucy. Elle avait beaucoup changé en l'espace d'à peine un mois. Elle trouvait des excuses pour le voir de plus en plus souvent : elle voulait des conseils, ou lui emprunter de l'argent.

— Le soir de sa mort, j'avais rendez-vous avec elle. Elle souhaitait que je l'aide à rédiger une lettre pour obtenir un emploi de domestique. C'est donc l'esprit confiant que j'ai été la retrouver dans sa chambre à l'auberge.

— Et ensuite ? l'encouragea Rosamund, alors qu'il s'était de nouveau interrompu.

Richard avala une rasade de sherry avant de répondre.

— En montant l'escalier, je suis tombé sur ce gamin assis en haut des marches. Il devait guetter mon arrivée. Je n'ai même pas songé à me demander qui il était ni ce qu'il faisait là. Il m'a expliqué que Lucy m'attendait et je l'ai suivi dans la chambre. J'ai compris, après coup, qu'il avait aussi pour mission de distraire mon attention. Et je n'oublierai jamais ce rictus mauvais qui a déformé son visage quand j'ai réalisé que Lucy était morte. .

Il frissonna, et Rosamund comprit que le souvenir de ces heures tragiques lui était toujours aussi pénible.

— Une chandelle brûlait sur la table de nuit. Lucy était allongée. J'ai d'abord cru qu'elle s'était assoupie. Et puis, j'ai eu un mauvais pressentiment.

Il ferma les yeux.

— J'ai instinctivement porté la main à mon pistolet, mais il était déjà trop tard. J'ai senti un bras autour de mon cou. Je me suis débattu, et j'ai reçu un coup de poignard en pleine poitrine. J'ai lâché mon arme. Puis j'ai senti que le type et le gamin me portaient jusqu'à un fauteuil.

Il rouvrit grands les yeux.

— Je ne saurais dire combien de temps je suis resté prostré dans ce fauteuil. Mais il me restait assez de conscience pour comprendre que si je n'obtenais pas rapidement de l'aide, j'allais mourir.

— Comment avez-vous fait ?

— Je me suis souvenu que mon pistolet était tombé entre le matelas et le montant du lit. Je me suis traîné jusque-là, et j'ai tiré un coup par la fenêtre. La détonation a aussitôt alerté du monde. On m'a arrêté peu après, quand la police a découvert le poignard qui avait tué Lucy. Vous connaissez la suite.

La suite, c'est que le gamin et l'agresseur de Richard s'étaient volatilisés dans la nature et que personne n'avait cru à leur existence. Le cauchemar avait alors commencé : procès, témoins à charge, verdict et enfin condamnation à mort. Tout s'était si parfaitement enchaîné que Rosamund commençait à douter que Richard puisse un jour obtenir sa réhabilitation.

— Eh bien, reprit-il, j'attends votre opinion, maintenant. Que pensez-vous de cette histoire ? Qui souhaiterait me détruire ?

— Quelqu'un qui cherche une vengeance à la mesure de ce qu'il considère avoir subi. Il veut vous faire souffrir comme il a souffert. Votre mort seule ne l'intéresse pas. Il veut aussi que vous perdiez votre situation, vos amis et votre honneur. D'ailleurs, il est si obsédé par vous qu'il préférerait peut-être vous savoir fugitif pour le restant de vos jours, plutôt que vous balançant au bout d'une corde. Mais comme il ne supporte sans doute pas l'idée que vous puissiez lui survivre, il va de toute façon chercher à se débarrasser définitivement de vous.

— Je veux bien admettre que mon ennemi cherche à se venger de moi, mais vous brodez peut-être un peu trop.

— Jouez-vous aux échecs ?

— Je… quoi ?

— Jouez-vous aux échecs ?

— Un peu.

— Comment ça, un peu ? Soit vous jouez, soit vous ne jouez pas.

— Bon, d'accord. Je joue aux échecs. Mais quel rapport ?

— Votre ennemi aussi joue aux échecs. Ou sinon, il le devrait. C'est quelqu'un qui est capable d'anticiper les réactions de son adversaire et de calculer plusieurs coups à l'avance.

— Je pense, risqua-t-il, que le sherry vous est monté à la tête.

Rosamund était trop perdue dans ses pensées pour relever le sarcasme. Soudain, tout lui semblait limpide.

— Votre relation avec Lucy était parfaitement innocente et anodine jusqu'à ce que votre ennemi entre en scène. La partie a débuté il y a un mois. Il a commencé par faire de Lucy un appât. Sa reine, si vous voulez, pour rester dans les échecs. Dès lors, il n'a cessé de vous avoir en ligne de mire, alors que vous n'étiez même pas conscient du danger. Mais Lucy ne lui était pas indispensable, aussi n'a-t-il pas hésité à la sacrifier le moment venu. Il avait même probablement prévu cette issue avant de commencer la partie.

Richard l'écoutait, bouche bée.

— Passons au procès, enchaîna-t-elle. C'était exactement ce qu'il cherchait : vous voir accusé publiquement, sans moyen de vous défendre, sans amis pour témoigner en votre faveur ou vous secourir.

Il sourit.

— Vous oubliez Jack. Et Hugh Templar.

— Templar ? Je croyais qu'il n'avait même pas jugé bon de venir assister à votre procès ?

— Tout simplement parce qu'il aidait Jack à préparer mon évasion.

Rosamund hocha la tête d'un air admiratif.

— Dans ce cas, c'était très bien joué de votre part.

— Et puis, il y a eu vous, ajouta-t-il doucement

La jeune femme prit la remarque très au sérieux.

— Oui. Mais c'était un coup de chance. Vous auriez tort de vous fier à votre chance, dans cette partie.

— Pourtant, je crois beaucoup à la chance.

Elle vit à son regard qu'il plaisantait et elle lui sourit.

— Allez-y, moquez-vous de moi. Mais il n'y a rien de plus logique que les échecs. Et si vous savez regarder un peu plus loin que le bout de votre nez, vous arriverez à deviner où votre adversaire essaie de vous entraîner.

— Moi, me moquer ? Pour être franc, je suis fasciné. Dites-m'en plus. Que devinez-vous de mon ennemi ?

— Il ne considérera la partie comme vraiment terminée que lorsque vous vous balancerez au bout d'une corde. Je suis sûre qu'il est furieux, en ce moment. Vous l'avez surpris en vous évadant de Newgate. Ce coup-là, il ne l'avait pas prévu. Parce qu'on ne s'évade pas de Newgate.

— Ah, enfin ! Vous me créditez d'un point positif.

La jeune femme ne put s'empêcher de rire.

— Je pense que votre ennemi est peut-être en train de s'apercevoir qu'il a rencontré un adversaire à sa taille. Mais ne le sous-estimez pas. La loi est de son côté. Et il a forcément des complices. Lucy n'est plus là. Mais il y a ce gamin. Et d'autres, sans doute.

Richard termina son verre.

— Ce que je n'arrive pas à comprendre, c'est comment il a pu enrôler Lucy dans son camp.

— Vous l'aimiez beaucoup, n'est-ce pas ?

— Oui. Ce n'était encore qu'une enfant. Une orpheline courageuse, qui ne se plaignait jamais de son sort. J'ai du mal à croire qu'elle ait pu participer à ce complot contre moi, mais en même temps, je ne vois pas d'autre explication à ses mensonges.

— Je suppose qu'elle était tombée amoureuse de votre ennemi.

Richard la regarda avec des yeux ronds.

— Oui, je sais, reprit-elle, ça semble incroyable. Mais certaines femmes feraient n'importe quoi quand elles sont amoureuses. Et nous ne savons pas quelle fable il a pu lui raconter. Mais à coup sûr, Lucy aura mordu à l'hameçon.

Contemplant son verre presque vide, elle ajouta :

— Si nous pouvions trouver qui, dans votre passé, considère qu'il a été injustement puni par votre faute, nous aurions avancé d'un grand pas. Cet homme a dû perdre tout ce qui comptait pour lui. Voilà pourquoi il cherche maintenant à vous rendre la pareille.

— Cet homme n'existe pas. Bon sang ! Je n'ai jamais envoyé quelqu'un devant les tribunaux sans détenir la preuve irréfutable de sa culpabilité.

Rosamund ne se laissa pas démonter par son accès de colère.

— Oui. Mais n'est-ce pas justement ce qui vous est arrivé ? Le jury qui vous a condamné était persuadé de votre culpabilité.

— Admettons. En tout cas, je ne vois personne qui pourrait correspondre à votre description.

— Pourtant, il doit bien y avoir quelqu'un.

— Non.

— Ne répondez pas si promptement! Réfléchissez. Vraiment!

Il demeura silencieux un long moment. Finalement, il secoua la tête d'un air incrédule, comme s'il ne pouvait accepter la conclusion à laquelle il était arrivé.

— Eh bien? voulut savoir Rosamund.

— La seule personne qui réponde à votre portrait, c'est moi-même. C'est moi qui ai failli être détruit. Cet épisode n'a donc aucun rapport avec ce qui nous préoccupe aujourd'hui.

— Que s'est-il passé?

— Je vous assure que ça n'a strictement aucun rapport.

Son refus soudain de se confesser, alors qu'elle s'était appliquée à lui montrer combien elle avait foi en lui, lui fit l'effet d'une gifle. Elle sentit ses joues s'empourprer et voulut partir. Mais Maitland l'arrêta alors qu'elle faisait mine de se lever.

— Rasseyez-vous, Rosamund.

Elle s'exécuta, mais garda les yeux rivés sur le feu.

Après un autre long silence, il soupira et se décida enfin à parler.

— Ça s'est passé pendant mon séjour à Cambridge. J'avais dix-sept ans et j'étais déterminé à réussir. Vous comprenez, être admis dans l'une des plus prestigieuses universités du pays tenait du rêve. Mon père n'aurait jamais eu les moyens de m'y envoyer. Mais j'ai eu des bienfaiteurs. Andrew Dunsmoor et sa femme. Chaque année, ils venaient passer l'été en Écosse. Mes parents les connaissaient vaguement. C'étaient des gens d'une grande gentillesse, et très généreux. Et comme ils n'avaient pas d'enfants, ils se sont pris d'affection pour moi.

Il fit une pause, l'air songeur, avant de poursuivre :

— Quand j'ai eu seize ans, ils m'ont proposé de venir vivre chez eux, ce que j'ai tout de suite accepté, avec la bénédiction de mes parents. Et l'année suivante, quand Dunsmoor m'a fait entrer à Cambridge, mon père ne se sentait plus de joie. Moi non plus.

Il rit. Mais c'était un rire amer.

— Ensuite, rien ne s'est passé comme je l'espérais. J'avais reçu une éducation sévère, tournée vers la recherche constante de l'excellence. Mon père m'avait toujours répété qu'une solide éducation était la clé de l'ascension sociale. Et je me sentais reconnaissant à mes parents et aux Dunsmoor de m'avoir encouragé dans cette voie. Mais à Cambridge, je me suis retrouvé au milieu de jeunes gens qui ne partageaient pas les mêmes valeurs. Ils voulaient surtout prendre du bon temps. Et ils en prenaient – maîtresses, alcool, jeux divers. Les études leur importaient peu. Ils avaient tous des parents assez riches et assez haut placés pour leur assurer une bonne situation. Je faisais figure de rabat-joie. Mais pour être tout à fait honnête, j'étais moi aussi à blâmer. Je me prenais beaucoup trop au sérieux !

Il avait laissé des trous dans son récit qui étaient faciles à combler. Un jeune homme méritant, mais d'origine modeste, s'était brutalement retrouvé au milieu de fils de famille arrogants. Il s'était sans doute senti à part dès le début, et lorsqu'il avait refusé de se mêler aux réjouissances qu'il avait évoquées, il avait été mis à l'écart, où sa fierté avait fini par l'isoler. Ses condisciples n'avaient sans doute même pas été délibérément cruels à son égard, simplement indifférents. Ce qui était la pire des cruautés.

Maitland contemplait son verre comme s'il s'était agi d'une boule de cristal dans laquelle il aurait lu non pas l'avenir mais le passé.

— Toutefois, reprit-il, quoique dissipés, tous ces garçons avaient un solide sens de l'honneur. Qui-

conque enfreignait ce code était aussitôt méprisé et
mis au ban du groupe.

— Et vous avez enfreint ces règles?

— Non, mais ils l'ont pensé. Des petites bricoles ont
commencé à disparaître mystérieusement – un peigne
en argent par-ci, de la petite monnaie par-là, et d'autres
babioles encore. Un des étudiants, Middler, avait
décidé de tendre un piège au voleur sans en parler à
personne. Un autre garçon et moi-même sommes tombés dedans. Nous avons pénétré dans la chambre de
Middler, l'un après l'autre, et sachant tous deux qu'il
s'y trouvait une forte somme d'argent que lui avait
envoyée son père. C'était ça, le piège. Middler s'était
arrangé pour le crier sur tous les toits. Inutile de préciser qu'après notre visite, l'argent avait disparu. Le
voleur ne pouvait donc être que moi ou l'autre garçon.

— Qu'étiez-vous allé faire dans la chambre de
Middler?

— Lui rendre un livre que je lui avais emprunté.
Quant à l'autre garçon, Frank Stapleton, c'était un
ami de Middler. Ils étaient tout le temps fourrés
ensemble

Rosamund ne put retenir une exclamation. Elle
avait deviné la suite.

— Je n'ai pas besoin de vous dire lequel de nous
deux ils ont cru. J'étais le vilain petit canard, je ne pouvais donc être que le voleur. C'est moi qu'on a puni.

— Ils vous ont battu?

— Oh, non! Rien de si barbare. Pas à Cambridge!
Ils m'ont simplement demandé de déguerpir et de ne
jamais remettre les pieds au collège. Ce à quoi j'ai
répondu que je ne partirais que de mon plein gré, et
après avoir achevé mes études. Ils n'ont pas insisté,
mais à partir de ce jour, plus personne ne m'a adressé
la parole.

— Ô mon Dieu...

— Ça n'a pas duré très longtemps, heureusement.
Comme je me doutais que Frank Stapleton était le

voleur, j'ai tout fait pour le prouver. D'une certaine manière, on peut dire que ce fut ma première enquête.

Comme Rosamund ne partageait pas son amusement, il haussa les épaules.

— Pour abréger, j'ai réussi à démontrer sa culpabilité. Les autres l'ont forcé à se confesser et ils m'ont disculpé.

— Et l'argent ?

— Là, c'était malheureusement trop tard. Stapleton avait déjà tout dépensé.

— Ils ont dû être plus sévères avec lui qu'avec vous.

Il parut surpris.

— Comment le savez-vous ?

— Parce que son crime était plus grave. Il avait laissé accuser un innocent à sa place. Que lui ont-ils fait ?

— Ils l'ont couvert de goudron et de plumes, puis attaché à un arbre de la cour pour que tout le monde soit témoin de sa disgrâce. Stapleton a quitté Cambridge dès le lendemain. Je suis moi-même parti peu après pour entrer à l'université d'Aberdeen.

— Vous semblez amer.

— C'est compréhensible. J'aurais aimé poursuivre mes études à Cambridge. Mais le climat était devenu trop lourd. Même si on m'avait innocenté, j'étais plus ou moins regardé comme le responsable de ce qui s'était passé. Enfin, assez parlé de cette histoire. Vous vouliez savoir si j'avais une fois sévèrement puni quelqu'un. Vous connaissez maintenant la réponse. Sauf que Stapleton était coupable. Mon cas et le sien n'ont donc rien à voir. Et dans cette affaire, j'ai autant payé que lui.

La jeune femme ne répondit pas.

— Vous êtes déçue ?

Elle haussa les épaules.

— Un peu, oui. J'espérais que vous me conduiriez à une piste. Qu'est devenu Stapleton ?

— Je n'en ai pas la moindre idée.

— Et ces autres étudiants, qui l'ont couvert de goudron et de plumes ?

— Il m'est arrivé d'en revoir quelques-uns, mais toujours par hasard. Nos rapports étaient courtois, sans plus. Il y avait un malaise, vous comprenez. Tout cela s'est passé il y a si longtemps… Franchement, quel lien voyez-vous avec ce qui m'arrive aujourd'hui ?

— Aucun, malheureusement.

Ils restèrent encore un long moment à discuter, Rosamund pressant Maitland de questions dans l'espoir de découvrir un indice qui lui aurait échappé. En vain. Ils furent interrompus par Jack, qui arrivait avec leur dîner. Il posa son plateau sur la table.

— Rôti de bœuf, annonça-t-il fièrement. Avec pommes de terre sautées.

Il s'éclipsa aussitôt, « pour aller surveiller les chevaux », expliqua-t-il, avec un clin d'œil à Rosamund.

Plus tard, quand ils eurent terminé leur repas, Rosamund reprit :

— Parlez-moi de cette maison. Que sont devenus les Dunsmoor ?

— Ils sont morts tous les deux. Et j'ai hérité de la maison.

— Pensez-vous que ce soit prudent de rester ici ? Si la milice venait vous y chercher ?

— Aucun risque. À part moi, Jack et vous-même, personne ne sait que je possède cette maison.

— Oui, mais vous habitiez là quand…

— Non. Après mon départ de Cambridge, je ne suis plus jamais revenu à Dunsmoor. Laissez-moi décider de ce que je dois faire, voulez-vous ?

À ces mots, Rosamund se rétracta comme une tortue dans sa coquille. Elle coula un regard vers la pendule, s'exclama qu'il était tard et, prétextant sa fatigue, se leva de table. Maitland la raccompagna à la porte.

Elle l'entendit soupirer et, dans le même instant, il posa les mains sur ses épaules pour l'obliger à se tourner et lui faire face.

— Rentrez chez vous, lady Rosamund. Et oubliez-moi.

Il la serra brièvement aux épaules, avant de la relâcher et de reculer d'un pas.

— Oubliez-moi, Rosamund.

Il semblait le désirer sincèrement. Rosamund sentit son cœur se serrer. Elle savait qu'elle ne pourrait jamais l'oublier. Comme elle ne pourrait oublier les périls qui le menaçaient. Elle réussit cependant à masquer son chagrin derrière un sourire de façade.

— Prenez soin de vous, Richard Maitland. Votre ennemi est toujours tapi dans l'ombre.

Elle sortit avant que les larmes qui menaçaient ne se transforment en sanglots.

13

Le jour ne s'était pas encore levé quand Jack vint la réveiller pour lui annoncer qu'il était temps de partir. Il apportait un plateau avec du thé et des toasts, et avait préparé des vêtements propres.

— Encore des vêtements d'homme, précisa-t-il. Parce que la route sera longue et que deux hommes à cheval se remarquent moins qu'un homme et une femme.

— Comment va le colonel Maitland ?

— Il est en pleine forme, répondit Jack. Prêt à courir comme un cabri !

Avant que Rosamund ait le temps de poser une autre question, Jack s'éclipsa. C'était à croire qu'il la fuyait.

Elle sauta du lit, s'habilla en vitesse, but son thé et dévora ses toasts sur le pouce. Moins d'un quart d'heure plus tard, elle entrait dans la chambre de Maitland. Le lit était défait, un feu brûlait dans la cheminée, des reliefs de petit-déjeuner traînaient sur une table face à la fenêtre. Mais pas trace de Richard.

— Il est temps de partir, milady, annonça Jack derrière elle.

Rosamund se retourna.

— Où est-il ?

Harper s'abîma dans la contemplation de ses bottes.

— Je... euh... je crois qu'il est allé se promener.

— Dans le noir ?

156

Il fronça les sourcils, soupira, puis finalement releva les yeux.

— En fait, je ne sais pas où il est, milady. Mais il m'a demandé de vous emmener avant que le soleil ne se lève.

Rosamund ressortit dans le couloir. Mais au lieu de se diriger vers l'escalier, elle explora le reste de l'étage. Il y avait d'autres chambres, mais toutes étaient vides. Harper lui avait emboîté le pas et tentait de la calmer. Il lui expliquait qu'il ne servait à rien de perdre du temps, qu'il fallait se montrer raisonnable et que les choses étaient mieux ainsi.

— Réfléchissez, milady. Que pourriez-vous encore vous dire qui n'ait déjà été dit?

Plein de choses, songeait Rosamund, dépitée. Elle avait passé la nuit à réfléchir à tout ce qu'elle aurait voulu dire à Maitland. Qu'elle serait capable de convaincre son père et ses frères de son innocence, par exemple. Et qu'ils l'aideraient à la prouver. Elle aurait aussi voulu lui dire que rien ni personne ne pourrait altérer sa foi en lui. Et tant de questions se bousculaient encore dans sa tête! Pourquoi les Dunsmoor lui avaient-ils légué leur maison s'il n'y avait plus remis les pieds après son départ de Cambridge? Comment avait évolué leur relation?

Elle se tourna vers Jack.

— Pouvez-vous me jurer qu'il va bien?

— Oui, grâce à vous. Un médecin ne l'aurait pas mieux soigné.

Rosamund était arrivée au bout du couloir. Il y avait un autre escalier, qui conduisait au second étage, mais à quoi bon insister? Si Richard avait décidé de ne pas se montrer, elle ne le trouverait pas.

— Milady, insista Harper. Il est temps d'y aller.

Il semblait tellement désolé pour elle que Rosamund ne put retenir ses larmes.

— Vous pensez que j'ai tort, Jack?

Il comprit le sous-entendu.

— Oui, milady. Pas le colonel. Pas pour la fille d'un duc.

Rosamund s'obligea à respirer profondément

— Pouvez-vous au moins lui laisser un message de ma part ? Dites-lui que je ne renonce pas facilement.

Et, avant de se couvrir de honte, Rosamund prit résolument la direction du rez-de-chaussée.

— C'est bon, Harper, vous avez gagné. Allons-y.

Quand Richard les entendit partir, il repoussa les notes qu'il écrivait. Il s'était installé au grenier, dans le petit bureau qu'il occupait lorsqu'il était pratiquement le fils de la maison. Mais c'était il y a si longtemps. Avant Cambridge. Et avant sa brouille avec celui qu'il appelait «oncle Dunsmoor» ou même «oncle Andrew».

Il se leva pour aller regarder par la fenêtre, dans l'idée d'apercevoir Rosamund. Mais il faisait encore trop sombre. C'était à peine si les premières lueurs de l'aube pointaient à l'horizon. Et la journée s'annonçait aussi peu reluisante que les précédentes. Même lorsqu'il ne pleuvait pas, l'humidité imprégnait toute la maison.

Richard espérait que Rosamund comprendrait la leçon. Ils devenaient trop amis, trop complices. Du moins, à son goût. Rien ni personne ne devait le distraire de son objectif. Et, par ailleurs, il était dangereux de le fréquenter. S'il avait éloigné ses amis de cette affaire, ce n'était pas pour laisser une jeune femme naïve et innocente s'en mêler. Il avait suffi qu'il lui affirme qu'il n'avait pas tué Lucy Rider, lorsqu'elle lui avait posé la question, pour qu'elle le croie.

Ce souvenir, tout à coup, lui en rappelait un autre.

— As-tu volé cet argent ? lui avait demandé oncle Andrew.

— Non, monsieur.

— Ne me mens pas ! Je connais ces garçons et je connais leurs pères. Ils n'iraient pas t'accuser si tu étais innocent. Alors je te repose ma question : as-tu volé cet argent ?

— Non, monsieur.

— Je ne te crois pas !

La réconciliation était venue plus tard, bien sûr. Mais après cet épisode, Richard n'avait plus jamais été le même avec les Dunsmoor. Alors il était retourné en Écosse, terminer ses études, puis il était entré dans l'armée. Oncle Andrew lui avait écrit plusieurs fois, mais Richard n'avait jamais été très doué pour la correspondance. Mme Dunsmoor était morte la première, lorsqu'il était en Espagne. Puis son mari. Et la maison lui était revenue en héritage. Il ne s'y attendait pas du tout et, d'ailleurs, à son retour en Angleterre, il avait préféré s'installer à Londres plutôt que de revenir vivre à Dunsmoor.

Seule, la nécessité l'avait ramené ici. Mais maintenant qu'il avait renoué avec Dunsmoor, il se demandait comment il avait pu s'en détourner. Ce qu'il avait vécu en Espagne lui avait fait prendre conscience que sa brouille avec oncle Andrew était somme toute bien mesquine. Du reste, s'il avait été à la place du vieil homme, peut-être aurait-il réagi pareillement.

Tout le monde n'était pas aussi généreux que Rosamund.

Rosamund ! Encore elle ! Furieux, Richard revint à son bureau et se replongea dans ses notes. Il essayait de trouver qui pouvait correspondre au portrait que Rosamund avait brossé de son ennemi. Quelqu'un qui aurait cherché à lui rendre œil pour œil, dent pour dent.

Richard réfléchit encore un long moment, puis, quand il fut à court d'inspiration, il abandonna définitivement ses notes et retourna dans sa chambre. Jack ne reviendrait pas avant plusieurs heures, c'était donc à lui de surveiller le feu et de tenir la maison.

Quoiqu'il fût certain que personne ne pourrait remonter sa piste jusqu'ici, Richard préférait prendre un maximum de précautions. Après avoir ranimé le feu dans sa chambre et dans la cuisine, il enfila son manteau et sortit pour inspecter les environs.

Le jour s'était enfin levé, mais d'épais nuages gris masquaient presque entièrement le ciel. La brume qui montait de la terre drapait les bâtiments d'un voile impalpable. Tête baissée, les mains enfoncées dans les poches, Richard alla droit à l'écurie.

Il allait pousser la porte quand il entendit un bruit de sabots lancés au galop. Il se glissa derrière un arbre, dégaina son pistolet, et tendit l'oreille, à défaut de voir quelque chose. Il crut deviner qu'il n'y avait qu'un cheval. Le cavalier semblait pressé d'arriver. Ce ne pouvait être son ennemi, sinon il se serait montré plus discret.

Rassuré, Richard sortit de sa cachette. Au même instant, un cavalier émergea du brouillard.

— Richard !

— Rosamund ! s'exclama celui-ci, médusé.

La jeune femme était penchée sur l'encolure de sa monture, ses cheveux ondulant derrière elle telle une vague. Elle était bien seule.

— Il vous faut partir tout de suite ! s'écria-t-elle en tirant sur ses rênes. Ils nous ont repérés.

Comme Richard se précipitait vers l'écurie, elle l'arrêta :

— Non, ne perdez pas de temps à seller un cheval. Grimpez derrière moi.

— Et Jack ? Où est-il ?

— Il essaie de les semer. Je vous expliquerai plus tard. Vite, montez !

Comme pour donner plus de poids à ses paroles, un bruit de cavalcade se fit soudain entendre au loin. De toute évidence, elle n'exagérait pas. Richard grimpa derrière elle.

— Filez dans les collines, lui ordonna-t-il.

Déjà la jeune femme éperonnait sa monture.

Lorsqu'ils eurent atteint une petite prairie qui surplombait Dunsmoor, Richard demanda à Rosamund de s'arrêter. La maison était plongée dans le brouillard et ils ne distinguèrent que des ombres. Mais ces ombres bougeaient.

— Que s'est-il passé ? demanda Richard.

La jeune femme reprit son souffle.

— Nous venions tout juste d'atteindre le premier village. Quelqu'un est sorti de l'auberge en criant le nom de Jack. « Digby ! » s'est alors exclamé Jack. Puis il m'a demandé d'aller vous prévenir de vous enfuir pendant qu'il prenait une autre route, pour tenter de les semer.

Rosamund avait déjà repris les rênes, mais le brouillard était si épais qu'elle ne voyait presque plus rien, à présent.

— Je ne sais plus où me diriger, avoua-t-elle. J'ai peur d'aller droit vers un précipice.

— Il y a une cabane de berger pas loin d'ici. Nous pourrons nous y abriter. Inversons les rôles. Je vais guider le cheval.

Mais dès que la jeune femme eut mis pied à terre, Richard reprit :

— Maintenant, écoutez-moi, Rosamund. Je veux que vous redescendiez jusqu'à la maison. Là-bas, vous ne craindrez plus rien. Alors que si vous restez avec moi, personne ne peut prévoir ce qu'il adviendra de vous. Une fusillade est vite arrivée. C'est moi, qu'ils veulent. Pas vous. Retournez à la maison.

Avant qu'elle ait pu répondre quoi que ce soit, Richard avait déjà disparu dans le brouillard.

Rosamund se lança à sa poursuite.

— Espèce de fou ! lui cria-t-elle, à la fois furieuse et affolée. Vous ne voyez donc pas que je suis votre meilleur atout ! Il suffirait de refaire comme à Newgate. Que vous me repreniez en otage.

Elle courait à perdre haleine, sans se soucier des larmes qui ruisselaient sur ses joues. Richard ne pourrait aller bien loin dans cette purée de pois. Et quand ses poursuivants l'auraient rattrapé, il n'aurait plus aucune issue. Il avait besoin d'elle, ne serait-ce que pour marchander sa liberté.

— Vous ne vous débarrasserez pas de moi ! Je vous suivrai partout. Et vous serez bien embêté quand ils m'auront tiré une balle dans la tête, parce qu'ils m'auront prise pour vous dans ce satané brouillard. N'oubliez pas que je suis habillée en homme ! Vous m'entendez, Richard ? Vous aurez ma mort sur la conscience. Et vous...

Sa phrase se brisa net quand elle trébucha sur une pierre et tomba la tête la première, sans se faire grand mal, heureusement. Elle se relevait déjà, lorsqu'un cavalier surgit soudain du brouillard. Richard !

— Merci, dit-elle en agrippant la main qu'il lui tendait.

Sans un mot, il la souleva de terre pour la jucher derrière lui. Puis il donna un coup de talon dans les flancs de sa monture, qui s'élança aussitôt au galop.

Ils n'allèrent pas bien loin. Au bout de quelques mètres, la jument trébucha à son tour sur une pierre, désarçonnant du même coup ses deux cavaliers. Rosamund se releva la première et courut pour rattraper les rênes de l'animal, mais, paniqué, celui-ci s'était déjà enfui. Quand elle revint sur ses pas, Richard se redressait péniblement.

Elle fut frappée par son état. Il semblait très faible, tout à coup. Il n'avait pas eu le temps de se rétablir complètement que déjà lui arrivait cette nouvelle épreuve.

— Où est l'abri ? demanda-t-elle, masquant délibérément son inquiétude.

— Pas très loin d'ici.

Elle se retourna, l'oreille tendue, mais ne vit ni n'entendit leurs poursuivants. Le brouillard les sauvait. Mais pour combien de temps encore ?

— Nous irons à pied, dit-elle. Posez votre bras sur mon épaule.

Il s'exécuta, s'appuyant sur elle.

— Je me sentirai mieux quand nous aurons atteint l'abri, assura-t-il. Ensuite, je veux que vous partiez.

Rosamund ne discuta pas. Mais elle n'avait aucunement l'intention de l'abandonner. Pas dans cet état.

Le brouillard était si dense que la jeune femme n'aurait su dire où ils se trouvaient. Mais Richard semblait parfaitement se repérer. Deux ou trois fois, seulement, il s'arrêta pour inspecter les lieux, avant de repartir d'un pas décidé. Rosamund pensait le soulager en le soutenant, mais au bout d'un moment, elle ressentit à son tour la fatigue, et c'est Richard qui l'encouragea à continuer.

— Nous y sommes presque, fit-il. Tenez bon. Nous nous reposerons là-bas. Et ensuite, nous aviserons.

Rosamund se demandait bien ce qu'ils pourraient faire, sans monture, sans provisions, sans argent, alors que Richard était blessé de surcroît. Mais, après tout, c'était un homme plein de ressources. Il s'était bien évadé de Newgate. Il se sortirait de cette mauvaise passe.

Ils parvinrent à destination à l'instant où Rosamund pensait ne pas pouvoir faire un pas de plus. C'était une toute petite cabane, rudimentaire mais solide. Les murs étaient en pierre, le toit de chaume et le sol pavé, comme dans les rues de Londres.

— À qui appartient cette cabane? voulut savoir Rosamund.

— À tout le monde. Et à personne en particulier. Les bergers l'utilisent en cas d'urgence, quand ils sont surpris par l'orage et qu'ils n'ont pas le temps de redescendre à la ferme.

Il y avait une couchette étroite avec un grabat de paille, un tabouret devant une minuscule cheminée au foyer noirci, et quelques bûches dans un panier.

Rosamund referma la porte et aida Richard à aller jusqu'à la couchette.

— Nous ne pouvons pas allumer de feu, la fumée nous trahirait, commença-t-il.

Puis il secoua la tête et lâcha un rire sans joie.

— Ils nous trouveront de toute façon. Le brouillard se lève. Allumez le feu, si ça vous chante.

Rosamund, interloquée, se tourna vers la fenêtre.

— Vous avez raison, dit-elle d'une voix anxieuse en lui faisant face. Le brouillard se lève.

Il se laissa tomber sur la couchette et lui tendit les mains.

— Venez ici.

Elle vint s'agenouiller devant lui et lui abandonna ses mains en cherchant son regard.

— Avez-vous de la fièvre ?

— Non.

— Votre blessure vous fait souffrir.

— Non. Tout va bien, Rosamund. Sinon que je me sens fatigué. J'ai passé une mauvaise nuit, à me demander ce que j'allais faire de vous.

— Et vous avez décidé de me renvoyer chez moi sans même me dire adieu, lui fit-elle remarquer d'un ton de reproche.

Richard contempla les mains de la jeune femme, avant de les porter à ses lèvres, pour les embrasser l'une après l'autre.

— J'ai pensé que c'était mieux ainsi.

Rosamund sentit son cœur se serrer. Il devait avoir perdu tout espoir de s'en sortir pour baisser ainsi sa garde. Quand il leva les yeux sur elle et lui sourit, son angoisse se mua en peur.

— Dès qu'ils arriveront, reprit-il, vous sortirez et déclinerez votre identité. Ils viendront me chercher à l'intérieur, mais quoi que vous entendiez, restez dehors et ne regardez pas en arrière. Rentrez chez vous et oubliez tout de moi.

— Et si je refuse ? Et si je reste là ? Richard, ils n'oseront pas vous toucher si je suis à vos côtés.

— Non, mais ils me reconduiront à Newgate pour me pendre, répliqua-t-il. C'est ce que vous souhaitez, Rosamund ? Pour ma part, je préfère mourir en soldat. Laissez-moi ce qui me reste de dignité.

Rosamund était effondrée. Elle aurait voulu parler, mais les larmes obstruaient sa gorge.

— Je... Richard... Je ne...

— Rosamund !

Il l'attira à lui et l'enveloppa de ses bras. Puis il l'embrassa tendrement, s'attirant aussitôt une réponse encore plus tendre de la jeune femme, qui noua ses bras à son cou.

— C'est la première fois qu'un homme m'embrasse, avoua-t-elle dans un murmure lorsqu'il rompit leur étreinte.

Il haussa les sourcils.

— J'ai du mal à le croire.

Rosamund réussit à lui sourire.

— C'est le sort des filles de ducs. Les hommes n'osent pas les approcher. Mais cela vient peut-être de moi. Peut-être qu'ils ne me trouvent pas très attirante. Rappelez-vous, c'est ce que vous m'aviez dit, dans le cottage à Chelsea.

Richard enfouit ses doigts dans les cheveux de la jeune femme.

— C'était un gros mensonge, fit-il d'une voix rauque. Vous êtes la femme la plus ravissante et la plus désirable que j'aie jamais rencontrée.

Si ces paroles réchauffaient le cœur de Rosamund, elles n'apaisaient pas pour autant son angoisse. Au contraire. Car Richard n'aurait jamais parlé ainsi s'il avait cru possible de sortir vivant d'ici. Ce qu'ils partageaient en cet instant serait tout ce à quoi ils auraient droit. Aussi, n'était-ce pas le moment de tout gâcher par des pleurs ou des regrets.

— Si seulement je n'étais pas fille de duc... souffla-t-elle.

— Oui, soupira Richard. Si vous n'étiez pas fille de duc.

Elle dut cligner des yeux pour chasser les larmes qui brouillaient sa vue.

— Et si seulement...

— Chut, lui intima Richard en déposant un baiser sur ses lèvres. Cessez de vous tourmenter inutilement.

Rosamund aurait voulu qu'il y ait plus de lumière afin de graver dans sa mémoire les traits de Richard. Mais au-delà de son physique, elle savait que quoi qu'il advienne, elle ne l'oublierait jamais.

— Vous êtes le gentleman le plus noble que j'aie jamais rencontré, dit-elle doucement.

La remarque le fit sourire.

— Parlez-moi de vous, Rosamund. Je sais si peu de choses à votre sujet.

Richard était sincère. Il souhaitait réellement en savoir plus sur la jeune femme. Mais il voulait surtout, dans l'immédiat, l'apaiser. Et l'empêcher de compter les secondes jusqu'à leur capture.

— Par quoi dois-je commencer ?

— Par le début, tout simplement. Quel genre d'enfant étiez-vous ? Triste ? Joyeuse ?

— Heureuse et insouciante, répondit-elle. Du moins, jusqu'à la mort de ma mère.

Elle commença à parler. Par bribes, d'abord. Puis avec plus de fluidité à mesure que les souvenirs affluaient. Quoique sa mère eût disparu alors qu'elle n'avait que cinq ans, Richard comprit très vite que la duchesse avait beaucoup influencé sa fille. Le portrait que Rosamund lui en traça était celui d'une femme de caractère, qui aimait la vie et ses enfants, mais détestait les conventions et ne supportait pas qu'on restreigne sa liberté.

— Après sa mort, expliqua Rosamund, le monde parut soudain incolore. Mais n'allez pas vous imaginer que mon père me négligeait, s'empressa-t-elle d'ajouter. C'était tout le contraire. Il était devenu très protecteur à mon égard, car il se reprochait d'avoir accordé trop de liberté à sa femme, ce qui avait causé sa mort.

— Et il voulait que sa fille unique reste sagement à la maison ?

— Exactement, acquiesça Rosamund avec un soupir.

Et elle reprit son récit. Richard réalisait en l'écoutant qu'il s'était trompé sur son compte. Rosamund n'avait jamais été ni froide ni hautaine. Elle avait simplement manqué de confiance en elle. Et comment l'en blâmer ? Son père l'étouffait d'un amour qui l'empêchait d'affirmer sa personnalité. Heureusement, elle avait eu Callie.

— C'était l'idée de Callie de venir vous rendre visite à Newgate, expliqua-t-elle. C'est une fille très volontaire, qui peut avoir le commentaire acide. Mais vous avez enflammé son imagination. Et je pense qu'elle vous a idéalisé comme une sorte de héros tragique. En tout cas, elle s'est convaincue de votre innocence et il n'est pas question d'en douter devant elle.

— Je la remercie.

Rosamund sourit.

— Et vous, Rosamund ? Pourquoi venir à Newgate alors que vous étiez persuadée de ma culpabilité ?

— Par bravade sans doute. Callie m'avait mise au défi de faire quelque chose que mon père réprouverait, et j'ai accepté. Mais je ne le regrette pas. Et je ne le regretterai jamais.

Bien sûr, de telles paroles ne pouvaient qu'émouvoir Richard. Il serra la jeune femme contre lui et posa un baiser sur son front.

— Si votre mère pouvait vous voir, elle serait fière de vous.

Rosamund leva les yeux vers lui.

— Vous le pensez vraiment ?

— Mais oui !

Elle sourit, mais s'alarma de nouveau en le sentant se raidir.

— Qu'y a-t-il, Richard ?

— Écoutez !

C'est alors qu'elle entendit à son tour un bruit de sabots. Une troupe de cavaliers approchait de leur refuge.

— Le temps est venu de nous séparer.

Rosamund crut qu'un gouffre s'ouvrait sous ses pieds.

— Non, Richard, non ! Il y a tant de choses que je voudrais encore vous dire…

Il lui étreignit les mains.

— Si vous tenez à moi, Rosamund, faites exactement ce que je vous dirai, déclara-t-il avant d'ajouter plus doucement : J'aurais préféré vous éviter cela, mais c'est hélas impossible. Si vous perdez courage maintenant, qu'en sera-t-il de moi ? Bientôt tout ceci sera fini, mais sachez que je ne souhaite que votre bonheur. Et que je veux que vous m'oubliiez. Allez-y !

Le visage blême, la jeune femme s'avança d'un pas titubant vers la porte. Arrivée sur le seuil, elle se retourna.

— N'y comptez pas, Richard. Je ne vous oublierai jamais. Et je n'ai pas perdu tout espoir. Alors, s'il vous plaît, ne commettez pas de geste insensé.

— Rosamund…

Mais elle était déjà sortie.

« Idiot ! » se morigéna-t-il. Quelle mouche l'avait piqué de vouloir jouer les héros romantiques ? S'il voulait vraiment que Rosamund l'oublie, il aurait dû commencer par ne pas l'embrasser. Il n'aurait pas davantage dû lui montrer combien il tenait à elle, et encore moins lui demander de se confier à lui.

Mais comment s'en empêcher ? Qui reprocherait à un homme au seuil de la mort de vouloir partager un peu d'intimité avec la seule femme qui ait jamais compté pour lui.

Dès qu'il entendit les cavaliers mettre pied à terre, Richard sortit son pistolet et se positionna pour que la lumière tombe droit sur lui lorsqu'ils ouvriraient la porte. Il espérait qu'ils savaient viser.

Peut-être aurait-ce été mieux de laisser Rosamund à l'intérieur, tandis qu'il serait sorti au-devant de ses justiciers. Mieux pour lui, certainement. Mais pas pour elle. Richard ne voulait pas que la jeune femme assiste à sa fin.

Plusieurs minutes s'écoulèrent avant que la porte ne s'ouvre enfin.

— Ne tire pas, Richard ! hurla une voix qu'il aurait reconnue entre toutes.

Richard abaissa son arme.

— Jack ? lâcha-t-il, incrédule.

Ce dernier s'esclaffa.

— Tu as une chance du diable, colonel. Hugh Templar est ici. Avec lord Gaspard. Et figure-toi qu'ils sont venus te sauver.

14

Richard se demandait si on était vraiment venu le sauver. Quand il sortit de la cabane, il se retrouva cerné par une horde de gaillards à la mine rien moins qu'aimable.

— Ils ne vous feront aucun mal, Richard, lui cria Rosamund. Ils sont loyaux au duc.

Loyaux au duc ? Rosamund se croyait-elle au Moyen Âge ? Cependant, en y regardant à deux fois, Richard s'aperçut que tous portaient la livrée bleu et or des Romsey. Ils étaient bel et bien au service du duc, même si, à leur allure martiale, Richard devina qu'il s'agissait d'anciens soldats.

— Contente-toi de leur obéir, Richard, fit Hugh. Et tout se passera bien.

— Ne te raidis pas comme ça, colonel ! s'amusa Jack. Ils sont de notre côté. Ils sont d'humeur chagrine parce que tu as enlevé Rosamund, mais ils ne te toucheront pas. Sinon, ajouta-t-il en riant, c'est à elle qu'ils auront affaire, et ils savent de quoi elle est capable.

Comme les trois personnes en qui il avait le plus confiance disaient toutes la même chose, Richard se détendit un peu.

— Retirez-lui son pistolet et toute autre arme qu'il pourrait porter sur lui, dit une voix.

Richard n'eut aucune peine à deviner qu'il s'agissait de lord Gaspard. Il se tenait à côté de Rosamund et arborait l'expression arrogante du parfait aristocrate. Richard le détesta au premier regard.

Les choses faillirent mal tourner quand deux hommes le délestèrent de son pistolet, puis entreprirent de le fouiller sans ménagement. Ils lui retirèrent la lame dissimulée dans sa botte, mais comme ils continuaient de le serrer de près, Jack leur fit signe de s'écarter et, en bons militaires, ils obéirent.

Rosamund voulut s'approcher, mais son frère la retint par le bras. En revanche, Hugh vint donner une tape amicale sur l'épaule de son ami.

— Ah, Richard, dit-il avec un grand sourire chaleureux, ça fait plaisir de te revoir sain et sauf. J'imagine que tu aimerais avoir une explication pour tout ceci, mais ce n'est pas le moment. Un détachement de miliciens rôde dans les parages. Je ne crois pas qu'ils nous aient repérés, mais, dans le doute, mieux vaut ne pas prendre de risques. Nous allons repartir tout de suite.

— Mais il n'est pas en état de chevaucher! objecta Rosamund. Vous ne voyez pas comme il est pâle?

Personne ne prêta attention à ses paroles. On amena un cheval et Jack aida Richard à se hisser en selle en lui chuchotant de tenir bon.

Le major Digby et sa cohorte de miliciens arrivèrent à Dunsmoor un peu plus tard. Digby ne décolérait pas. Il avait fini par comprendre que Harper l'avait entraîné sur une fausse piste. L'erreur avait été de ne pas se rendre directement à Dunsmoor. Digby était persuadé que Maitland s'y cachait. Il ne restait plus qu'à espérer que l'oiseau ne s'était pas envolé du nid.

Le major mit pied à terre, et Whorsley et les miliciens l'imitèrent en dégainant leurs armes. Digby gravit le perron, frappa à la porte et, ne recevant pas de réponse, fit jouer la poignée. Ce n'était pas verrouillé.

Une fois à l'intérieur, Digby distribua ses ordres :

— Fouillez toutes les pièces. Il est peut-être encore là. Et si vous tombez sur lady Rosamund, allez-y en douceur.

Il ne leur fallut pas longtemps pour constater que la maison était vide. Mais aussi qu'elle avait été occupée récemment. Quelques bûches finissaient de se consumer dans la cheminée de la cuisine, ainsi que dans celle d'une des chambres. Et quand Whorsley trouva les notes, dans le petit bureau du grenier, ils acquirent la conviction que Maitland avait bien séjourné là.

— C'est bizarre, commenta Whorsley en déchiffrant l'écriture de Richard. Il a récapitulé d'anciennes affaires criminelles en cherchant à opérer un lien avec l'assassinat de Lucy Rider.

Se tournant vers Digby, il s'interrogea à voix haute :

— Serait-il possible, après tout, qu'il ne l'ait pas tuée ?

Digby arracha les notes des mains de son adjoint pour les enfouir dans sa poche.

— Ces papiers n'ont aucune importance. Notre mission est de retrouver Maitland.

— Mais s'il est innocent, ne devrions-nous pas confier ces notes à…

— Non ! Pourquoi compliquer les choses ? Maitland a été reconnu coupable par un jury. Que justice se fasse, à présent ! Tu as vraiment envie que Maitland réintègre les services secrets ? Ne gâchons pas cette occasion de rendre un fier service à tous les collègues en faisant simplement notre travail.

— Et qu'allons-nous faire, maintenant ?

Digby s'approcha de la fenêtre. Ils auraient pu tout aussi bien se trouver sur une île déserte. Le brouillard noyait le paysage environnant. C'était rageant, bien sûr, mais il ne s'avouait pas vaincu. Avec lady Rosamund sur les bras, Maitland serait fortement ralenti dans sa fuite.

Digby s'était juré de le retrouver et de le ramener à Londres, les fers aux pieds. Le Premier ministre le remercierait sans doute en lui accordant une belle promotion. Pourquoi pas chef des Renseignements généraux ?…

— Nous allons attendre que le brouillard se lève et nous reprendrons les recherches, décida-t-il.

Il ne fut plus question des notes trouvées par Whorsley. Digby doutait qu'elles puissent faire changer qui que ce soit d'avis quant à la culpabilité de Maitland mais, pour plus de sûreté, il profita d'un moment où personne ne lui prêtait attention pour les jeter au feu.

Ils avançaient lentement, mais Richard n'y était pour rien. Outre que le brouillard freinait leur progression, Rosamund – Dieu la bénisse ! – s'arrangeait pour ralentir leur convoi. Juste au moment où Richard pensait ne plus pouvoir tenir en selle, la jeune femme décréta une halte en prétextant qu'elle avait besoin de se dégourdir les jambes. Richard n'était pas dupe. Elle faisait cela pour lui. Malheureusement, il n'avait pas la possibilité de la remercier. À chaque arrêt, les gens du duc formaient autour d'elle un cordon infranchissable. Visiblement, lord Gaspard avait ordonné que sa sœur ne puisse plus échanger un mot avec lui.

En revanche, à chacune de leurs haltes, Richard en apprenait un peu plus sur les circonstances de sa « capture ». Il sut ainsi que Hugh avait conclu une sorte de marché avec le duc – un marché paraît-il très avantageux –, mais Hugh se refusa à en révéler plus tant qu'ils ne seraient pas arrivés à bon port. Digby et des miliciens étaient à leurs trousses, et le plus urgent était de leur échapper.

Jack se montra plus bavard. Il raconta comment il avait réussi à égarer Digby et Whorsley sur une fausse piste, pendant qu'il envoyait Rosamund prévenir Richard à Dunsmoor. Puis, en route vers la maison, Jack était tombé par hasard sur Hugh et lord Gaspard.

— Au début, je ne savais pas que c'était eux. Avec ce satané brouillard, je n'avais pas reconnu Hugh.

Quand j'ai vu tous ces types en livrée bleu et or, j'ai cru que ma dernière heure était venue. Et puis Hugh est sorti de la brume, et j'ai compris que nous étions tous sauvés.

— Et ensuite ?

Jack sourit.

— Nous avons pris un raccourci jusqu'à Dunsmoor, ce qui nous a permis de garder une confortable avance sur Digby et les autres.

— Mais comment Hugh et lord Gaspard ont-ils appris l'existence de Dunsmoor ?

Harper haussa les épaules d'un air d'impuissance.

— Je n'en sais rien. Il faudra le demander à Hugh.

Mais Richard n'en eut pas l'occasion, car Hugh se tenait à l'arrière de leur convoi. Quelques éclaireurs, à l'inverse, avaient pris les devants, pour s'assurer que la voie était libre. Ce dispositif rappelait à Richard ses années de guerre en Espagne, quand il fallait se méfier de tout et de tous.

Mais il devait rendre à César ce qui appartenait à César, lord Gaspard semblait savoir parfaitement ce qu'il faisait. Et Richard comprenait son hostilité à son égard. Après tout, il avait enlevé sa sœur. En revanche, il supportait toujours aussi mal sa façon de distribuer les ordres, comme s'il considérait que sa naissance lui donnait tous les droits.

Même s'ils progressaient lentement, ils progressaient tout de même. Richard s'attendait qu'ils prennent la direction du sud, vers Londres, mais ils suivirent une route orientée nord-est, où les villages se faisaient rares.

Le brouillard avait fini par se dissiper, mais le soir tombait déjà, si bien que leur visibilité n'avait pas vraiment gagné au change. Soudain, de la pénombre émergea une véritable forteresse, avec murailles crénelées et hautes tours défensives.

On les y attendait. À peine s'approchèrent-ils de la grille que des hommes en ouvrirent les imposants battants. Richard constata qu'ils portaient une livrée identique à celle de leur escorte.

Certaines traditions moyenâgeuses semblaient toujours en vigueur au château Devere.

Richard ne souhaitait qu'une chose : dormir. Mais il dut d'abord écouter Hugh qui lui expliqua que, désormais, il répondrait au nom de Richard Harris, et qu'il était considéré comme l'un des sauveteurs de lady Rosamund. Ensuite, il lui avait fallu passer entre les mains d'un médecin aux manières un peu bourrues. Puis un valet l'avait aidé à prendre un bain chaud. Ensuite seulement, il avait pu se coucher.

Mais son sommeil fut agité. Il rêva d'échiquiers, de fuite dans les bois, de livrée bleu et or... Il fut réveillé par le bruit de la porte qui s'ouvrait et, instinctivement, il chercha son pistolet à tâtons, avant de se rappeler qu'on le lui avait enlevé.

De toute façon, ce n'était que le valet qui revenait avec ses vêtements nettoyés. Ce dernier écarta les tentures, et le soleil entra à flots par les hautes fenêtres. Apparemment, il était plus de midi.

— Où sont les autres ? demanda Richard en bondissant du lit.

— Dans le salon jaune, monsieur Harris. Ils vous attendent.

Richard commença à s'habiller.

— Et le duc ? Il est là ?

— Non. Sa Grâce est rentrée directement de Chelsea à Twickenham House après avoir appris que lady Rosamund était saine et sauve.

Dix minutes plus tard, habillé et réconforté par un verre d'excellent madère, Richard descendait au rez-de-chaussée, escorté par un autre valet tout aussi déférent que le précédent. Chaque domestique qu'il croisait lui souriait. Quand Richard demanda ce qu'étaient devenus les hommes de leur petite troupe, le valet lui expliqua qu'ils cuvaient leur vin après le banquet offert par lord Gaspard pour fêter le succès de leur mission.

Le grand escalier débouchait au milieu d'un hall majestueux dont les murs étaient couverts de tapisseries évoquant d'anciennes et glorieuses batailles. Tout, dans la décoration des lieux – le cristal des immenses lustres à girandoles, le marbre du sol, les armures encadrant les portes –, rappelait à Richard qu'il se trouvait dans le domaine d'une dynastie fière de ses privilèges et de son histoire.

Comme s'il en avait besoin !

Le salon jaune se trouvait à l'extrémité d'un interminable couloir. Dès que le valet annonça son entrée, Richard redressa le dos et carra les épaules.

15

Comme les autres avaient déjà terminé de déjeuner, lord Gaspard ordonna à un valet d'apporter du café et des sandwichs pour Richard. Une courtoisie que ce dernier apprécia à sa juste valeur, car il n'avait rien avalé depuis la veille. Ils n'étaient que quatre autour de la table : lord Gaspard, Hugh, Jack et bien sûr, lui-même. Pendant qu'il mangeait, ses trois compagnons lui expliquèrent le fin mot de l'histoire.

Lord Gaspard, apprit-il, n'avait pas été long à prendre des chemins de traverse. Moins de vingt-quatre heures après l'évasion de Newgate, il venait frapper à la porte de la petite maison louée par Hugh. C'était Abbie – et Hugh se promit de l'en remercier le moment venu – qui avait persuadé son mari de révéler à lord Gaspard l'existence de Dunsmoor.

— Tu sais comment est Abbie, fit Hugh. Elle avait beau se répéter que lady Rosamund ne risquait rien avec toi, elle ne supportait pas l'idée que sa famille soit dans l'angoisse. Alors, j'ai conclu un marché avec lord Gaspard. Si tu ne relâchais pas lady Rosamund dans les vingt-quatre heures, je l'aidais à te retrouver. Pour être tout à fait honnête, j'étais convaincu que tu la rendrais à sa famille à la première occasion et que l'affaire s'arrêterait là. Mais comme tu n'as pas fait comme je l'imaginais, j'en ai déduit que les choses avaient mal tourné. Si j'ai décidé d'intervenir, c'est donc autant pour ton salut que pour celui de lady Rosamund. De toute façon, tu es plus en sûreté sous la protection du duc que tu ne l'étais à battre la campagne.

— C'est indubitable, confirma lord Gaspard ironiquement.

Il tenait une carafe de porto à la main et en versa un verre à Richard.

— Nous dirons que nous vous avons perdu dans le brouillard aussitôt après avoir récupéré ma sœur. C'est aussi simple que cela.

— Et pour Jack ? s'enquit Richard.

— Il n'y a pas à s'inquiéter pour moi, colonel, répondit celui-ci. Ils ont pensé à tout. On racontera que tu m'avais enrôlé comme ton complice parce que tu m'avais fait croire que tu étais toujours en mission pour les services secrets. Mais quand j'ai compris que lady Rosamund ne te suivait pas de son plein gré, j'ai déserté et je suis allé demander conseil à Hugh Templar.

Richard termina son dernier sandwich en l'accompagnant d'une gorgée de porto. Tout en écoutant les explications de ses compagnons, il réfléchissait. De toute évidence, Jack et Hugh, les deux personnes dont il se sentait le plus proche, avaient une confiance absolue en lord Gaspard. Richard craignait donc assez peu de voir lord Gaspard rompre le pacte qu'il avait passé avec Hugh. Du reste, mal lui en prendrait. On ne trahissait pas Hugh Templar, ancien espion de Sa Majesté.

Richard jeta un coup d'œil à Hugh, et les deux amis se comprirent sans avoir besoin d'échanger un mot. Lord Gaspard, disait le regard de Hugh, n'était pas un imbécile.

— Une dernière chose, reprit Richard. Comment as-tu su, pour Dunsmoor, Hugh ?

— Ah ! fit Hugh, avec un sourire contrit. Il se trouve qu'un jour j'ai surpris une conversation entre ton notaire et toi, à propos d'une maison dans les collines du Berkshire. Mais j'en ignorais la localisation exacte.

Lord Gaspard et moi-même avons alors demandé un entretien à maître Harley, qui a bien voulu nous communiquer l'adresse de cette maison. Vu son isolement, il nous a semblé logique que tu t'en serves comme refuge.

— Si j'avais su, je n'aurais pas… commença Richard, avant de se raviser et de lâcher, sur un ton de reproche amusé : Quand même, je n'en reviens pas d'apprendre que tu écoutes mes conversations privées. N'y a-t-il donc rien de sacré à tes yeux ?

Hugh éclata de rire.

— Pas pour de vieux amis comme nous. De toute façon, tu devrais me remercier. Si nous n'étions pas arrivés à temps, Digby te cueillait à notre place. Et je ne pense pas que cette fois tu aurais réussi à t'évader de Newgate.

Voyant que Richard s'était assombri, Hugh s'empressa de préciser :

— Ce n'est pas nous qui avons conduit Digby ici, Richard. En fait, nous étions même derrière lui. C'est le raccourci indiqué par Jack qui nous a permis de le doubler.

— Vous aviez dû semer des indices derrière vous, Maitland, suggéra lord Gaspard.

— Ou alors, Digby connaissait l'existence de Dunsmoor, hasarda Hugh.

Richard ne voyait pas quels indices il aurait pu laisser, mais il est vrai qu'il était très faible durant le voyage et qu'il avait pu se montrer imprudent. Il existait aussi une autre explication pour justifier que Digby connaisse l'existence de Dunsmoor, mais elle était beaucoup plus troublante.

Richard leva les yeux et croisa le regard de lord Gaspard ; un regard scrutateur teinté de perplexité.

— Quelle est l'étape suivante ? s'enquit-il.

Le frère de Rosamund esquissa un sourire. Le premier que Richard lui voyait.

— Twickenham House. Le duc, comme vous devez vous en douter, est impatient de faire votre connaissance.

— Nous passerons pour des valets de Sa Grâce, expliqua Jack. Il n'y a aucun risque qu'on te reconnaisse, Richard. Personne ne prête jamais attention aux domestiques.

— Les *quoi* ? fit Richard entre ses dents.

— Ça ne durera pas longtemps, précisa Hugh, qui se voulait diplomate. Cette fable te donnera un peu de répit, Richard. Le temps de te remettre définitivement sur pied, avant que tu décides toi-même de la suite des événements.

Richard soutint un instant le regard de son ami, puis détourna la tête. Ce n'était pas tant la perspective d'être pris pour un valet, qui lui déplaisait, que celle de se retrouver aux ordres d'un duc. Cependant, il aurait eu tort de réagir comme un gamin buté. Les Devere lui venaient bel et bien en aide, comme le prouvèrent les paroles de lord Gaspard :

— Naturellement, mon père est disposé à vous offrir son concours pour la suite. Si vous souhaitez un bateau pour rejoindre la France, nous vous le donnerons. Si vous désirez au contraire rester en Angleterre, mais changer d'identité pour recommencer une nouvelle vie, cela peut aussi s'arranger. Mais vous discuterez de ces détails directement avec mon père.

Ces propositions ne manquaient pas d'intérêt – et de générosité. Cependant, Richard préférait s'en tenir à l'invitation de se cacher à Twickenham House, du moins jusqu'à ce qu'il soit complètement guéri. Plus il y songeait, plus cette idée le séduisait. Comme personne ne penserait à le chercher là-bas, il pourrait goûter quelques jours de repos, en toute sécurité. Une semaine suffirait. Deux tout au plus. Et ensuite, il reprendrait sa quête des assassins de Lucy.

Demeurait cependant un petit problème. Rosamund.

Richard se promit d'avoir dès que possible une
conversation avec la jeune femme, histoire de mettre
les choses au point. Il lui expliquerait que ce qui s'était
passé dans la cabane ne signifiait rien de particulier.
Ils s'étaient tous deux laissé emporter par l'émotion du
moment. Richard avait voulu la réconforter. Et elle
avait fait de même. Rien de plus.

Du moins, c'était ce qu'il comptait lui dire. Mais la
vérité, c'est que leur relation n'avait pas d'avenir.
Richard ne pourrait pas plus s'accoutumer à la vie de
Rosamund qu'elle ne pourrait s'adapter à la sienne.

L'espionnage demeurait son univers. Et il n'aurait de
cesse d'être réintégré dans son service. Même s'il n'était
pas à court d'argent – les fermes, autour de Dunsmoor,
lui procuraient des revenus confortables, et la maison
elle-même ne manquait pas de confort –, il ne pourrait
de toute façon jamais offrir à Rosamund le luxe auquel
elle était habituée.

Non pas qu'elle se souciât de luxe. Ce qu'elle désirait par-dessus tout, c'était son indépendance.

Si seulement je n'étais pas fille de duc.

Les paroles de la jeune femme obsédaient Richard,
car il ne voyait pas comment l'aider à se libérer de
l'emprise de sa famille. Sinon en l'épousant, ce qui était
hors de question. Ce n'était pas uniquement la fortune
qui les séparait. Les Devere étaient une famille
influente, qui pouvait l'anéantir. Du reste, son destin
se trouvait à présent entre leurs mains. Et puis, il ne
connaissait Rosamund que depuis une semaine, et il
avait encore des doutes sur la vraie nature des sentiments qu'elle lui inspirait.

En revanche, ce qu'il pourrait faire, c'est avoir une
discussion sérieuse avec son père. Le duc n'imaginait
sans doute pas combien sa fille possédait de ressources. Au souvenir de l'audace dont elle avait fait

preuve à de si nombreuses reprises, Richard ne put s'empêcher de sourire.

Il lui avait dit qu'elle était la femme la plus ravissante et la plus désirable qu'il ait rencontrée. Il aurait dû ajouter qu'elle était aussi la seule capable de l'attendrir.

« Rosamund, songeait-il, ému. Ah, si seulement… »

La voix de lord Gaspard le tira brutalement de sa rêverie.

— Aurais-je dit quelque chose d'amusant, Maitland ?

Richard rengaina son sourire.

— C'est le porto, expliqua-t-il. Il m'a mis de bonne humeur.

Sur ces mots, il salua la tablée et sortit.

Lord Gaspard le suivit dans le couloir et alla droit au but.

— Combien voulez-vous, demanda-t-il, pour ne pas épouser ma sœur ?

Richard en demeura un instant bouche bée.

— Je crois que vous m'avez pris pour un autre, réussit-il à rétorquer.

Lord Gaspard plissa les yeux.

— Ne jouez pas à ce jeu-là avec moi, Maitland. Combien ?

Richard inspira une grande goulée d'air.

— Si vous me connaissiez mieux, dit-il, vous sauriez que ce genre de tactique ne marche pas avec moi. Si je décide d'épouser Rosamund, je ne vois pas ce qui pourrait m'en empêcher. À moins, bien sûr, qu'elle ne me dise non.

— Mais si elle ne dit pas non ?

Richard préféra rassurer lord Gaspard.

— Il n'y a rien entre Rosamund et moi. La question du mariage est hors de propos.

Sur ces mots, il tourna les talons.

Quand il revint dans sa chambre, Richard y trouva un valet qui l'attendait avec un message de Rosamund. La jeune femme désirait lui parler.

Tant mieux, songea Richard, car il avait justement deux mots à lui dire.

La chambre – ou plutôt, la suite de la jeune femme – se trouvait à l'autre bout du couloir. Richard fut introduit dans son boudoir.

— Richard! s'exclama Rosamund en se précipitant à sa rencontre.

— Rosamund?

Elle avait troqué son déguisement masculin pour une toilette féminine, et il la reconnaissait à peine. Sa robe de soie rose moulait son corps à ravir, et ses cheveux, lavés et brossés de frais, tombaient en une cascade resplendissante sur ses épaules. Elle avait tout d'une apparition destinée à briser le cœur des hommes.

Rosamund lui étreignit les mains, avec un chaud sourire.

— Mon frère n'a pas été trop dur avec vous?

Sa question eut le don de tirer Richard de son hébétude. Il lâcha les mains de la jeune femme et recula d'un pas.

— Que lui avez-vous dit à notre sujet?

Rosamund soutint son regard.

— Que nous nous aimions et que nous allions nous marier. Ne me regardez pas comme ça! Il fallait bien que je dise quelque chose. Quand Gaspard a vu que j'allais bien, après être sortie de la cabane, il est devenu d'humeur méchante. J'étais inquiète à l'idée de ce qu'il pourrait vous faire, alors je lui ai dit que...

Elle s'interrompit en voyant Richard lui tourner brusquement le dos pour aller s'appuyer au manteau de la cheminée.

— Le mariage n'est pas dans mes projets, répliqua-t-il. Pas plus avec vous qu'avec une autre femme. J'ai joué les galants parce que je pensais ma dernière heure arrivée, mais je ne crois pas avoir utilisé une seule fois le mot amour. Je m'en souviendrais.

— Vous ne comprenez pas. Je…

Il l'arrêta d'un geste.

— Écoutez-moi, Rosamund. Ce qui nous est arrivé peut s'expliquer logiquement. Nous étions dans une situation tellement critique que nous avons laissé parler nos émotions. Mais les circonstances ont changé. D'ici une semaine, vous aurez oublié jusqu'à mon existence. Vous reprendrez votre ancienne vie et moi la mienne. Ne terminons pas cette histoire sur une note amère.

Au début, Rosamund se serait presque amusée de ses arguments, mais à la fin de sa tirade, elle hésitait entre honte et indignation. Il n'avait rien compris. À aucun moment elle n'avait songé à l'épouser. Mais qu'il se permît de la congédier comme une adolescente qui lui aurait avoué son béguin était la pire des rebuffades.

Elle ressentit une souffrance intense, et réalisa, atterrée, que Richard n'aurait pu lui faire autant de mal si elle ne l'avait pas aimé.

Elle n'avait pas seulement mal, elle était anéantie. Elle comprenait que toutes ses belles paroles, dans la cabane, n'étaient que mensonges.

Mais elle ne pleurerait pas. Du moins, pas devant lui. Elle se promit de ne pas lui laisser voir combien il l'avait blessée. Elle rassembla ce qui lui restait de dignité et redressa fièrement la tête.

— Vous épouser ! Vous ! s'esclaffa-t-elle. L'idée ne m'a pas même effleuré l'esprit. Maintenant, c'est à votre tour de m'écouter, Richard Maitland. Gaspard était si furieux que vous m'ayez enlevée qu'il vous aurait volontiers tué de ses mains. Mais mon père avait passé un marché avec M. Templar, il ne pouvait donc pas faire ce que bon lui semblait. En revanche, il était prêt à vous administrer une solide correction.

Et ni M. Templar ni Jack n'auraient pu l'en dissuader. Alors, j'ai pris les choses en main. Je savais que vous ne seriez pas en état de vous défendre. Aussi ai-je raconté à Gaspard que je vous aimais et que nous allions nous marier. Je lui ai également dit que s'il levait la main sur vous, je ne lui adresserais plus jamais la parole. Voilà pourquoi on vous a si bien traité.

Elle s'obligea à rire.

— Mon pauvre Richard, jamais je n'aurais pensé que vous prendriez mon petit stratagème au sérieux. Moi non plus, je n'ai pas envie de terminer cette histoire sur une note amère. À vrai dire, je garderai un bon souvenir de cette aventure, et je suis sûre que je prendrai plaisir à la raconter plus tard à mes enfants.

Elle lui tendit la main.

— Au revoir, Richard. Je sais que vous devez passer quelques jours à Twickenham House, mais je ne pense pas que nous nous y croiserons beaucoup.

Cette façon de se faire congédier avec légèreté hérissa Richard. Sans parler de cette mention de ses futurs enfants ! Elle lui avait pourtant assuré qu'elle avait refusé d'épouser le prince héritier de la principauté de Kolnbourg. Avait-elle un autre prétendant ? Mais ce qui l'horripilait le plus, c'était de se voir ravaler au rang d'anecdote plaisante.

Il considéra la main que lui tendait la jeune femme.

— Pourquoi une simple poignée de main ? Après tout ce que nous avons traversé ensemble n'ai-je pas mérité un baiser d'adieu ?

Et, dans l'idée d'appuyer ses paroles d'un geste qui resterait gravé dans la mémoire de la jeune femme, Richard l'attira à lui et s'empara de ses lèvres.

D'abord, Rosamund demeura aussi raide qu'une statue. À l'extérieur, du moins. À l'intérieur, elle avait l'impression qu'un feu liquide courait dans ses veines. Ce baiser n'avait rien à voir avec ceux qu'ils avaient échangés dans la cabane. Il était plus violent, plus passionné, aussi. Presque désespéré.

N'y tenant plus, elle noua les bras autour du cou de Richard, qui se sentit encouragé à aller plus loin. Enfouissant les mains dans la chevelure de la jeune femme, il lui renversa la tête en arrière pour lui embrasser le cou et la naissance de la gorge. Une senteur de gardénia lui enivra aussitôt les sens, tel un irrésistible parfum de péché. Il ne pensait plus à rien, s'interdisait de penser, sachant qu'il serait obligé d'arrêter, alors que c'était la dernière chose qu'il souhaitait faire. Jamais il n'avait autant désiré une femme qu'en cet instant.

Rosamund s'était lovée contre lui si bien qu'il pouvait sentir ses seins se presser contre son torse. Elle lui rendait caresse pour caresse, ses mains glissant de sa nuque à ses épaules et à ses flancs.

Il n'aurait su dire qui tremblait le plus d'elle ou de lui. Et au fond, peu importait. Il déposait une pluie de baisers sur ses paupières, ses cheveux, son front, tout en lui murmurant des mots sans suite. Puis il s'empara à nouveau de ses lèvres avec l'avidité d'un homme qui boirait enfin à une source fraîche, après avoir traversé un interminable désert.

Rosamund était si douce à caresser, si faite pour lui. Richard laissa glisser ses mains sur les reins de la jeune femme, la plaquant contre lui pour lui faire sentir toute la vigueur de son désir.

Mais ce n'était pas suffisant. Il voulait l'avoir nue sous lui ; il voulait la posséder avec frénésie. Pourquoi ne lui demandait-elle pas de cesser ? Pourquoi lui-même en était-il incapable ? C'était pourtant de la folie. Mais Rosamund l'avait provoqué, et il avait répliqué comme n'importe quel homme l'aurait fait à sa place. Mais maintenant, il fallait arrêter. Il fallait…

Richard s'écarta brutalement, luttant pour recouvrer ce qu'il lui restait de maîtrise de soi. Rosamund voulut le retenir, mais il eut assez de présence d'esprit pour reculer d'un pas supplémentaire.

— Richard ? Que se passe-t-il ?

Il ne voulait pas la blesser. Mais il n'avait pas le choix. Il devait impérativement mettre un terme à une relation qui, du reste, n'aurait jamais dû commencer. Mais il avait perdu la tête. Cela ne lui était jamais arrivé auparavant. Cette femme avait le don de lui égarer l'esprit !

— Il se passe que notre baiser d'adieu a un peu dérapé, répliqua-t-il. Ce genre de choses se produit parfois entre un homme et une femme. J'aurais dû y prendre garde.

Et, avec un sourire qui se voulait d'excuse, il ajouta :

— N'allez pas y chercher une signification qui ne s'y trouve pas. Ce baiser ne voulait rien dire de particulier.

Il aurait voulu qu'elle le gifle, ou même qu'elle lui crache à la figure – ce qu'il aurait grandement mérité. Mais elle ne fit rien de tout cela. Après un silence glacé, elle leva le menton et dit calmement :

— Bonne chance, Richard. J'espère que tout se passera bien pour vous.

Sur ce, elle passa dans sa chambre.

Richard quitta le boudoir, la mine sombre. Dans le couloir, il tomba nez à nez avec Hugh Templar, qui s'esclaffa.

— Tu en fais, une tête ! Lady Rosamund t'aurait-elle rabroué ?

— Elle ne m'a donné que ce que je méritais, rétorqua Richard.

Hugh haussa les sourcils.

— Et qu'as-tu fait pour mériter son déplaisir ?

— Qu'est-ce que tu crois ? Je me suis comporté de manière charmante, comme d'habitude.

— Et elle t'a annihilé de sa langue acérée.

— Non. Elle a fait exactement le contraire.

Hugh semblait médusé, mais il n'insista pas. Les deux hommes marchèrent côte à côte puis, arrivés devant la porte de la chambre de Richard, Hugh posa la main sur l'épaule de son ami.

— Jack nous attend dans ma chambre, avec une bouteille de ton whisky préféré. Nous avons plein de choses à fêter, Richard. Ton évasion, nos retrouvailles… Finalement, les choses n'ont pas trop mal tourné.

— On peut dire ça, acquiesça Richard sans le moindre enthousiasme.

Ils poursuivirent jusqu'à la chambre de Hugh.

— J'ai cru comprendre que le prince Michael souhaitait toujours obtenir la main de Rosamund, reprit Hugh. Ce mariage serait logique, tu ne trouves pas ? Ils ont beaucoup de points communs et…

Richard s'arrêta net.

— Ne te fatigue pas, Hugh. Je ne connais cette fille que depuis huit jours. Accorde-moi un minimum d'intelligence et épargne-moi tes avertissements. Il n'y a rien entre nous.

Hugh hocha la tête d'un air entendu.

— Bien sûr que non.

Richard se remit en marche.

— Tu te trompes tout autant au sujet du prince Michael. Rosamund ne l'épousera pas.

— Elle te l'a dit ?

— Il ne lui plaît pas, répliqua Richard, évitant ainsi de répondre directement à la question.

Hugh s'esclaffa.

— Ça n'a strictement aucune importance pour une femme de son rang. Ils se marieront pour des questions de titre et de fortune. Ces gens-là ne sont pas comme le commun des mortels. Rosamund épousera l'homme qu'on lui dira d'épouser.

Richard s'immobilisa de nouveau et regarda son ami droit dans les yeux.

— J'espère que tu te trompes, Hugh. Parce que je n'aimerais pas que sa famille rende Rosamund malheureuse. Au besoin, je m'en mêlerai.

Hugh ne trouva rien à lui répondre.

16

Le convoi – trois attelages en tout – arriva à Twicken-ham le lendemain soir, après un voyage que Richard jugea épuisant. Mais ce n'était pas le pire. S'il s'était attendu à devoir endosser la livrée des Devere, il n'avait pas pensé qu'il lui faudrait également porter une per-ruque poudrée et un tricorne.

— J'espère que personne ne me verra avec ce dégui-sement, avait-il dit à Jack, lorsque celui-ci était entré dans sa chambre, après la visite matinale du méde-cin.

Si Richard espérait tomber sur une oreille compa-tissante, ce fut raté.

— Écoute, Richard, je commence à me lasser de tes récriminations, lui avait répliqué Jack. Tu es sauvé, lady Rosamund également, le duc de Romsey est plus que bien disposé à ton égard, mais tout ce que tu trouves à faire, c'est te plaindre.

Et, désignant la livrée que lui-même portait, il avait ajouté :

— Ce n'est qu'un uniforme, finalement. Nous serons seize laquais vêtus de manière identique. Si la milice contrôle les routes, personne ne nous remar-quera. Et maintenant, assez discuté. Remue-toi un peu, bon sang !

Richard avait obtempéré. Jack l'avait aidé à s'ha-biller, en précisant :

— N'oublie pas que nous sommes des domestiques. Alors ne nous fais pas repérer en parlant à tort et à travers. Les domestiques baissent les yeux et ne pipent pas mot en présence de leurs maîtres.

— Oui, monsieur, avait répliqué Richard.

Ils avaient voyagé dans la troisième voiture, avec les bagages. Et comme Jack l'avait prédit, les miliciens, reconnaissant les armoiries ducales sur les portières, n'avaient même pas songé à contrôler les véhicules. C'est tout juste s'ils ne s'étaient pas inclinés sur leur passage.

Quand ils remontèrent enfin la grande allée gravillonnée qui menait au château, Jack fit ses dernières recommandations.

— Rappelle-toi que tu t'appelles désormais Richard Harris.

— Ce n'est pas un nom écossais. Or je suis écossais.

— Pas grave.

— Et j'ai l'accent écossais, insista Richard.

Harper soupira bruyamment.

— Ne t'occupe pas de cela. Notre mission, pour l'instant, est d'aider à porter les bagages dans la maison. Si quelqu'un t'adresse la parole – le majordome, la gouvernante, ou n'importe quel autre domestique –, laisse-moi répondre à ta place.

Dès que le convoi se fut immobilisé au bas du perron, des domestiques surgirent de la maison pour aider les voyageurs à descendre de voiture.

Jack tendit une valise à Richard.

— Elle est vide. Ça ne risque pas de te fatiguer.

Richard esquissa un sourire entendu.

— Encore une idée de Rosamund, je parie ?

Jack s'esclaffa.

— Non, une idée de Hugh, figure-toi. Et cesse de t'intéresser à lady Rosamund si tu ne veux pas finir au fond de la Tamise, une pierre attachée au cou.

— Un chat peut regarder une reine.

— Pas quand il est en service ! Compris ? Allez, suismoi.

Ils n'étaient pas plutôt descendus de voiture que deux silhouettes apparurent sur le perron. Richard devina aussitôt qu'il s'agissait du père et du frère cadet de Rosamund, tant la ressemblance était frappante.

Plus personne ne bougea. L'espace d'un bref instant, tout parut comme figé par le pinceau d'un artiste. Puis Rosamund descendit de la seconde voiture, et tout le monde revint à la vie. La jeune femme gravit les marches, flanquée de lord Gaspard et de Hugh Templar. Richard s'attendait à des retrouvailles chaleureuses entre le père et la fille, mais le duc se contenta de déposer un baiser sur le front de Rosamund, avant de lui entourer les épaules pour l'entraîner à l'intérieur.

— L'accueil est plutôt froid, murmura Richard, de façon à n'être entendu que de Jack.

— C'est ça, l'aristocratie, commenta son ami, qui semblait cependant tout aussi déçu que lui.

Richard et Jack furent introduits dans une petite antichambre par un laquais qui leur demanda d'attendre. Une demi-heure plus tard, le même domestique revint les chercher, pour les escorter jusqu'à la bibliothèque, qui se trouvait à l'autre bout de la maison.

— Ôtez vos chapeaux, leur ordonna-t-il. Et glissez-les sous votre bras gauche.

Devant la porte, il les obligea encore à patienter quelques instants, puis le battant s'ouvrit enfin et la voix du duc les invita à entrer.

Le duc, ses deux fils et Hugh étaient assis en demi-cercle devant la cheminée. Rosamund, elle, était absente. Richard fixa le duc, qui lui retourna son regard.

— Ainsi, voici l'homme qui a enlevé ma fille.

Lord Gaspard se redressa dans son siège, sans se lever.

— Père, permettez-moi de vous présenter le colonel Maitland, ancien officier des services secrets.

— Avancez-vous jusqu'à la lumière, dit le duc en s'adressant à Richard. Ce n'est pas si souvent qu'on me présente un homme convaincu de meurtre.

— Votre Grâce… intervint Hugh, avant que le duc ne le fasse taire d'un geste de la main.

Richard s'avança jusqu'à la lumière et Jack l'imita, épaule contre épaule. Le duc s'intéressa alors à lui.

— Qui êtes-vous ?

— Le sergent Harper, Votre Grâce. L'ombre fidèle du colonel.

Le duc hocha la tête.

— Et son complice, j'ai cru comprendre, fit-il d'un ton entendu, avant d'ajouter avec plus de chaleur : Asseyez-vous, messieurs.

Quand ce fut fait, le duc reprit :

— Qu'attendez-vous de moi, colonel ? N'hésitez pas à me demander tout ce que vous souhaitez. Je me sens d'humeur généreuse maintenant que ma chère Rosamund m'est revenue saine et sauve.

Richard n'était pas en mesure de refuser l'aide des Devere. Aussi, comme le duc l'y invitait, il n'hésita pas.

— J'aurais besoin d'un endroit où me cacher quelque temps, jusqu'à ce que je sois guéri et que la situation se soit un peu calmée.

— C'était prévu ainsi. Vous resterez à Twickenham House aussi longtemps que vous le désirerez. Quoi d'autre ?

— En partant d'ici, j'aurai besoin d'un peu d'argent pour subvenir à mes besoins immédiats. Quand tout sera terminé, je vous rembourserai jusqu'au moindre penny.

Le duc hocha la tête.

— Je vois. Vous avez une idée derrière la tête : laver votre nom de tout soupçon de culpabilité.

— En effet.

— Ce ne sera pas nécessaire de vous donner cette peine. Laissez-moi une semaine, et je peux vous promettre que vous serez disculpé de la mort de Lucy Rider. Je dois bien cela à M. Templar, après l'aide qu'il nous a apportée pour retrouver Rosamund.

— Votre Grâce, précisa Hugh, j'ai accepté de vous aider parce que je m'inquiétais pour Richard. Je savais que lady Rosamund ne craignait rien avec lui.

Le duc ignora cette interruption.

— Eh bien, Maitland ? Que répondez-vous ?

Richard ne l'avait pas quitté des yeux.

— Vous comptez réduire à néant de faux témoignages par d'autres faux témoignages ?

— Quel mal y a-t-il à cela ?

Richard secoua la tête.

— Merci de votre proposition, mais elle ne me convient pas. Je préfère m'en tenir à mes propres méthodes. Et il ne s'agit pas seulement de réhabiliter mon nom. Je veux aussi découvrir l'assassin de Lucy Rider.

Le duc exigea alors de connaître tous les détails du crime, et les raisons pour lesquelles Richard en avait été accusé. Ce dernier répondit brièvement à toutes ses questions, et pas en termes choisis.

Brusquement, le duc se leva et, bien entendu, tout le monde l'imita.

— Vous avez été affecté au service de lord Julien, annonça-t-il à Richard. Votre travail ne sera pas épuisant et vous serez isolé de la plupart des domestiques. Mais vous ne quitterez pas cette livrée. Il en va de votre sécurité.

Puis, se tournant vers Jack, il dit à celui-ci :

— Ma fille m'a raconté que vous aviez réussi à conduire l'attelage seul, est-ce vrai ?

— C'est exact, Votre Grâce, admit Harper prudemment.

— C'est un exploit digne d'être salué.

Comme le duc souriait, Jack hocha la tête.

— J'ai une proposition à vous faire, reprit le duc. Que diriez-vous de travailler pour moi comme cocher en chef ?

— Cocher en… chef, Votre Grâce ? répéta Jack, médusé, avant de redescendre sur terre. Mais j'ai déjà un emploi, Votre Grâce. Je suis le garde du corps du colonel Maitland. Où il va, je vais.

— Ne dis pas de bêtises, Jack, intervint Richard. Nous ne travaillons plus dans les services secrets. Tu es libre comme l'air, désormais. Tout comme moi.

— Alors, si je suis libre, je préfère rester à tes côtés pour l'instant.

— Dans ce cas, dit le duc, peut-être que le colonel Maitland ne verra pas d'inconvénient à échanger sa position de valet contre celle de cocher en second ?

— C'est du pareil au même, marmonna Richard en guise de réponse.

Mais dans son esprit, s'occuper de chevaux était une activité plus virile que de jouer les nounous auprès d'un dandy incapable d'enfiler son manteau tout seul.

— C'est parfait, alors, déclara le duc. Vous serez tous deux affectés aux écuries. Julien, occupe-toi de cela.

Lord Julien fit signe aux deux hommes de le suivre. Hugh les accompagna jusqu'à la porte.

— J'aurais voulu rester avec vous, dit-il, mais je pense qu'il est préférable, pour votre sécurité, que je garde mes distances pendant quelque temps. Bonne chance à tous les deux.

Richard comprenait parfaitement. Si Hugh s'installait avec eux au château, cela risquait d'éveiller les soupçons de la police.

Dans le couloir, un homme aux cheveux grisonnants semblait attendre les ordres. Lord Julien le présenta comme M. Turner, le régisseur du domaine. Celui-ci avait une cinquantaine d'années. Il ne portait pas la livrée bleu et or, mais un habit noir.

— Voici Harper et Harris, deux nouvelles recrues, expliqua lord Julien. Harper sera cocher en chef. Harris travaillera dans les écuries. Montrez-leur leur domaine et veillez à ce qu'ils soient confortablement installés. Et ne confiez pas de gros travaux à Harris. Il a été malade, et sa santé est encore précaire.

Turner attendit que lord Julien ait tourné les talons pour donner son opinion.

— Ne me dites pas ! J'ai deviné. Vous êtes deux vétérans et vous cherchez à vous reconvertir dans la vie civile. Vous avez entendu dire que Sa Grâce accueillait favorablement les anciens militaires, alors vous êtes venus sonner à sa porte. Mais ce n'est pas à Sa Grâce que vous devrez rendre compte de votre travail. C'est à moi, Alfred Turner. Alors, autant que vous sachiez tout de suite que je n'aime pas les feignants et les incapables. C'est compris ?

— Oui, monsieur, répliqua docilement Jack en coulant un regard d'avertissement à Richard.

Celui-ci comprit le message.

— Oui, monsieur Turner, répliqua-t-il à son tour.

Et ils suivirent sagement le régisseur.

Hugh quitta le château immédiatement. Le duc et ses fils l'accompagnèrent jusqu'à sa voiture, puis retournèrent dans la bibliothèque, finir de converser entre eux.

Le duc était soucieux de savoir ce qui avait pu exactement se passer entre Maitland et sa fille pendant toute une semaine. Il s'était attendu au pire, craignant que Rosamund ne ressorte brisée de cette épreuve. Au lieu de quoi, elle était descendue de voiture le sourire aux lèvres, comme si elle revenait d'une semaine de vacances chez sa tante Sophie, dans le Hampshire. Non seulement elle ne semblait pas avoir souffert de sa captivité, mais elle avait même assuré que son ravisseur l'avait traitée en parfait gentleman.

Maitland, un parfait gentleman ? Le duc en doutait.

— Alors, père, qu'en pensez-vous ? demanda Gaspard.

— De Maitland ? Ses manières sont bourrues, mais je suppose qu'il ne faut pas se fier aux apparences.

— Ses références sont solides, intervint Julien. Templar et Harper me semblent d'une parfaite loyauté à son égard, et d'une parfaite loyauté tout court.

— Oui, convint le duc. Avoir de tels amis plaide évidemment en faveur de Maitland. Et Harper est un sacré connaisseur en matière de chevaux. Ça aussi, c'est un bon point.

Un valet entra ranimer le feu, et ils attendirent son départ pour reprendre leur conversation.

— Pensez-vous que Maitland soit innocent, père ? demanda Gaspard.

— Je n'en doute pas une seconde. Seul un homme qui n'a rien à se reprocher peut se permettre de refuser mon concours pour l'aider à laver son honneur. Mais ce que je ne m'explique pas, c'est comment il a réussi à gagner le cœur de Rosamund.

— Parce que vous croyez qu'il a gagné son cœur ?

— Ça y ressemble fort, en tout cas. Elle ne parle que de lui, et de la manière dont on pourrait l'aider à prouver son innocence.

Lord Julien secoua la tête.

— Je pense que vous vous trompez, père. Comme vous l'avez dit, les manières de Maitland sont plus que bourrues. Et il n'est pas aussi bel homme que le prince Michael. Or, Rosamund a refusé d'épouser le prince.

Le duc eut du mal à réprimer un sourire.

— Julien, tu as encore beaucoup à apprendre sur les femmes. Maitland n'a rien à voir avec le prince. Et Rosamund n'avait jamais rencontré d'homme de sa trempe.

— Vous vous inquiétez inutilement, trancha lord Gaspard. Maitland m'a assuré qu'il ne voudrait de la main de Rosamund à aucun prix. Et je suis sûr que Maitland est un homme de parole.

Le duc ne répondit rien. Mais cette fois, il s'inquiétait pour de bon.

Prudence Dryden avait pratiquement le même âge que Rosamund, ce qui avait semblé idéal à cette dernière lorsqu'elle lui avait proposé l'emploi de chaperon. En outre, Prudence venait d'une très bonne famille – son père et son frère étaient vicaires. Rosamund avait espéré qu'elles deviendraient amies, mais elle dut vite déchanter. Prudence était si renfermée que Rosamund en vint à se demander si elle n'avait pas dit ou fait quelque chose qui aurait pu la fâcher.

Les deux femmes se trouvaient dans le boudoir attenant à la chambre de Rosamund. Prudence était penchée sur sa broderie. Elle leva soudain les yeux.

— Et vous ne l'avez plus revu après qu'il vous a enfermée dans une chambre de Dunsmoor?

Elles parlaient de Richard, et du « sauvetage » de Rosamund par lord Gaspard et Hugh Templar.

— Non, répondit Rosamund, qui surveillait ses paroles, pour ne pas risquer de nuire à la sécurité de Richard. Gaspard pense qu'ils l'ont manqué de quelques minutes seulement.

Prudence la regarda droit dans les yeux.

— Vous êtes heureuse qu'il ait réussi à s'échapper, n'est-ce pas?

Rosamund aurait aimé lui ouvrir son cœur et se confier, mais c'était hélas impossible. Si elle parlait, elle mettait Richard en danger. D'un autre côté, elle se refusait à le faire apparaître comme le dangereux malfaiteur qu'il était censé être.

— Il m'a traitée avec un tel respect que j'ai du mal à croire qu'il ait pu tuer qui que ce soit.

Puis, craignant d'en avoir trop dit, elle s'empressa de changer de sujet.

— Assez parlé de cela, Prudence. Racontez-moi plutôt ce qui s'est passé ici en mon absence.

Il y avait peu à dire, sinon que le prince Michael était venu chaque jour aux nouvelles.

Rosamund fit la grimace.

— J'espère qu'il ne va pas me redemander en mariage ! Et que mon père ne l'encourage pas.

Prudence s'était tournée vers la porte et ses joues prirent soudain des couleurs. Rosamund l'imita. Gaspard venait d'entrer dans la pièce.

— Père souhaite te voir, annonça-t-il.

Oh, non ! pensa Rosamund. Pourvu que Prudence ne soit pas tombée amoureuse de Gaspard. Mais si c'était le cas, alors voilà qui expliquait son humeur taciturne.

Quand Rosamund revint dans ses appartements, une heure plus tard, elle ne fut pas mécontente de constater que Prudence ne s'y trouvait plus. Elle avait beau afficher un sourire de façade, Rosamund se doutait bien qu'elle n'abusait personne. Son père et ses frères se montraient trop attentionnés avec elle. Beaucoup trop. Ils avaient dû deviner que son cœur était brisé.

Son père parlait rarement de sa mère. Cela lui était trop douloureux. Et puis, c'était un homme qui n'aimait pas étaler ses sentiments. Or, pas plus tard que tout à l'heure, il lui avait parlé de sa mère.

— Elle serait fière de toi, si elle te voyait, lui avait-il dit, les larmes aux yeux. Et moi aussi, je suis fier de toi.

Rosamund avait gardé quelques souvenirs de sa mère. Et notamment l'image du couple qu'elle formait avec son père Ces deux-là s'étaient aimés d'un amour auquel beaucoup de gens rêvaient. Richard aussi, pouvait faire pleurer Rosamund, mais c'était de frustration. Cet homme était impossible.

Son père avait justement évoqué Richard. Il lui avait expliqué qu'il lui avait offert de rester aussi longtemps qu'il le désirerait au château. Mais Rosamund ne devrait pas lui parler ni faire quoi que ce soit qui pourrait attirer l'attention sur lui. Puis, d'ici une semaine ou deux, quand il serait complètement rétabli, il partirait et elle ne le reverrait plus jamais. Et Rosamund le supporterait parce qu'elle était une Devere. Voilà pourquoi il était si fier d'elle.

Rosamund arpentait sa chambre en songeant à cette conversation. Son père lui avait rappelé que son anniversaire avait lieu la semaine suivante et que le bal prévu pour l'occasion était maintenu. D'une part, parce que les invitations étaient parties depuis longtemps. Et d'autre part, parce que cela lui ferait une distraction. Ce à quoi Rosamund avait répondu en souriant qu'il avait sans doute raison. Que dire d'autre, de toute façon ? Elle ne se voyait pas annuler son bal d'anniversaire parce qu'elle avait le cœur brisé.

Il fallait qu'elle se ressaisisse.

Mais ce n'était pas si simple. Elle avait cru que le fait de rentrer chez elle et de retrouver sa famille suffirait pour que tout rentre dans l'ordre. Mais elle s'était trompée. Depuis son retour au château, son univers lui semblait plus étriqué que jamais.

Elle reprit sa broderie. Rosamund était experte en travaux d'aiguilles – on ne comptait plus les coussins et les napperons qui ornaient toutes les pièces du château, sans parler des mouchoirs brodés à leurs initiales qu'elle avait confectionnés pour ses frères. Et quand elle n'était pas à sa broderie, elle passait son temps à lire ou à faire des bouquets.

Comment s'était-elle débrouillée pour ne pas devenir folle durant toutes ces années ?

Prudence et tante Franie aussi passaient le plus clair de leur temps à broder. C'était normal, que pouvait faire d'autre une femme célibataire ?

Mais Rosamund, elle, aspirait à autre chose. Et son aventure avec Richard n'avait fait que renforcer ses convictions. La jeune femme était lasse de n'être regardée que comme la fille d'un duc. Elle voulait s'ouvrir au monde, devenir une créature de chair et de sang, voir et faire des choses qu'elle n'avait encore jamais vues ni faites. En un mot, elle voulait vivre.

Et pour cela, il lui faudrait d'abord commencer par avoir un chez soi, où elle pourrait aller et venir à sa guise.

17

Richard leva les yeux de sa lecture et regarda par la fenêtre. Le premier étage des écuries, où il avait son bureau, offrait un panorama imprenable sur la cour du château. Il vit lord Gaspard, Rosamund et son chaperon, Mlle Dryden, descendre du perron, monter dans le cabriolet qui les attendait et partir pour leur promenade matinale.

C'était un rituel auquel il assistait maintenant depuis une semaine. Rosamund prenait l'air chaque matin dans le cabriolet de son frère. Un autre rituel tout aussi immuable occupait l'après-midi : venus de Londres, les prétendants de la jeune femme lui rendaient visite. Une procession d'attelages tous plus élégants les uns que les autres se succédaient, parmi lesquels, bien sûr, le prince Michael de Kolnbourg.

Mais, cet après-midi, il n'y aurait ni procession ni prince Michael. Ils attendraient tous le soir, pour assister au grand bal que le duc donnait pour fêter l'anniversaire de sa fille. Tout le château était d'ailleurs sens dessus dessous dans la perspective de cette fête qui mobilisait les domestiques depuis deux jours. De son observatoire, Richard pouvait voir les jardiniers suspendre des lanternes dans les arbres et des valets sortir des plantes des serres pour les disposer de part et d'autre du perron.

Richard s'était trompé en imaginant que Twickenham House ressemblerait à Dunsmoor en plus grand.

Ce château tenait davantage du palais miniature que du manoir. Quant à la famille qui l'habitait... Parfois, il se demandait si elle n'était pas née sur une autre planète.

Pour l'instant, on n'avait pas encore fait appel à ses services. Il était supposé servir de cocher en second, mais ni lord Julien, à qui il était affecté, ni le duc ne venaient jamais le déranger. Ce dernier ne se faisait désormais plus conduire que par Jack. Et quand ils n'étaient pas sur les routes, on était sûr de les trouver ensemble dans l'écurie, à parler chevaux ou attelages. Les deux hommes donnaient l'impression de former un vieux couple uni par la même passion.

Du coup, Richard avait été relégué aux écritures. Il était chargé de consigner dans un grand cahier toutes les dépenses relatives aux écuries. Un travail peu fatigant, qui lui avait permis de reprendre rapidement des forces. Sa blessure était pratiquement cicatrisée et ne le faisait plus souffrir. En vérité, il se sentait maintenant débordant d'énergie et prêt à reprendre l'enquête.

Ses pensées le conduisirent tout naturellement à Digby et à Whorsley. Les deux officiers s'étaient déplacés jusqu'au château dans l'espoir d'obtenir des informations susceptibles de les mener jusqu'à lui, ou au moins d'arrêter Jack. Mais, d'après Jack, Rosamund avait refusé de dire quoi que ce soit contre son ravisseur. Quant à Jack, il avait débité son histoire, c'est-à-dire qu'il avait été dupé par son chef qui lui avait fait croire qu'ils travaillaient sur une affaire. Lorsqu'il avait compris que c'était un mensonge, il avait déserté et apporté son concours pour sauver lady Rosamund.

Digby et Whorsley n'auraient sans doute pas cru aussi facilement cette fable si le duc en personne ne l'avait largement accréditée en la contant directement au Premier ministre. Les malheureux agents n'avaient donc eu d'autre choix que de quitter Twickenham House en grinçant des dents.

Toutefois, Richard était convaincu que Jack et lui n'en avaient pas terminé avec Digby. C'était un enquêteur tenace, à défaut d'être intelligent. Et Richard brûlait de savoir comment il avait découvert l'existence de Dunsmoor.

Plus rien ne le retenait à Twickenham House, désormais. Mais il ne voulait pas partir sans avoir dit adieu à Rosamund. Après tout ce qu'elle avait fait pour lui, elle méritait mieux qu'une séparation furtive.

Richard fut interrompu dans ses pensées par des coups frappés à sa porte.

— Harris, vous êtes là ?

C'était la voix de Turner. Richard alla ouvrir.

— Oui, monsieur Turner. Que puis-je pour vous ?

En une semaine, Richard avait appris à estimer Alfred Turner. La domesticité de Twickenham House ressemblait un peu à une armée – c'était d'autant plus vrai que nombre de serviteurs masculins étaient d'anciens soldats – dont Turner aurait été le général. Il avait l'œil à tout – un œil d'aigle.

Mais, ce matin, il semblait très excité.

— Approchez-vous de la lumière, dit-il à Richard en se dirigeant vers la fenêtre. Je voudrais mieux vous voir.

Intrigué, Richard s'exécuta. Turner l'inspecta de la tête aux pieds.

— Il y a plus beau que vous, déclara-t-il finalement, mais ça fera quand même l'affaire.

— Quelle affaire ? demanda Richard, de plus en plus déconcerté.

— Valet de pied. Nous manquons d'effectifs pour le bal de ce soir. Présentez-vous à 17 heures précises à l'office. On vous remettra une livrée et une perruque poudrée. C'est un grand soir en perspective.

Richard haussa les sourcils.

— Que voulez-vous dire ?

Turner prit le ton de la confidence.

— Lady Rosamund va très probablement annoncer ses fiançailles.

Richard eut l'impression de recevoir un direct à l'estomac. Il lui fallut bien deux secondes pour retrouver son souffle.

— C'est impossible, lâcha-t-il finalement.

Turner esquissa un sourire entendu.

— Vous n'êtes pas au courant? Lady Rosamund vient de louer une maison à Londres, dans le quartier de Bloomsbury. Pourquoi aurait-elle fait ça si elle n'avait pas en tête de se marier?

Puis, retrouvant son ton professionnel, il ajouta:

— 17 heures à l'office. Je ne tolérerai pas une minute de retard.

Richard regarda Turner s'éloigner, puis il rentra dans son bureau et claqua la porte.

Lord Gaspard déposa ses passagères devant la maison de Callie, à Manchester Square, en promettant de revenir les chercher d'ici deux heures.

Rosamund était ravie de le voir s'éloigner, car dès qu'il était là, Prudence s'abîmait dans un silence mortifié. Pour Rosamund, le doute n'était désormais plus possible: Prudence était bel et bien amoureuse de son frère. Et c'était un tort. Gaspard était à mille lieues de penser au mariage. Pour l'instant, il ne voulait entendre parler que de filles faciles.

Il y avait aussi une autre raison pour laquelle Rosamund était heureuse d'être débarrassée de son frère: elle voulait annoncer la grande nouvelle à Callie à l'écart de toute oreille masculine. Cette fois, ça y était. Elle avait fini par sauter le pas: elle emménagerait bientôt dans la maison qu'elle venait de louer à Bloomsbury.

Bien que ses deux frères aient défendu devant leur père sa décision de prendre ce logement, en privé ils ne se gênaient pas pour se moquer d'elle. Après tout, Rosamund aurait dû s'y attendre. Frères ou pas, c'étaient d'abord des hommes, et les hommes n'étaient pas à l'aise avec l'idée qu'une femme souhaite voler de ses propres ailes et conquérir son indépendance.

Richard Maitland, bien sûr, était une exception.

Comme chaque fois qu'elle pensait à Richard, c'est-à-dire tout le temps, Rosamund s'obligea à se concentrer sur autre chose.

Un cabriolet attendait devant chez Callie ; un jeune garçon en livrée noir et argent en tenait les rênes. Rosamund ne connaissait pas cette livrée, mais elle trouva qu'elle allait très bien au gamin. Du reste, c'est surtout lui qui attira son attention, bien plus que l'attelage. Il devait avoir dans les quatorze ans, et son visage aux traits parfaitement dessinés évoquait ceux des statues de jeunes guerriers grecs qu'elle avait vues au musée.

— On dirait un Italien, chuchota Prudence.

— Allons le voir.

Les deux jeunes femmes s'approchèrent de l'attelage.

— Nous admirons vos chevaux, dit Rosamund. Je suis convaincu qu'ils sont anglais, mais mon amie affirme qu'ils sont arabes.

Le gamin inclina respectueusement la tête en guise de salut.

— Je n'en sais rien, répondit-il avec un faux accent français qui n'échappa pas à l'oreille exercée de Rosamund. Il faudrait le demander à mon maître, M. Withers.

— Merci, répliqua Rosamund.

Et là-dessus, les deux jeunes femmes gravirent le perron.

Rosamund n'avait pas spécialement envie de rencontrer le propriétaire de l'attelage. Elle supposa qu'il s'agissait d'une relation de Charles Tracey. Or, c'était Callie qu'elle venait voir. Depuis sa « libération », les deux amies ne s'étaient vues que deux fois, à Twickenham House et au milieu d'un grand nombre de personnes, ce qui ne leur avait pas permis de parler librement. Elles s'étaient promis d'avoir un tête-à-tête à la première occasion, et cette occasion était enfin venue.

Les deux visiteuses furent introduites dans le petit salon, et découvrirent que Callie n'était pas seule. Deux gentlemen se levèrent à leur entrée. Tante Franie était là, elle aussi, mais elle s'était assoupie dans son fauteuil devant la cheminée.

Callie se précipita au-devant des jeunes femmes.

— Rosamund ! s'exclama-t-elle. C'est ton anniversaire, aujourd'hui. Tu ne devrais pas être en train de te préparer pour le bal de ce soir ?

— Oh, tout est presque prêt, répondit Rosamund, qui s'obligea à masquer derrière un sourire sa déception de ne pouvoir s'entretenir en privé avec Callie. Nous avons préféré aller nous promener pendant que les domestiques s'activaient aux derniers préparatifs. Et j'ai eu l'idée de venir ici.

— Eh bien, tu as eu une excellente idée, assura Callie. Permets-moi de te présenter mes invités. Je ne pense pas que tu aies déjà rencontré M. Withers ?

L'un des deux gentlemen s'inclina devant elle.

— Lady Rosamund, je suis très honoré de faire votre connaissance.

Rosamund fut favorablement impressionnée, et elle devina que M. Withers devait avoir beaucoup de succès auprès des dames. Il approchait sans doute de la quarantaine, car ses cheveux grisonnaient, mais il possédait encore la vitalité d'un jeune homme. Et il arborait le plus charmant des sourires.

— Merci, dit-elle. Je vous présente mon amie, Mlle Dryden.

— Enchanté, répondit M. Withers, à l'adresse de Prudence, qui lui rendit son salut.

— Et voici le major Digby, reprit Callie. Mais je crois que vous vous connaissez déjà ?

Rosamund réprima difficilement un mouvement de recul. Le major Digby l'avait longuement interrogée à propos de son enlèvement, et elle le jugeait dangereux.

Les minutes suivantes se passèrent en échanges anodins. C'était surtout M. Withers qui parlait. Il raconta qu'il était né en Angleterre, mais avait passé le plus clair de sa vie en Amérique – en Caroline du Sud, plus précisément. Il devait y retourner dès qu'il en aurait terminé ici. Il était revenu à Londres acheter certaines denrées et rendre visite à des amis.

— Ce sera dur de repartir, conclut-il. J'avais oublié à quel point l'Angleterre était belle et les femmes ravissantes.

« Il sourit trop », songea Rosamund. Le contraire de Richard qui, lui, souriait si rarement. Voyant où ses pensées l'entraînaient, elle s'obligea à revenir à la conversation.

— Qu'allez-vous faire de votre jeune valet quand vous quitterez l'Angleterre ? Je connais beaucoup de gentlemen qui seraient ravis de le prendre à leur service, rien que pour le plaisir des yeux. Il est… très décoratif.

— J'emmènerai Sébastien avec moi. Nous nous sommes attachés l'un à l'autre, voyez-vous.

Juste quand Rosamund commençait à trouver que la conversation devenait ennuyeuse, Callie, c'était sa spécialité, mit les pieds dans le plat.

— Nous parlions justement de toi, avant ton arrivée, Rosamund. Le major nous expliquait que tu étais convaincue de l'innocence de Maitland, mais je n'en crois pas un mot.

Le père de Rosamund lui avait enjoint de se montrer extrêmement prudente chaque fois que le nom de Richard surgirait dans une conversation. Mieux valait ne pas trop montrer que les Devere avaient de la sympathie pour un fugitif hors la loi, de crainte que la police ne s'intéresse à eux de trop près.

— Je ne me rappelle pas avoir dit cela, répondit-elle.

Digby esquissa un sourire qui n'avait rien de chaleureux.

— Pas exactement en ces termes, bien sûr, cependant, il m'a paru évident que vous étiez… de son côté.

Withers s'esclaffa.

— C'est une brute pleine de charme, j'imagine ? J'ai déjà rencontré des hommes dans son genre. Vous croyez qu'ils sont vos amis et ils profitent de votre naïveté pour vous abuser.

Rosamund s'efforça de garder son calme.

— Je ne dirais pas que M. Maitland a du charme. En revanche, il m'est apparu qu'il avait été jugé coupable avant même le début de son procès et que personne n'avait vraiment fait d'effort pour découvrir la vérité.

— Et quelle serait la vérité, selon vous, lady Rosamund ? s'enquit Digby, les lèvres pincées.

— Je pense que le colonel Maitland a des ennemis puissants, qui souhaitaient le voir tomber.

— Ridicule ! riposta Digby, qui cherchait manifestement à contenir sa colère. Les preuves contre Maitland étaient accablantes. Mais si vous avez des doutes, livrez-les donc à la police. Elle sera enchantée d'écouter la fille du duc de Romsey.

Ses manières cavalières irritaient tellement Rosamund qu'elle en oublia toute prudence.

— Il faudrait recommencer l'enquête de zéro, déclara-t-elle. Si vos hommes partaient du principe que le colonel Maitland est innocent, toutes sortes de questions se poseraient à eux.

— Lesquelles ?

— Eh bien, par exemple, qui pourrait haïr le colonel Maitland au point de vouloir sa chute ? Et qui étaient les amis de Lucy Rider, à part ces témoins providentiels qu'on nous a sortis au procès ? Et comment deux personnes, un homme et un adolescent, ont-ils pu disparaître aussi facilement de la scène du crime, alors que l'auberge était, paraît-il, pleine de monde à ce moment-là ?

Digby s'empourpra.

— Et moi, je me pose une question, lady Rosamund. Que faisiez-vous à Newgate ? Était-ce une pure coïncidence, ou aviez-vous un dessein précis ?

Callie bondit de son siège.

— Major Digby, vous dépassez les bornes ! Lady Rosamund est venue à Newgate sur mon invitation. Charles, mon beau-frère, ou sa tante Franie, ici présente, vous le confirmeront. C'était mon idée de rendre visite à Maitland avant son exécution. Comment aurions-nous pu deviner qu'il comptait s'évader ?

À cet instant, Prudence – la si timide Prudence – stupéfia Rosamund en intervenant dans la conversation.

— Mon frère pense également que le colonel Maitland est innocent.

Digby se tourna vers elle et la regarda comme s'il s'apercevait de son existence.

— Qui est votre frère ?

— Peter Dryden.

— Peter Dryden, le banquier ? demanda M. Withers.

— Non. Mon frère est vicaire.

— Dans ce cas, je ne le connais pas.

Rosamund aurait embrassé Prudence. Son interruption avait eu le mérite de faire retomber la tension. Mais elle craignait d'en avoir trop dit. Elle ne voulait surtout pas que Digby puisse la suspecter de chercher à aider Richard d'une manière ou d'une autre.

— Si c'est un assassin, pourquoi Maitland ne m'at-il pas tuée ? demanda-t-elle sur un ton délibérément neutre. Il n'avait plus rien à perdre. Or, il ne m'a pas maltraitée. C'est pourquoi j'ai commencé à avoir des doutes sur sa culpabilité.

Digby secoua la tête.

— Vous êtes la fille du duc de Romsey, lady Rosamund. Lucy Rider n'était personne. Maitland n'est
pas idiot. Votre père n'aurait pas trouvé le repos tant
qu'il n'aurait pas vengé votre mort. Mais qui se sou-
cierait de venger la mort de Lucy Rider ?

« Richard ! aurait voulu crier Rosamund. Richard
vengera sa mort ! » Mais elle se contenta de baisser les
yeux et de lâcher dans un soupir :

— Mon père dit la même chose.

Le major Digby parut se détendre un peu.

— Votre père a raison.

Peu de temps après, M. Withers se leva et annonça
qu'il était temps pour lui de rentrer.

— Si vous retournez à votre bureau, je peux vous
déposer, proposa-t-il à Digby. C'est sur mon chemin.

Les deux hommes partirent ensemble. Rosamund
était convaincue que M. Withers avait offert à Digby
de le reconduire uniquement pour qu'elle n'ait plus à
subir ses remarques importunes. C'était un vrai gentleman.

Callie se dirigea vers la fenêtre et regarda l'attelage
s'éloigner.

— Je suis désolée de m'être montrée un peu grossière envers l'un de tes invités, s'excusa Rosamund.
Mais je n'aime pas cet homme.

Callie s'esclaffa.

— Ce n'est pas un problème. Tu n'es pas la première
qu'il a pratiquement accusée d'avoir aidé Maitland à
s'évader de Newgate. Il est obsédé par Maitland. Je me
demande bien pourquoi.

Rosamund prit soudain un air songeur.

— Il y avait quelque chose de bizarre, à Newgate,
non ?

Callie se détourna de la fenêtre.

— Quoi ?

Rosamund haussa les épaules.

— Je ne sais pas trop. Peut-être que je me fais des idées. Mais regarde plutôt par la fenêtre, Callie, et dis-moi ce que tu vois.

Callie obtempéra, intriguée.

— Je ne vois rien. Ou plutôt, je ne vois pas l'attelage de ton père ni ses postillons !

C'était le moment que Rosamund attendait.

— Tout cela appartient au passé, désormais. Doré-navant, je me déplacerai dans une voiture plus modeste, mais qui sera à moi. Pour l'instant, je ne l'ai pas encore, mais ça ne saurait tarder. Je vais enfin connaître la vie des femmes ordinaires.

Callie paraissait dubitative.

— Nous avons déjà eu cette conversation par le passé, et tu n'as jamais concrétisé tes envies.

— Cette fois, je parle sérieusement. J'ai fini par sauter le pas. Figure-toi que j'ai loué une maison à Blooms-bury, et si elle me plaît, j'ai la possibilité de l'acheter d'ici un an.

Tante Franie, dont personne ne se doutait qu'elle s'était réveillée, s'exclama soudain :

— Bravo, Rosamund ! Voilà une grande décision. Bloomsbury n'est pas très loin d'ici. Si nous allions la visiter de ce pas ?

— Tante Franie, vous m'enlevez les mots de la bouche, répondit Rosamund, tout sourires.

George Withers alla s'enfermer dans son bureau et commença par se servir un grand verre de brandy. Il le vida d'un trait et le remplit aussitôt, avant d'aller se poster devant la fenêtre pour contempler la rue d'un regard absent. Sa main tremblait. Pas de peur, mais de rage.

Digby était un incompétent ! Et il se fourrait le doigt dans l'œil s'il s'imaginait prendre un jour la tête des Renseignements généraux. Cet imbécile attendait que ses proies lui tombent toutes cuites dans le bec, alors que le propre de son métier était de provoquer les événements.

Withers but son deuxième brandy en repensant à la conversation chez Callie Tracey. Peter Dryden. Le vicaire. C'était la seule personne en Angleterre qui représentât une menace, car Dryden avait connu le vrai George Withers.

Si seulement tout s'était passé comme prévu, Maitland serait déjà pendu à l'heure qu'il était et lui-même aurait quitté l'Angleterre pour la Caroline du Sud.

Décidément, les choses se compliquaient. Et il n'y avait pas que Dryden qui l'inquiétait. Lady Rosamund aussi lui apparaissait comme une source d'ennuis potentielle.

Mais il n'était pas comme Digby, à attendre sans rien faire. Il commencerait par régler son compte à lady Rosamund. Puis il s'occuperait de Peter Dryden.

Les quatre femmes s'entassèrent dans un fiacre. Elles étaient un peu à l'étroit, mais heureusement, le trajet fut de courte durée.

Rosamund paya le cocher, puis rejoignit ses amis sur le perron.

— Je n'ai pas encore les clés, mais il y a un concierge. Il va nous ouvrir.

C'était une maison à deux étages, de style Géorgien, qui donnait à l'arrière sur un petit jardin planté d'arbres. Le concierge se révéla aimable et proposa à ces dames de leur servir le thé dans le petit salon rose. Une demi-heure plus tard, elles étaient assises autour d'une tasse de thé, discutant déjà des aménagements et de la décoration futurs des lieux.

Au bout d'un moment, Callie et tante Franie allèrent dans la véranda qui surplombait le jardin, laissant Rosamund seule avec Prudence Dryden.

— Je voulais que vous sachiez que j'ai beaucoup apprécié la façon dont vous avez défendu M. Maitland, dit Prudence. Vous avez rabattu son caquet à cet affreux major Digby.

Rosamund regarda sa compagne avec intérêt.

— Vous croyez vous aussi qu'il est innocent ?

Prudence hocha la tête.

— Pourtant, vous ne m'avez jamais parlé de lui pendant le procès.

— En effet. Mais à l'époque vous le pensiez coupable, et je n'ai pas osé vous contredire.

Voilà ce que c'était que d'être la fille d'un duc ! songea Rosamund avec amertume.

— Vous avez la permission de me contredire quand bon vous semblera, Prudence.

Celle-ci esquissa un sourire.

— Merci. J'ai toujours été convaincue de l'innocence du colonel Maitland.

Rosamund soupira.

— Malheureusement, nous sommes peu nombreux à partager cet avis.

— Mon frère fait partie de ce petit nombre. Il a gardé un excellent souvenir de M. Maitland.

Rosamund haussa les sourcils.

— Votre frère *connaît* le colonel ?

Prudence hocha vigoureusement la tête.

— Ils ont étudié ensemble à Cambridge. Selon Peter, Maitland était un garçon distant, mais d'une droiture à toute épreuve. Il n'aurait jamais pu assassiner cette jeune fille. Voyez-vous...

Prudence hésita un instant, puis poursuivit en regardant Rosamund droit dans les yeux :

— Il s'est passé certains événements, à Cambridge, dont Maitland fut d'abord accusé, avant d'être innocenté. Peter regrette beaucoup de ne pas lui avoir fait confiance d'emblée. Et il ne voudrait surtout pas réitérer cette erreur.

Rosamund sentait l'excitation la gagner.

— Votre frère vous a-t-il parlé d'un garçon appelé Frank Stapleton ?

— C'était l'autre, murmura Prudence. Le vrai coupable.

— Où se trouve-t-il, maintenant ? Qu'est-il devenu ?

— Il a émigré au Canada aussitôt après avoir quitté Cambridge. Peter a entendu dire qu'il était mort là-bas.

D'une certaine manière, le problème était résolu, conclut Rosamund. Mais il fallait en avoir le cœur net, et elle projeta d'avoir un petit entretien avec le frère de Prudence. Stapleton avait peut-être gardé un ami à Londres, qui cherchait à le venger.

— Si seulement nous pouvions faire quelque chose pour aider le colonel Maitland ! reprit Prudence. C'est terrible, n'est-ce pas, d'être accusé d'un crime dont on est innocent ?

— C'est terrible, en effet, mais nous pouvons peut-être faire quelque chose.

— Quoi ? s'enquit Prudence, intriguée.

— Reprendre l'enquête depuis le début, comme je le suggérais au major Digby. Interroger à nouveau les témoins, mais, cette fois, en partant du principe que M. Maitland est présumé innocent.

Callie revint dans le salon sur ces entrefaites.

— Je crois que tu devrais remercier le colonel Maitland, Rosamund. Cette maison, c'est un peu à lui que tu la dois, au fond. S'il ne t'avait pas enlevée, tu ne te serais peut-être jamais décidée à t'installer dans tes meubles.

Rosamund éclata de rire.

— Tu as raison. Rien de tel que de se sentir en danger pour savoir ce qu'on veut réellement faire de sa vie.

Callie soupira.

— Si seulement Richard Maitland avait eu la bonne idée de m'enlever, *moi*. J'aurais savouré chaque minute de ma captivité.

Rosamund n'avait aucune envie d'entendre Callie chanter les louanges de Richard. Elle se leva, décrétant qu'il était grand temps de retourner à Manchester Square, pour ne pas faire attendre Gaspard.

18

Richard n'aurait jamais pensé qu'une soirée d'anniversaire pût ressembler à une fête de charité. Les invités s'étaient déplacés autant pour Rosamund que pour les pauvres de la paroisse. C'était apparemment une tradition de collecter de l'argent pour les indigents chaque fois qu'un Devere fêtait son anniversaire. Et le duc doublerait la mise de ce qui serait récolté durant la soirée.

Les riches avaient décidément d'étranges coutumes.

Le temps était assez bizarre, lui aussi. La journée avait plutôt bien commencé, mais le vent avait tourné, apportant des nuages et de fréquentes averses entrecoupées de timides éclaircies. Les dames, qui s'étaient habillées trop légèrement, furent obligées de revêtir des châles, y compris à l'intérieur. Et, bien sûr, la partie des festivités qui aurait dû se passer à l'extérieur avait été annulée.

Richard quant à lui ne se sentait pas d'humeur à festoyer. Sa perruque lui grattait le crâne et ce décorum d'un autre âge l'horripilait. Il était planté à une extrémité de la salle de bal, devant les portes qui ouvraient sur le jardin d'hiver où le souper serait servi plus tard. Sa mission était d'empêcher les invités d'entrer jusqu'à ce que tout soit fin prêt.

Du moins, son déguisement était-il efficace. Personne ne l'avait reconnu. Ni le duc, ni lord Gaspard et lord Julien, ni Mlle Dryden, ni l'amie de Rosamund, Mme Tracey, celle qui avait eu l'idée de cette visite à Newgate. Tous passaient et repassaient devant lui, sans vraiment le voir. Rosamund elle-même ne l'avait pas reconnu.

Lui, en revanche, n'avait eu aucune peine à l'identifier, même si toutes les jeunes femmes présentes portaient des toilettes plus ou moins semblables, coupées selon les derniers canons de la mode. Il ignorait combien de femmes de chambre l'avait aidée à s'habiller et à se coiffer, mais cela en valait la peine. Jamais Rosamund ne lui avait paru aussi ravissante.

Ce n'était pas la première fois qu'il était frappé par sa beauté. Cependant, ce soir, elle lui semblait différente. Son attitude n'avait rien de hautain et elle paraissait prendre un réel plaisir à cette fête. Un peu plus tôt, elle avait ouvert le bal en dansant la valse aux bras du prince Michael, et leur performance impeccable avait fait l'admiration de toute l'assistance. Pour l'heure, la jeune femme, qui n'avait pas manqué une danse, se tenait au bord de la piste, en compagnie de Mlle Dryden et de Mme Tracey.

Richard se demandait ce qui avait pu causer ce changement chez Rosamund. Il voulait croire que cet imbécile de prince Michael n'y était pour rien.

En réalité, Rosamund pensait à tout autre chose qu'au prince. Elle essayait de trouver un partenaire à Prudence. Elle ne cherchait pas vraiment à la marier, juste à lui montrer qu'il existait d'autres hommes sur terre que Gaspard. C'est avec cette idée en tête que Rosamund avait accepté, ces derniers jours, de recevoir tous ces jeunes célibataires. Elle faisait tout pour qu'ils remarquent Prudence, mais celle-ci était sa pire ennemie. Elle souriait, se montrait polie, mais ne se départait jamais d'une réserve qui dressait un mur infranchissable entre elle et les autres.

Rosamund elle-même n'avait pu briser ce mur, à son grand désespoir. Ce matin, elles étaient pourtant revenues les meilleures amies du monde de leur visite chez Callie. Mais depuis, Prudence s'était à nouveau repliée dans sa coquille.

Gaspard n'était sans doute pas étranger à cette attitude. Prudence se coupait du monde parce qu'elle savait son amour sans espoir. Rosamund quant à elle ne réagissait pas ainsi. Elle ne voulait pas susciter la pitié, et surtout pas celle de l'homme qui l'avait rejetée.

C'était pour cette raison qu'elle n'avait pas annulé son bal d'anniversaire ni succombé à la tentation de s'enfermer dans sa chambre pour y pleurer tout son soûl. Rosamund n'avait aucune envie que sa famille ou ses amis s'inquiètent à son sujet. Et, par-dessus tout, elle ne voulait pas que Richard se sente coupable vis-à-vis d'elle.

Du reste, ils ne se voyaient pratiquement pas, et n'échangeaient que quelques mots de politesse, de maître à serviteur, lorsqu'ils se croisaient. Son père lui avait rappelé que la sécurité de Richard exigeait l'anonymat le plus complet. Alors, elle s'était efforcée de l'ignorer. Mais, la nuit, elle observait de sa chambre le bâtiment des écuries, et elle était incapable d'aller au lit tant que la lumière de Richard n'était pas éteinte.

Julien vint tirer la jeune femme de ses pensées. Il arrivait à temps pour sa valse avec Prudence – une valse arrangée par Rosamund, bien sûr, qui n'en avait pas touché un mot à Prudence.

— Me voilà, Rosamund, fit-il. Malheureusement, j'ai oublié…

Il s'interrompit en croisant le regard implorant de sa sœur qui essayait de lui désigner Prudence discrètement. Comprenant son impair, il se rattrapa :

— J'ai oublié où j'ai bien pu laisser mes gants.

— Essaie tes poches, répondit sa sœur en feignant de rire.

Julien fouilla dans ses poches et en tira deux gants immaculés. Tout en les enfilant, il s'inclina devant Prudence.

— Mademoiselle Dryden, me ferez-vous l'honneur de cette danse ?

Prudence lui rendit sa révérence, répondit que tout l'honneur était pour elle, et prit le bras que Julien lui offrait.

Callie, qui avait observé la manœuvre, manifesta son scepticisme.

— C'est généreux de ta part, Rosamund, mais ça ne marchera pas. Mlle Dryden ne sera jamais la reine du bal.

— Je n'en ai nullement l'ambition, répliqua Rosamund. J'essaie seulement de comprendre ses brusques sautes d'humeur.

Callie ne s'intéressait pas le moins du monde aux humeurs de Mlle Dryden. Elle dévia la conversation.

— As-tu conscience que tout le monde s'attend que ton père annonce tes fiançailles avec le prince Michael avant la fin de la soirée ?

Rosamund parut sincèrement surprise.

— Alors, ils seront déçus.

— Dans ce cas, que fait le prince ici ?

— Les invitations étaient parties depuis longtemps. Je ne pouvais quand même pas lui retirer la sienne. Et, du reste, je n'en avais pas envie. Ce n'est pas parce que je ne vais pas l'épouser que je dois me montrer grossière à son égard.

— À mon avis, Rosamund, si tu n'y prends pas garde, un jour ou l'autre tu vas te retrouver mariée au prince.

Rosamund haussa les sourcils.

— Pourquoi dis-tu cela ?

— Tu es le genre de fille à qui ces choses-là arrivent. Souviens-toi, déjà toute petite, tu faisais toujours ce qu'on attendait de toi.

Rosamund allait répliquer vertement, mais elle aperçut du coin de l'œil le prince Michael qui semblait se chercher une cavalière.

— Marchons un peu, proposa-t-elle à Callie.

Les deux femmes passèrent une succession de portes avant d'arriver dans une galerie plongée à dessein dans une semi-pénombre, pour permettre aux invités qui le souhaitaient de se reposer. L'endroit était pratiquement désert, tout le monde, ou presque, était en train de danser. Callie et Rosamund s'approchèrent d'une des grandes fenêtres qui donnaient sur le parc. On ne voyait pas grand-chose, à cause de l'obscurité, mais on pouvait entendre le bruit du vent qui secouait les branches des arbres. Des domestiques apparurent, pour rallumer les lampions éteints par le vent. Callie parlait, mais Rosamund l'écoutait à peine. Elle se demandait si Richard se trouvait parmi ces hommes.

— Tu m'as entendue, Rosamund ?

— Pardon ?

— Je disais que ça ne m'étonnerait pas que tu en saches plus sur Maitland que ce que tu veux bien me dire.

Rosamund sentit son pouls s'accélérer.

— Quoi, par exemple ?

Callie sourit.

— Je ne sais pas. Mais quand tu parles de lui, j'ai l'impression que vous êtes devenus assez proches, durant cette semaine que vous avez passée ensemble. S'est-il confié à toi ?

— Ne dis pas de bêtises ! répliqua Rosamund.

Au même instant, elle entendit des pas et se retourna. Un homme se tenait là. Il semblait quelque peu sinistre dans la pénombre, puis il fit un pas en avant et Rosamund le reconnut. C'était Charles, le beau-frère de Callie. Et il était simplement triste. Alors seulement Rosamund comprit ce qui pourtant sautait aux yeux : Charles était amoureux de Callie.

— Charles ! s'exclama Callie. Tu nous as fait peur. Ne sais-tu pas que c'est très vilain d'espionner les gens ?

Voyant qu'il semblait mal le prendre, elle s'empressa d'ajouter :

— Je plaisantais, bien sûr. Tu étais censé rire et me répondre sur le même ton.

Charles s'obligea à sourire, avant de se tourner vers Rosamund.

— Vous m'aviez promis une danse, lady Rosamund.

Pour contrebalancer la remarque désobligeante de Callie, Rosamund lui sourit chaleureusement et le suivit dans la salle de bal. Ce n'est qu'après la fin de la valse qu'elle s'aperçut qu'elle n'avait promis aucune danse à Charles Tracey. Tout à coup, elle éprouvait l'étrange impression que personne – Prudence, Callie, Charles – n'agissait normalement. Mais elle n'aurait pas su dire exactement ce qui n'allait pas.

Désireuse de se changer les idées, elle partit à la recherche de tante Franie. Elle pensait la trouver dans l'un des salons où l'on jouait aux cartes. Mais là encore, elle se trompait. Franie était invisible.

À minuit, les portes du jardin d'hiver s'ouvrirent enfin pour le souper. Compte tenu du nombre d'invités, on s'était contenté de dresser un immense buffet où chacun se servait avant de prendre place à l'une des tables. À l'origine, il était prévu que les invités qui le désireraient puissent sortir avec leur assiette manger sur la pelouse ou à l'une des tables dressées au bord de l'étang. Mais le temps étant toujours aussi maussade, seuls quelques intrépides se risquèrent dehors.

Rosamund était incapable d'avaler quoi que ce soit. Elle mit son manque d'appétit sur le compte de son chagrin d'amour. En revanche, le malaise diffus qu'elle avait ressenti un peu plus tôt s'était dissipé, car tout était rentré dans l'ordre. Franie mangeait avec les autres douairières ; Callie, comme à son habitude, était le centre d'un petit cercle pendu à ses lèvres – Charles était bien sûr du nombre. Quant à Prudence, finalement, elle n'était pas mal placée pour être sacrée reine du bal. Julien et le prince Michael accompagnaient chacun de ses pas et semblaient se disputer ses attentions.

Pour sa part, Rosamund allait de table en table et s'efforçait d'avoir un mot gentil pour chaque invité. Elle avait pris à cœur les paroles de Richard à propos de ce bal, à Madrid, où, selon lui, elle s'était montrée froide et hautaine. Peut-être n'avait-il pas complètement tort. Elle avait sans doute trop pensé à elle-même et pas assez aux autres. Mais quand tant de gens ne lui souriaient et n'étaient aimables avec elle que parce qu'elle était la fille du duc de Romsey, il était beaucoup plus simple – et tentant – de se réfugier dans son monde intérieur.

La jeune femme s'approchait d'une nouvelle table quand un valet se mit en travers de son chemin, lui bloquant le passage.

— Un verre de vin, lady Rosamund ? demanda-t-il avec respect.

Rosamund considéra le plateau qu'il portait à la main.

— Non, merci.

Elle voulut s'éloigner, mais le valet insista.

— Ne me refusez pas un verre, Rosamund, murmura-t-il.

La jeune femme aurait reconnu cette voix entre mille.

Elle leva les yeux. C'était bien Richard, mais un Richard méconnaissable, avec sa livrée impeccable et sa perruque poudrée qui mettait en valeur l'ossature de son visage. Rosamund le trouva irrésistible.

Elle prit un verre de vin sur le plateau et le porta à ses lèvres.

— À la Folie, dans cinq minutes, dit-il à mi-voix, avant de s'éclipser avec son plateau.

Rosamund le regarda s'éloigner en terminant son verre. Puis elle partit en quête de son châle.

La Folie – une petite construction en forme de temple grec, avec perron et colonnade – n'était pas bien loin, mais Rosamund dut faire un détour pour éviter un groupe de gentlemen sortis fumer un cigare. Il pleuvait à nouveau et elle se reprocha de ne pas avoir pris de parapluie. Son châle en soie n'offrait pas un rempart suffisant contre les gouttes.

Richard était déjà là. Il avait éteint une partie des chandelles, mais Rosamund remarqua qu'il s'était débarrassé de sa perruque. Quand il murmura son nom d'une voix douce, son cœur s'emballa.

— Je ne voulais pas partir sans vous faire mes adieux, dit-il.

Rosamund s'attendait à tout, sauf à cela. Un jour, oui, mais pas déjà. Richard n'était là que depuis une semaine. Il était supposé rester au moins quinze jours, jusqu'à ce qu'il soit complètement guéri et que les recherches se soient calmées. Quelqu'un aurait pu la prévenir ! Jack, ou ses frères, ou même son père... Elle aurait eu le temps de se préparer.

Une douleur indicible lui broya la poitrine. Richard était-il à ce point aveugle ? Oui, sans doute. Il ne savait pas ce qu'était l'amour. Ce n'était pas sa faute. Le destin était ainsi fait.

« Ne deviens surtout pas comme Charles Tracey ! » se morigéna-t-elle.

Elle déglutit péniblement.

— Mon père est-il au courant ?

— Pas encore. Je voulais vous prévenir en premier.

Rosamund hocha la tête, sans bien savoir pourquoi, sinon qu'elle était consciente qu'il était inutile de discuter. Quand Richard Maitland avait pris une décision, rien ne pouvait le faire changer d'avis.

— Où irez-vous ?

— Il serait préférable que vous ne le sachiez pas.

— Nous avons déjà eu ce genre de conversation. Même question, même réponse. Mais vous noterez que, cette fois, je ne m'en offense pas.

Il esquissa un sourire.

— Si je vous ai offensée, la première fois, c'est parce que je ne vous connaissais pas. Maintenant que je vous connais, je vous respecte et je vous admire. Vous faites honneur au nom que vous portez.

Rosamund n'aurait pu imaginer pire déception. Voilà qu'il se mettait à s'exprimer comme tous ces gens qui ne voyaient en elle qu'une fille de duc. Était-ce bien Richard Maitland qui parlait ainsi ?

— Alors, cette fois, ce sont vraiment des adieux, Richard ?

— Oui.

Tout était dit. Il ne restait plus qu'à se séparer. Mais Rosamund était incapable de bouger.

— Je devrais y aller, murmura-t-elle, espérant... espérant que ça ne se terminerait pas ainsi.

Non ! Ça n'allait pas se terminer aussi abruptement. Richard fit un pas vers elle.

— Avant que vous ne partiez, je voulais vous dire quelque chose.

Les derniers espoirs de Rosamund s'envolèrent. Il n'y avait pas la moindre trace d'amour dans son regard. À cet instant précis, Richard lui rappelait son père, quand il s'apprêtait à lui faire la leçon.

Et Rosamund détestait qu'on lui fasse la leçon.

— Oui ?

Il sourit.

— C'est au sujet du prince Michael.

Rosamund ne lui rendit pas son sourire.

— Eh bien ? Qu'y a-t-il ?

Richard décida d'aller droit au but.

— Ne l'épousez pas, Rosamund. Ce n'est pas l'homme qu'il vous faut. Je vous dis cela dans votre intérêt. Et ça vaut aussi pour tous les jeunes gens bien mis que j'ai vus défiler chez vous tout au long de la semaine. Ils ne sont pas non plus pour vous. Pourquoi vous précipiter dans le mariage ? Un jour, j'en suis sûr, vous finirez par rencontrer l'homme idéal.

— Et comment saurai-je que c'est lui ?

Richard croisa les bras et l'étudia d'un air songeur. Elle s'était empourprée et ses yeux lançaient des éclairs. Ne comprenait-elle donc pas qu'il ne désirait que son bonheur ?

— En tout cas, ça ne peut être le prince, déclara-t-il. D'abord, parce que vous serez encore plus mal dans la peau d'une princesse que dans celle d'une fille de duc. Vous avez besoin d'un homme qui encourage votre désir d'indépendance, qui vous apprenne à vivre un peu plus aventureusement.

— Merci, mais j'ai l'intention d'être indépendante, que j'épouse le prince Michael ou pas.

— Vous ne serez jamais heureuse avec lui ! Oh, je reconnais qu'il n'a pas que des défauts. Sur une piste de danse, il n'a pas de rival. Mais le mariage, c'est un peu plus que cela. Il s'invitera dans votre lit toutes les nuits. Avez-vous pensé à cela ? Vous sentez-vous prête à l'affronter ?

À son arrivée, Rosamund grelottait de froid. À présent, elle bouillait de colère. Elle se défit de son châle, qu'elle posa sur une chaise.

— Oh, le lit ! s'exclama-t-elle en faisant la grimace. Mon expérience est certes limitée, mais je trouve hautement surfait ce qui se passe entre un homme et une femme au lit. En revanche, être un bon danseur est un atout précieux. Savez-vous danser, Richard ?

— Non.

— C'est bien dommage.

Il fronça les sourcils.

— Quand vous évoquiez votre « expérience limitée », je suppose que vous faisiez référence à votre expérience avec moi ?

Elle eut un sourire glacial.

— Vous ne vous imaginez quand même pas être le seul homme que j'aie embrassé ?

— C'est pourtant ce que vous m'avez dit, dans la cabane de berger.

— C'était il y a une semaine. J'ai rattrapé le temps perdu.

Et, voyant que les prunelles de Richard s'enflammaient, elle jeta délibérément un autre charbon dans le brasier :

— Franchement, je ne vois pas pourquoi on fait tant d'histoires à ce sujet. Rien ne ressemble plus au baiser d'un homme que le baiser d'un autre homme.

La flèche atteignit sa cible. Richard n'avait jamais prétendu être le meilleur amant de la terre, mais, bon sang, ses baisers n'étaient pas si anodins que cela ! Il avait connu beaucoup de femmes dans son existence, cependant, embrasser Rosamund l'avait bouleversé jusqu'au tréfonds. Qui d'autre avait-elle pu embrasser, pour le ravaler si bas ?

En tout cas, c'était plus qu'il n'en pouvait supporter. Il attira brutalement la jeune femme à lui. Il allait lui donner un baiser qu'elle ne serait pas près d'oublier.

Rosamund se doutait que l'orage ne pouvait manquer d'éclater. Elle avait délibérément provoqué Richard. Mais s'il était en colère, elle aussi l'était. Elle l'aimait, même s'il ne le méritait pas. Et il dépréciait cet amour en le rabaissant à son plus bas niveau. *Le lit*. Les hommes ne pensaient-ils donc qu'à cela ?

— Je... commença-t-elle.

Mais sa phrase s'arrêta là, car Richard s'était emparé de ses lèvres avec une fougue proche de la fureur qui coupa le souffle de la jeune femme. Cependant, elle lui rendit son baiser avec une fureur égale, et quand il leva la tête et que leurs regards se croisèrent, la tempête qui pouvait se lire dans les prunelles de l'un trouvait son exact reflet dans les prunelles de l'autre.

Mais déjà, leur fureur réciproque se muait en un quelque chose de différent. Rosamund laissa échapper un gémissement. Richard grogna entre ses lèvres.

Il l'embrassa de nouveau, cette fois plus tendrement, mais avec une passion qui la fit trembler de désir. Elle réalisa alors que, jusqu'à cet instant, elle n'avait jamais vraiment su ce qui pouvait se passer entre un homme et une femme. Elle découvrait l'érotisme. Et la force du désir – que rien ne pouvait endiguer.

Le corps tendu comme un arc, Richard sentit qu'il perdait progressivement le contrôle de la situation. Un seul baiser, s'était-il juré, mais il savait qu'il se mentait à lui-même. Avec Rosamund, un baiser ne pouvait qu'en appeler un autre. Abandonnant la bouche de la jeune femme, il s'aventura sur son cou, puis à la naissance de sa gorge, en même temps qu'il caressait ses seins à travers la fine étoffe de sa robe. Exultant, il en sentit les pointes se dresser sous ses paumes. Mais cela ne lui suffisait pas.

Il venait juste de retrousser les jupes de Rosamund, déjà ses mains lui frôlaient les cuisses, quand il crut entendre appeler la jeune femme. Il se figea et tendit l'oreille. La voix appela de nouveau Rosamund. Richard connaissait cette voix.

— Le prince Michael, lâcha-t-il d'un ton méprisant.

— Quoi? demanda Rosamund, qui n'avait pas encore retrouvé ses esprits.

— Le prince Michael. Il vous cherche.

La pensée du prince avait suffi à faire retomber le désir de Richard. Il aida Rosamund à remettre de l'ordre dans sa toilette, avant de s'écarter.

— N'oubliez pas la passion, Rosamund, la mit-il en garde. Si vous épousez le prince, vous devrez y renoncer. Vous êtes une femme passionnée. Ne vous laissez pas brider par un colin froid.

Sur ces paroles, il tourna les talons et disparut dans la nuit.

Rosamund avait les jambes en coton. Elle parvint tout de même à gagner la chaise la plus proche et s'y laissa choir, le cœur battant la chamade, les lèvres humides et gonflées, une douleur lancinante au creux des cuisses.

Tout ça, pour un baiser?

Elle s'apprêtait à partir, quand Richard revint soudain sur ses pas.

— J'ai oublié de vous souhaiter bon anniversaire, dit-il. Et de vous offrir votre cadeau.

Rosamund tendit la main automatiquement, pour se saisir de l'objet qu'il lui tendait.

— C'est la seule pièce qui ait échappé à un incendie. Je la gardais depuis l'enfance, comme une sorte de porte-bonheur. Elle est à vous, maintenant.

Il avait de nouveau disparu.

Rosamund ouvrit la main et fixa l'objet qu'il y avait déposé. C'était une pièce d'échecs en ébène. Un roi médiéval à l'expression sévère, abîmé par le temps.

Elle hésita, ne sachant si elle devait rire ou pleurer.

Richard n'était pas d'humeur à reprendre ses fonctions au château, et comme il était peu probable que quiconque s'aperçoive de son absence, il décida de rentrer directement dans la chambre qu'il occupait au-dessus des écuries.

Chemin faisant, il remarqua que les premiers attelages commençaient à repartir. Si la fête se terminait, Rosamund serait obligée de se tenir dans le hall, pour saluer ses invités. Et annoncer ses fiançailles. C'était sans doute la raison pour laquelle le prince Michael la cherchait.

Eh bien, il espérait qu'elle avait compris la leçon qu'il venait de lui administrer !

Un sourire sans joie lui étira les lèvres. Pour être tout à fait honnête, il devait s'avouer que c'était lui qui avait reçu une sacrée leçon. Lui, qui s'était toujours considéré comme un être rationnel, s'était comporté avec Rosamund comme un collégien impulsif. Et ce n'est pas au bonheur de la jeune femme qu'il pensait, quand il avait essayé de la dissuader d'épouser le prince. C'était au sien. Puisqu'il ne pouvait avoir Rosamund, il ne voulait pas qu'elle se marie avec un autre. Mais il ne voulait pas non plus qu'elle meure vieille fille.

C'était un vrai dilemme.

Richard allait pénétrer dans les écuries quand il entendit la détonation. Le doute n'était pas possible : quelqu'un avait tiré un coup de feu. Et ça provenait du parc.

Il rebroussa chemin en courant, tentant de se rassurer tout en se disant que s'il y avait un tireur embusqué dans le parc, il serait sans doute sa première cible.

Le château semblait s'être vidé d'un coup. La plupart des invités et des domestiques s'étaient massés sur la terrasse.

— Que se passe-t-il ? demanda Richard à un groupe de domestiques assemblés devant la porte de l'office.

— On a tiré sur quelqu'un qui se trouvait à la Folie, expliqua un laquais. Il paraîtrait que c'est lady Rosamund.

Richard se figea, incrédule. Puis il vit le prince Michael traverser le parc, portant dans ses bras une jeune femme brune drapée dans un châle qu'il reconnut. *Rosamund.*

Le cœur serré d'angoisse, l'esprit paralysé par la peur, il se rua en avant.

19

Richard n'avait pas fait trois pas qu'une ombre se dressa en travers de son chemin, l'arrêtant net dans sa course. La voix furieuse de Jack Harper s'éleva dans la nuit, lui ordonnant de ne pas faire l'imbécile.

— Je dois y aller ! répliqua Richard, buté.

Jack l'empoigna sans ménagement pour le tirer à l'écart.

— C'est peut-être un piège. Y as-tu seulement songé ? Quelqu'un attend sans doute que tu te montres pour finir le travail. De toute façon, habillé comme tu l'es, on ne te laissera pas approcher lady Rosamund. Et range ce pistolet, s'il te plaît, avant que quelqu'un ne le remarque !

Richard ne s'était même pas aperçu qu'il avait sorti son arme. Lui qui avait la réputation d'avoir des nerfs d'acier auprès de ses collègues des services secrets était bien près de céder à la panique.

— Est-elle gravement blessée ? demanda-t-il d'une voix pressante.

— Ce n'est pas mortel, si c'est ce que tu redoutes. Ils ont envoyé chercher le médecin, c'est plutôt bon signe.

Richard hocha la tête, bien que la réponse de Jack n'ait pas vraiment apaisé ses craintes. « Pas mortel » ça ne voulait rien dire.

— Je ne te mens pas, lui assura Jack. Elle n'est pas sérieusement blessée.

— Comment est-ce arrivé ?

— Je ne sais pas exactement, sinon que quelqu'un lui a tiré dessus près de la Folie. On pourrait peut-être essayer de mettre la main sur ce gredin?

Richard étudia le parc d'un air sceptique.

— Nous ne le trouverons jamais dans tous ces buissons. Autant chercher une aiguille dans une botte de paille.

Et puis, le tireur avait dû profiter du remue-ménage pour s'éclipser. Les invités partaient tous en même temps, à présent, et c'était une noria ininterrompue d'attelages qui défilaient dans l'allée.

— Que faire, alors? questionna Jack.

Richard soupira.

— Pour commencer, interroge les jardiniers et tous les domestiques qui se trouvaient dehors. Demande-leur s'ils ont vu quelque chose. Et fais fouiller les buissons, au cas où le tireur aurait laissé un indice. S'ils ne veulent pas t'obéir, explique-leur que tu agis au nom du duc.

— Et toi, que vas-tu faire, Richard?

— Retourner à la Folie.

La Folie était déserte. Personne n'avait songé à y laisser un garde pour empêcher qu'on détruise d'éventuels indices. Richard avait apporté une lanterne et il la tenait à bout de bras pour inspecter les lieux.

Tout était comme dans son souvenir. Une table au centre, entourée de chaises, et des palmiers en pot au pied des colonnes. Par beau temps, l'endroit devait servir de salle à manger d'été. La vue sur le parc et l'étang y était certainement superbe.

Les dalles de marbre étaient maculées de boue, mais il ne vit pas trace de sang.

En revanche, il en trouva au bas des marches – du moins, il lui sembla que c'était du sang, mais il n'aurait pu le jurer. Du reste, il y en avait très peu, et il avait été presque entièrement dilué par la pluie. Cependant, ces quelques taches suffirent à réveiller sa colère. Il s'obligea à la contenir. Elle ne lui serait d'aucun secours pour mettre la main sur l'agresseur de Rosamund. Le plus sage était de procéder comme s'il s'agissait d'une enquête de routine. Patience et concentration l'aideraient à remonter la piste de l'assassin. Ensuite, seulement, il laisserait éclater sa rage.

Il poursuivit ses recherches autour de la Folie, sans rien trouver qui soit digne d'intérêt. Procédant autrement, il essaya alors de se mettre dans la peau du tireur. Première question : qui était réellement visé ? Le prince ou Rosamund ? Deuxième question : après avoir tiré, par où l'agresseur s'était-il enfui ?

Richard avait l'intuition d'avoir affaire à quelqu'un de diablement intelligent – à la fois rusé et capable de se saisir des opportunités qui se présentaient à lui. Le gredin ne pouvait savoir que Rosamund et le prince seraient à la Folie. Il les avait donc suivis.

Il fallait avouer que le prince était facile à repérer, avec son uniforme blanc. Et il avait appelé Rosamund à plusieurs reprises, dans le parc. Mais pourquoi avoir commis ce geste insensé ? Quel pouvait en être le mobile ? Rosamund n'avait pas d'ennemis. Et le prince n'était que troisième dans l'ordre de succession au trône. En revanche, Richard aurait trouvé beaucoup plus logique qu'on tire sur lui.

La pluie tombait toujours et le vent avait redoublé de violence. Richard se demandait quoi faire, maintenant. Il coula un regard vers le château, mais sans grandes illusions. Jack avait raison : on ne le laisserait pas approcher de Rosamund. Il se sentait cependant incapable de trouver le sommeil, et décida de continuer les recherches.

Il n'existait que deux façons de quitter le domaine. Soit par la grille d'honneur, soit par le fleuve. Obéissant à une intuition, il se dirigea vers le fleuve.

Richard était recru de froid et de fatigue quand il se décida à regagner sa chambre. Il avait suivi les berges du fleuve sur plusieurs centaines de mètres, puis il était revenu sur ses pas et avait interrogé les portiers en faction devant les grilles. En vain. Personne n'avait rien remarqué d'anormal, et lui-même n'avait pu trouver aucun indice. Le parc était maintenant désert, preuve que Jack et les autres avaient aussi abandonné les recherches.

Le rez-de-chaussée du château était plongé dans l'obscurité, tous les invités étant partis, mais la plupart des fenêtres du premier étage étaient allumées. Richard alla se planter sous un arbre, pour se protéger de la pluie, et resta un long moment à contempler les fenêtres de Rosamund, furieux de ne pas avoir le droit de voir la jeune femme et encore plus furieux de savoir que sa colère n'était pas justifiée. Il n'était rien, pour les Devere, sinon un fugitif qu'ils avaient la bonté de cacher. S'il avait été le père ou l'un des frères de Rosamund, il n'aurait pas laissé un Richard Maitland approcher la jeune femme.

Il abandonna le couvert des arbres et se dirigea vers les écuries. Jack devait s'y trouver, à présent. Il lui donnerait des nouvelles de Rosamund. Cependant, en arrivant devant le bâtiment, il s'aperçut que la fenêtre de Jack était éteinte… mais pas la sienne. Il grimpa l'escalier quatre à quatre, s'attendant à trouver son ami dans sa chambre. Mais ce n'était pas lui qui était agenouillé devant la cheminée.

— Richard ! Où étiez-vous ? Jack et moi étions malades d'inquiétude.

Richard était abasourdi.

— Rosamund ? fit-il d'une voix à peine plus forte qu'un murmure.

La jeune femme semblait bien se porter. Du moins ne voyait-il sur elle aucune trace de blessure. Elle avait troqué sa robe de bal pour une toilette plus simple, plus chaude aussi. Ses joues étaient sillonnées de larmes.

— Ce n'est pas sur moi qu'on a tiré, expliqua-t-elle en rejoignant vivement Richard. Jack m'a raconté votre erreur, à tous les deux. C'est Prudence qui se trouvait à la Folie avec le prince. Nous avons supposé que c'était le prince qui était visé, et que Prudence avait été atteinte par erreur. Heureusement, la balle n'a fait que l'égratigner. Tout va bien, maintenant. Elle dort.

Hébété, Richard tendit la main vers la jeune femme. Elle était douce, et chaude, et bien réelle. Il ferma les yeux et l'entoura de ses bras, la serrant à l'étouffer. Ils restèrent un long moment enlacés, sans échanger un mot. Les mots étaient inutiles.

Ce fut Rosamund qui s'écarta la première.

— Vous êtes trempé, Richard ! Et vous grelottez. Laissez-moi vous aider.

Elle le débarrassa de son manteau qu'elle drapa sur une chaise près du feu. Comme il demeurait planté au milieu de la pièce, à la suivre des yeux, elle lui prit la main pour le conduire jusqu'au lit.

— Enlevez ces vêtements mouillés, lui répéta-t-elle, commençant sérieusement à s'inquiéter. Vous avez du brandy quelque part ?

— Dans le placard. Mais je n'ai pas besoin de brandy.

Il s'assit au bord du lit et lui tendit les bras. Rosamund s'approcha sans hésiter.

— Oh, mon chéri ! fit-elle d'une voix tremblante. J'ai eu tellement peur que quelque chose d'horrible ne vous soit arrivé. J'ai cru que je vous avais perdu.

— Quel imbécile j'ai été ! souffla Richard, avant de lui donner un baiser.

« Oui, un bel imbécile ! » songea-t-il en l'attirant près de lui tandis qu'il s'allongeait sur le lit. Toute sa vie il avait été entouré de monde, au collège, à l'armée, dans les services secrets, et toujours il s'était senti seul. Jusqu'à ce que Rosamund déboule dans sa vie, tel un météore. Désormais, il ne voulait plus jamais être seul.

Il resserra son étreinte autour de la jeune femme. Ce ne serait sans doute pas facile. Il ne savait pas s'il saurait la rendre heureuse. Mais plus jamais, se promit-il, il ne resterait derrière une porte, à se ronger les sangs en se demandant si elle était vivante ou morte. Il n'y aurait plus jamais de porte fermée entre eux.

Rosamund savait que Richard était la proie d'une émotion intense. Parce qu'elle l'était tout autant. Lorsqu'elle avait appris qu'on avait tiré sur Prudence, elle avait aussitôt craint pour la vie de Richard. À la première occasion, elle était partie à sa recherche tant elle avait besoin de s'assurer qu'il allait bien. Jack l'avait trouvée dans la chambre, au-dessus des écuries, et leur inquiétude commune s'était muée en angoisse. Tandis que l'attente se prolongeait, elle avait imaginé le pire. Richard lui était revenu sain et sauf, mais elle tremblait encore à l'idée de ce qui aurait pu lui arriver.

En quelques heures, elle avait appris qu'il fallait profiter de l'instant, parce que tout pouvait basculer d'un moment à l'autre. Seul le présent comptait, chaque seconde était précieuse, et elle n'avait pas l'intention d'en gâcher une seule cette nuit.

Ils s'étreignirent un long moment, puis Richard prit le visage de Rosamund entre ses mains et plongea son regard dans le sien. Elle comprit la question muette qui se lisait dans ses prunelles.

— Oui, murmura-t-elle simplement.

Richard commença à la dévêtir.

Rosamund n'attendait ni mots doux, ni vaines promesses. En cet instant précis, elle n'avait qu'un désir : enfin goûter à la suprême intimité avec Richard, peau contre peau, cœur contre cœur.

Il l'embrassait et la caressait avec une avidité presque brutale, mais elle ne s'en offusquait pas. La douceur n'était pas de mise après ce qu'ils venaient de vivre. Leur étreinte eut la brièveté et la fulgurance de l'orage, et malgré l'éclair de douleur du début, c'était exactement ce dont Rosamund avait besoin.

— Ne me quitte pas, murmura-t-il quand il se retira.

Et comme pour donner plus de poids à ses paroles, il glissa le bras autour de sa taille et l'attira contre lui. Quelques minutes plus tard, il sombrait dans un sommeil de plomb.

Richard se réveilla en sursaut. Un courant d'air froid le fit frissonner et, dans cette semi-inconscience qui caractérise le réveil, il crut que la tempête avait soufflé le toit de sa chambre. Ouvrant les yeux, il comprit que le courant d'air venait de la porte grande ouverte. Rosamund se tenait sur le seuil. Il l'entendit échanger quelques mots avec quelqu'un dans le couloir, mais il faisait trop sombre pour qu'il puisse distinguer son interlocuteur. La jeune femme s'était drapée dans une cape, mais ses pieds étaient nus.

— C'était Harper ? demanda-t-il, tandis qu'elle refermait la porte.

Elle se retourna tranquillement.

— Oui. Je craignais qu'il ne soit choqué en me découvrant ici, avec toi.

Richard sourit.

— Et alors ? Il l'était ?

— Pas vraiment. Je dirais plutôt « résigné ».

— A-t-il laissé un message pour moi ?

— Laisse-moi réfléchir, fit-elle en contemplant le plafond comme si la réponse y était inscrite. Si j'ai bien compris, tu risques gros la prochaine fois que tu disparais sans le prévenir. Je crois qu'il était furieux contre toi. Soulagé, aussi, bien sûr.

Richard sourit de nouveau.

— C'est tout ce qu'il a dit ?

— Non. Il m'a proposé de m'escorter jusqu'au château, mais je lui ai répondu que je ne me sentais pas encore prête à rentrer.

Ces quelques mots suffirent à libérer Richard de ses appréhensions. Visiblement, Rosamund ne lui en voulait pas de leur étreinte un peu… sauvage. Décidément, cette femme était unique.

— J'ai mis de l'eau à chauffer, reprit-elle. Si on s'habillait ? Nous pourrions discuter en prenant le thé.

— Je n'ai pas envie que tu t'habilles.

Son regard était si intense que le cœur de Rosamund se mit à tambouriner dans sa poitrine.

— Ah…

— Et nous parlerons plus tard. Viens ici, Rosamund.

Il lui tendit la main et elle le rejoignit sans la moindre hésitation. Une telle marque de confiance émut profondément Richard. Il la prit dans ses bras, et tandis qu'elle levait les yeux vers lui, il sentit tressaillir en lui un désir farouche de la protéger contre les laideurs de ce monde.

Il lui offrit un long baiser tendre.

— Qu'est-ce qui te rendrait heureuse ? lui demanda-t-il à mi-voix.

— Être avec toi. Cela suffirait à mon bonheur.

Et, croisant son regard, elle ajouta :

— Emmène-moi avec toi, Richard. Je ne peux supporter de ne pas savoir où tu es, ou ce qu'il t'arrive. Nous pourrions commencer une nouvelle vie tous les deux, quelque part. Avec toi, je serai heureuse n'importe où.

— C'est ce que nous ferons. Mais d'abord, je dois parler à ton père.

Rosamund soutint un long moment son regard. Elle comprit qu'il était sincère.

— Et toi, Richard ? Qu'est-ce qui te rendrait heureux ?

— Toi, Rosamund. Et toi seule.

Doucement, il lui embrassa le front, le nez, les sourcils, les joues, avant de s'emparer de ses lèvres. Elle retint son souffle quand il la débarrassa de sa cape. Elle ne portait rien en dessous. Sa peau était douce, son corps chaud et accueillant. Mais cette fois, Richard voulait lui montrer qu'on pouvait faire l'amour autrement que dans l'urgence. La lenteur avait ses charmes. La lenteur pouvait être source d'un infini plaisir.

Rosamund avait l'impression de flotter sur une rivière de félicité. À cette différence près qu'elle n'était plus une novice. Elle savait où le courant l'emportait. Suivant l'exemple de Richard, elle lui rendait caresse pour caresse. La rivière n'était pas aussi impétueuse que la première fois, mais son cours alangui lui offrait l'occasion de faire de nouvelles découvertes absolument délicieuses.

Richard luttait pour ne pas perdre le contrôle, mais le corps de Rosamund l'enivrait ; son parfum l'enivrait. Il aurait aimé la dévorer tout entière, mais il s'obligea à prendre son temps. La veille, il avait été trop pris par la frénésie du moment pour la conduire jusqu'au plaisir. Mais à présent, il ne voulait plus penser qu'à elle.

Rosamund ne put retenir un gémissement quand les lèvres de Richard se posèrent sur l'un de ses seins. Un flot brûlant la submergea, sa respiration se fit hachée. Elle aurait voulu lui rendre ses caresses, mais il l'en empêchait, lui infligeant avec sa langue d'exquises tortures.

Elle se tordait sous lui, tremblant de la tête aux pieds, se débattant presque pour ne pas se laisser emporter par la vague de sensations inouïes qui avait pris possession de son corps.

— Richard !

Ce cri de pur désir électrisa Richard. Aucune femme ne lui avait jamais procuré un tel plaisir. Rosamund était à lui désormais. Comme il était à elle.

Prudemment, il commença à la pénétrer, puis s'immobilisa.

— Rosamund... murmura-t-il, la gorge curieusement serrée.

Elle leva sur lui un regard voilé par le désir. Ses ongles s'enfonçaient dans ses épaules.

— Pourquoi t'es-tu arrêté?

Il ne put s'empêcher de sourire. Elle le ravissait à un point... Elle le surprenait aussi. Lorsqu'elle commença à onduler sous lui, pour l'obliger à la satisfaire, son sourire s'évapora. Il entra en elle lentement, profondément.

Rosamund n'aurait jamais imaginé que son corps puisse être une telle source de plaisir. À présent, elle comprenait pourquoi, depuis la nuit des temps, l'amour était un sujet aussi inépuisable. L'amour était la seule vraie raison d'exister de l'univers.

Et puis Richard commença à se mouvoir en elle, et toute pensée rationnelle la déserta.

Les mains nouées derrière la nuque, Richard savourait cette détente si totale du corps et de l'esprit qui suit l'amour. Un sourire extatique flottait sur ses lèvres. Il se sentait un homme comblé.

Roulant sur le côté avec un soupir de pur contentement, il contempla la lumière de sa vie qui préparait le thé qu'elle lui avait promis un peu plus tôt. Seulement deux semaines auparavant, elle était incapable d'allumer un feu ou de mettre une bouilloire à chauffer. Le changement était impressionnant! Mais lui aussi avait changé.

L'aube n'était pas encore levée. Richard calcula qu'il avait le temps de lui refaire l'amour avant de la reconduire en toute sécurité dans ses appartements. Mais bien sûr, ils devraient aussi avoir une conversation sérieuse.

Cependant, quand il fut habillé et prêt à s'asseoir à table, rien ne se passa comme prévu. Rosamund avait le pouvoir de l'ensorceler. Un seul regard d'elle suffisait à lui faire tourner la tête.

— Tu as vraiment envie de boire ce thé maintenant? lui demanda-t-il.

Elle éclata de rire, reposa la théière et, lui prenant la main, l'entraîna vers le lit.

20

Une demi-heure plus tard, ils burent enfin leur thé.

— Alors, dit Richard, raconte-moi ce qui s'est passé après mon départ de la Folie. ´

Rosamund reposa sa tasse.

— Tu vas être surpris. Nous n'étions pas les seuls à avoir rendez-vous à la Folie. Prudence, la douce et timide petite Prudence, avait prévu d'y retrouver le prince Michael! De ma vie je ne me suis autant fourvoyée. J'étais convaincue qu'elle se languissait pour Gaspard, alors qu'en réalité elle aimait le prince. Si elle était si réservée à mon égard et si muette devant Gaspard, c'est tout simplement parce que nous ne portions pas le prince dans notre cœur. Mais le plus étonnant, c'est que cet amour est réciproque! Michael jure qu'il est prêt à renoncer à son rang dans la succession au trône pour l'épouser. D'ailleurs, il n'a pas quitté son chevet depuis «l'accident». Nous avons préféré parler officiellement d'accident, pour empêcher que les invités ne s'affolent.

— Pourquoi as-tu l'air contrariée?

— Je ne suis pas contrariée. Juste un peu déçue. Le prince Michael est beau garçon, c'est sûr. Mais Prudence est une femme intelligente. J'estimais qu'elle méritait mieux qu'un homme aussi ennuyeux.

Richard ne tenait pas à discuter de la vie sentimentale de Mlle Dryden. Il n'était définitivement plus question de fiançailles entre Rosamund et le prince, et cela seul lui importait.

— Revenons à notre discussion. Que s'est-il passé après mon départ de la Folie ?

— Je ne me sentais pas d'humeur à parler à qui que ce soit. Comme le prince m'appelait et que je voulais lui échapper, je me suis dépêchée de m'esquiver pour rentrer dans le château par une des portes de service. Mes cheveux étant trempés, je suis montée dans ma chambre arranger ma coiffure. Entre-temps, j'imagine que Prudence est arrivée à la Folie, pour y attendre le prince. Comme il ne m'avait pas trouvée, il est allé la rejoindre.

— Mais que te voulait le prince ?

— Mon père lui avait demandé d'aller me chercher pour saluer les invités qui commençaient à partir. Apparemment, Prudence et lui ne sont restés que quelques minutes à la Folie, avant d'en sortir ensemble. C'est à ce moment-là qu'a éclaté le coup de feu qui a blessé Prudence. Le prince s'est jeté sur elle pour la protéger. Voilà tout ce que je sais.

— Le prince l'a protégée de son corps ? Voilà un bon point en sa faveur. Mais je suppose qu'il n'a rien vu ni entendu qui pourrait nous mettre sur la piste du tireur ?

— Malheureusement, non. Les domestiques qui se trouvaient dans le parc quand le coup de feu a été tiré n'ont rien vu non plus.

Tout à coup, un détail frappa Richard.

— Ton châle ! s'exclama-t-il. Tu l'avais déposé sur une chaise quand nous étions à la Folie. L'as-tu pris avec toi en partant ?

— Non, je l'ai oublié là-bas. Mais pourquoi cette question ?

— Donc, c'était bien ton châle que j'ai vu sur les épaules de Mlle Dryden quand le prince l'a ramenée dans ses bras. Elle avait dû le trouver à la Folie et s'en draper pour se protéger du froid. Or, Mlle Dryden a les mêmes cheveux que toi. Avec ton châle, de loin et dans l'obscurité, il était facile de la confondre avec toi.

Rosamund était atterrée.

— Mais pourquoi vouloir me tirer dessus ?

— Je n'en vois pas la raison, admit Richard. Mais je ne vois pas non plus de raison de tirer sur Prudence Dryden.

Et comme Rosamund fronçait les sourcils, il ajouta :

— Qu'y a-t-il, Rosamund ? À quoi penses-tu ?

La jeune femme secoua la tête.

— Ça n'a sans doute rien à voir, mais ce matin, Prudence m'a raconté que son frère, Peter, se trouvait à Cambridge avec toi. Il est devenu vicaire. Te souviens-tu de lui ?

Richard réfléchit un instant, avant de s'exclamer :

— Oui, bien sûr ! « Le poète » ! C'était son surnom.

Il se rappelait un jeune homme à lunettes, toujours un livre à la main, plutôt timide et effacé.

— Pourquoi avez-vous parlé de lui ?

— Prudence assure que son frère est convaincu de ton innocence. Il lui a parlé de cette vieille histoire, avec Frank Stapleton, et comment tu avais été faussement accusé de son larcin. Il paraîtrait aussi, mais Prudence n'en était pas certaine, que Stapleton est parti au Canada après avoir quitté Cambridge, et qu'il est mort là-bas.

— Ça vaut peut-être le coup de vérifier, non ? Surtout après ce qui s'est passé hier soir ?

— C'est aussi mon avis. Une visite à Peter Dryden s'impose.

— Que pense ton père de toute cette histoire ?

Rosamund but une gorgée de thé avant de répondre.

— Il ne s'est pas montré très disert. Mais je sais qu'il souhaite te parler. Il avait envoyé Julien te chercher, mais comme il ne t'a pas trouvé, père a remis votre conversation à ce matin.

Richard hocha la tête.

— Parfait. Parce que moi aussi, je veux lui parler.

— À mon propos ?

— À ton propos.

Rosamund commença par s'assurer qu'il restait du thé dans la théière. Puis elle lissa un pli de sa robe. Enfin, n'y tenant plus, elle lâcha :

— Que vas-tu lui dire ?

La question parut surprendre Richard.

— Je vais lui annoncer que nous allons nous marier, évidemment.

Rosamund s'adossa à sa chaise.

— Lui annoncer ? Pas lui demander ?

— Si je lui demande ta main, il risque de me la refuser. Je ne veux surtout pas lui tendre cette perche. Ni lui laisser le choix.

— L'usage n'exige-t-il pas qu'un gentleman fasse d'abord sa demande à la dame avant d'approcher son père ?

Elle avait voulu le taquiner, mais Richard ne parut pas goûter la plaisanterie.

— Je ne te laisse pas non plus le choix, répliqua-t-il.

Il avait appuyé ses paroles d'un regard si possessif qu'elle en eut le souffle coupé. Mais, esquissant un sourire, il ajouta :

— Ça choquerait beaucoup Jack, si je ne t'épousais pas.

— Je pense que Jack sera de toute façon choqué. Il m'a dit un jour que tu pleurais toujours ton amour perdu.

Richard était médusé.

— Quel amour perdu ?

— Ça n'est pas vrai ?

— Non.

Rosamund hocha la tête.

— Je m'en doutais. Jack était persuadé que tu avais été déçu en amour, et que c'était pour cette raison qu'aucune femme n'avait pu te retenir. Mais je n'y ai jamais cru. Jack est un grand romantique.

Richard sourit.

— Il est rusé, aussi. Je ne serais pas étonné qu'il ait inventé cette histoire pour t'inciter à m'oublier. Eh bien, tu ne l'as pas écouté, et maintenant, il est trop tard.

Rosamund posa le menton sur ses mains croisées.

— Veux-tu savoir pourquoi, à mon avis, aucune femme n'a jamais pu te retenir ?

S'il y avait bien une chose que Richard détestait, c'était qu'on dissèque ses relations avec les femmes.

— Je n'y tiens pas spécialement.

Mais comme Rosamund faisait la moue, il soupira.

— Bon, d'accord. Pourquoi ?

— Tout simplement parce que tu n'avais pas encore rencontré la femme qu'il te fallait. Ni celle qui te voulait. Et comment les en blâmer ? Qui pourrait supporter de gaieté de cœur tes humeurs massacrantes, ton manque de galanterie et, n'ayons pas peur des mots, ta goujaterie ? Moi, et moi seule. Sais-tu pourquoi ?

— Non, mais tu vas me le dire.

— Parce que depuis l'enfance, je n'ai été entourée que de gens qui me flattaient. Toi, tu ne flattes personne. Quand tu dis quelque chose, c'est que tu le penses.

Richard hocha la tête.

— Tu as raison sur ce point. Quand je dis quelque chose, je le pense. Je ne te lâcherai plus, Rosamund. Si ta famille t'oblige à choisir entre eux et moi, c'est moi que tu choisiras.

Sur ces mots, il se leva et, contournant la table, la tira à lui pour capturer ses lèvres. Comme si tout pouvait se régler par un baiser. Mais l'un comme l'autre savaient que ce n'était pas si simple. De sombres nuages planaient au-dessus de leurs têtes et leur avenir demeurait incertain. Leur baiser se fit passionné, et désespéré.

Ils refirent l'amour, tendrement, sans hâte, comme pour s'isoler encore un peu du monde et ne plus penser qu'à eux.

Longtemps après qu'il eut raccompagné Rosamund au château, Richard ne trouvait toujours pas le sommeil. Il se répétait qu'il ne regrettait rien, qu'il avait bien essayé de ne plus penser à la jeune femme, mais que c'était comme de vouloir livrer une bataille perdue d'avance. Tôt ou tard, ça se serait terminé ainsi. La peur d'avoir perdu Rosamund, après le coup de feu, n'avait fait que précipiter les événements.

Cependant, à présent que tout était consommé, il s'interrogeait sur l'avenir. Et s'il n'obtenait pas sa réhabilitation ? Il resterait hors la loi jusqu'à la fin de ses jours. Que deviendrait alors Rosamund ?

Mais puisqu'il n'était de toute façon plus possible de faire marche arrière, il n'avait d'autre choix que de prouver son innocence. Du reste, il n'était pas du genre à se lamenter sur ce qui aurait pu être ou ne pas être. C'était un homme d'action. Et l'action lui commandait de reprendre l'enquête.

Il commença sans attendre par repasser mentalement l'enchaînement des événements ayant abouti à sa disgrâce. Puis il se remémora ses années à Cambridge, et réfléchit à l'agression contre Prudence Dryden.

Quelque chose le chiffonnait, une vague ressemblance entre l'assassinat de Lucy et l'agression de Prudence. Mais laquelle ?

Il s'endormit sans avoir trouvé la solution.

21

Le tête-à-tête entre Richard et le duc fut reporté après le départ des autorités venues enquêter sur le coup de feu de la veille. Ils interrogèrent plusieurs témoins, prirent beaucoup de notes, mais selon Richard, ils ne regardèrent pas plus loin que le bout de leur nez. Ils semblaient convaincus qu'on avait visé le prince et que l'auteur du coup de feu était un quelconque fanatique qui en avait après la dynastie des Kolnbourg.

Ce répit laissa à Richard le temps de méditer la question qui l'avait préoccupé avant de s'endormir. Le meurtre de Lucy et l'agression contre Prudence Dryden avaient bien un point commun : dans les deux cas, le ou les agresseurs avaient disparu sans laisser de trace, et cela en dépit des nombreuses personnes accourues sur la scène du drame au bruit de la détonation.

Richard en arriva à la conclusion que le tireur de la veille n'avait pas cherché à s'enfuir. Il faisait probablement partie des invités et il s'était fondu dans la foule. Peut-être même était-il sur les lieux dans les premiers. Personne n'avait songé à s'interroger sur sa présence, car sa présence allait de soi.

C'était une piste ténue, mais Richard voulait croire qu'elle le mènerait quelque part. Et il se posait une autre question : pourquoi Digby était-il au courant, pour Dunsmoor ? Qui avait pu lui en parler, sinon quelqu'un qui connaissait sa vie privée en détail ?

Comme les enquêteurs n'étaient toujours pas partis, Richard rejoignit Jack, qui aidait les domestiques à nettoyer le parc mis à mal par la tempête de la veille. Jack n'expliquait pas davantage que lui l'agression contre Prudence Dryden, mais il considérait que, désormais, Twickenham House n'était plus un refuge sûr et qu'il était grand temps de partir.

Lord Julien vint les trouver en fin de journée, pour annoncer à Richard que son père le recevrait après le dîner. Avant de se rendre à son rendez-vous, ce dernier troqua sa livrée pour un pantalon noir et un manteau sombre. Il voulait rencontrer le duc d'homme à homme, et non de serviteur à maître. Du reste, il en avait terminé avec son rôle de valet. Cette nuit serait la sienne.

Le duc l'attendait dans sa bibliothèque. Il était seul et lui désigna un fauteuil d'un geste de la main.

— Voulez-vous du brandy ?

— Volontiers, merci.

Richard savait que Rosamund avait déjà annoncé à son père la nouvelle de leur mariage. Il s'était attendu à un accueil plutôt froid, mais le duc, même s'il n'était pas franchement cordial, semblait résolu à se montrer poli. Richard décida de l'imiter.

Son hôte lui tendit un verre de brandy, puis s'installa dans le fauteuil face au sien.

— Pour commencer, dit-il, je voudrais votre opinion sur le drame d'hier soir. Vous êtes au courant, j'imagine, que les autorités sont convaincues qu'il s'agit d'un attentat contre la personne du prince ?

— Je suis au courant, acquiesça Richard. Mais il me semble qu'il est encore un peu tôt pour tirer des conclusions. Cela dit, je trouve ce mobile tiré par les cheveux. Si le prince était premier dans l'ordre de succession au trône, ce serait différent, bien sûr. J'aimerais, avec votre permission, interroger Mlle Dryden et le prince. Nous leur dirons que je suis un agent des Renseignements généraux.

— C'est hors de question…

Richard se raidit.

Le duc était sidéré. Il ne comprenait pas pourquoi Maitland se vexait aussi facilement. Surtout quand il n'y avait pas matière.

— C'est hors de question, reprit-il, car ils ne sont plus là. Le prince a pensé que Mlle Dryden serait mieux chez son frère, le vicaire. Ils ont quitté le château après le départ des enquêteurs. Mais je peux vous assurer qu'ils n'ont rien vu ni entendu. Mlle Dryden ne se connaît aucun ennemi, et d'ailleurs, pourquoi en aurait-elle ? Le prince, lui, en a sans doute. Ne serait-ce que des maris jaloux, dont il aurait séduit les épouses… Mais il jure que depuis qu'il a rencontré Mlle Dryden, il s'est amendé.

Richard hocha la tête d'un air songeur. Il se promit de rendre visite à Peter Dryden et à sa sœur dès qu'il aurait quitté Twickenham House.

Le duc reposa son verre et fixa Richard.

— Ma fille m'a expliqué que vous souhaitiez vous entretenir avec moi de quelque chose en particulier.

Richard soutint son regard sans ciller.

— Rosamund et moi allons nous marier.

— J'estime avoir mon mot à dire !

— Quoi que vous puissiez dire, je me le suis déjà dit. Croyez-moi, je ne suis pas plus heureux d'avoir les Devere pour famille que vous ne l'êtes de me voir entrer dans votre famille.

— Je vois que nous sommes au moins d'accord sur un point, ironisa le duc. Mais, contrairement à vous, Maitland, nous autres Devere ne jugeons pas les gens en fonction de leur position sociale. Eh oui ! Je connais vos préjugés. Ma fille m'a parlé à cœur ouvert.

— Dans ce cas, elle doit vous avoir dit que notre mariage était inévitable ?

— Impératif, même.

Richard ne répondit rien.

— Impératif, répéta le duc. C'est le mot employé par Rosamund. Vous m'avez déçu, Maitland. Oh, ce n'est pas tant d'avoir compromis ma fille. Les circonstances étaient exceptionnelles. Et puis, Rosamund est déterminée à vous épouser, avec ou sans mon consentement. Ce n'est plus une enfant. Puisqu'elle a fait son choix, il ne me reste qu'à m'incliner.

— Merci, répliqua Richard, qui ne put retenir un soupir de soulagement.

— Ce qui ne veut pas dire que je m'en réjouisse ! précisa le duc. Soyez assuré que j'ai tout tenté pour lui faire entendre raison.

Mais à chaque argument qu'il avait avancé, Rosamund lui avait opposé qu'elle était adulte et libre de ses choix. Elle souhaitait obtenir sa bénédiction, mais s'il la lui refusait, elle épouserait quand même Richard Maitland.

En fait, elle se conduisait comme Gaspard lorsqu'il était rentré de la guerre. Rien ne pouvait entraver leur volonté. Certes, il pouvait empêcher ce mariage en expédiant Rosamund dans un château à la campagne, où elle demeurerait cloîtrée. Mais ce n'était pas une solution. Elle lui en voudrait terriblement et le renierait.

Le duc n'en avait pas terminé.

— Ce qui m'a déçu, Maitland, reprit-il, c'est que je vous avais mal jugé. Je vous croyais plus combatif. Je pensais que votre plus chère ambition était de restaurer votre honneur.

Richard fronça les sourcils.

— Ça l'est toujours.

Le duc s'esclaffa.

— Ah, oui ? Et comment comptez-vous vous y prendre si vous partez vivre en Italie ?

Richard n'en croyait pas ses oreilles.

— Que vous a dit exactement Rosamund ?

— Que vous alliez vous marier le plus rapidement possible, et qu'ensuite vous quitteriez l'Angleterre pour recommencer une nouvelle vie en Europe. Elle m'a parlé de l'Italie et…

Voyant l'expression de Richard, il s'interrompit :

— Ce n'est pas votre plan ?

— Je ne comprends pas où Rosamund est allée pêcher cette idée. Ah, bon sang, si ! Nous avons effectivement parlé de commencer une nouvelle vie, mais dans mon esprit, ça ne pouvait être qu'*après* avoir restauré mon honneur. Et je n'ai jamais envisagé de quitter l'Angleterre.

Le duc médita ces informations en silence, avant de reprendre :

— Dans ce cas, notre conversation n'est-elle pas prématurée ? N'aurait-il pas été préférable d'attendre un peu avant de me demander la main de ma fille ? Pourquoi tant de hâte ? Ce n'est pas comme si elle était enceinte. Lavez d'abord votre honneur et épousez-la ensuite. Avec ma bénédiction.

— Non. Pour le bien de Rosamund, la meilleure chose à faire est de nous marier tout de suite. Sans vouloir verser dans le mélodrame, il faut quand même affronter la réalité en face. D'ici huit ou quinze jours, elle peut se retrouver veuve. Et s'il s'avère qu'elle porte un enfant, elle sera anéantie que nous ne nous soyons pas mariés.

Le duc avait sursauté.

— De toute façon, elle sera anéantie s'il vous arrive quoi que ce soit, mariés ou pas, lâcha-t-il finalement. Que comptez-vous faire pour vous sortir de cette situation ?

— Tendre un piège à l'assassin. En servant moi-même d'appât. Je ne vois pas d'autre solution. Mais pour cela, j'aurai besoin de votre aide.

Le mariage fut prestement expédié. Lord Gaspard trouva une petite chapelle discrète, à Cheapside, dont le prêtre, très âgé, n'avait plus toute sa tête et ne se souvenait pas de ce qu'il avait fait la veille. Richard et Rosamund furent unis en présence des frères de celle-ci, le duc ayant préféré ne pas venir, au motif que son visage était trop connu et que cela pourrait faire jaser si on le voyait entrer ou sortir de l'église. Rosamund savait qu'il avait parfaitement raison, mais l'absence de son père jeta une petite ombre sur le grand événement de sa vie.

Au moment de l'échange des alliances, Richard passa au doigt de Rosamund l'anneau que la jeune femme avait hérité de sa mère. Puis, la cérémonie terminée, ils reprirent aussitôt un fiacre pour les reconduire jusqu'à l'auberge où ils avaient abandonné l'attelage ducal. Ils rentrèrent ensuite directement à Twickenham House.

Ses frères étant présents dans la voiture, Rosamund ne put avoir la moindre conversation intime avec Richard. Mais, du moins, tout le monde se comportait-il poliment. Ce qui n'avait pas forcément été le cas le matin, lorsqu'elle avait annoncé à sa famille qu'elle voulait se marier le jour même.

Elle avait d'abord parlé à son père, puis ses frères les avaient rejoints et, seule face aux trois hommes, Rosamund avait dû venir à bout de leurs arguments l'enjoignant à repousser le mariage, ne serait-ce que de quelques jours. Elle avait refusé.

— Tu l'aimes, avait finalement lâché son père. Mais lui, est-ce qu'il t'aime ?

— Oui, avait-elle répondu. Richard m'aime.

En vérité, il ne le lui avait jamais dit explicitement, mais Rosamund ne voulait pas l'avouer à son père, car il n'aurait pas compris. Richard n'était pas un sentimental. Il était incapable d'exprimer ses sentiments à haute voix. Mais depuis l'épisode du coup de feu, elle ne doutait plus de compter pour lui. Jusque-là, il avait tenté désespérément de maintenir une certaine distance entre eux – sans doute, supposait Rosamund, parce qu'il était trop fier pour envisager de se marier très au-dessus de sa condition. Comme si elle se souciait de cela !

Pour l'instant, Richard était en grande conversation avec ses frères à propos des écuries de Twickenham

House. Elle en profita pour les observer à la dérobée, en particulier Gaspard et Richard.

En apparence, on ne pouvait imaginer deux hommes plus différents. Gaspard, grand, brun et si beau garçon; Richard, le cheveu plus clair et les traits plus affirmés. Mais ils avaient en commun une présence physique, cette aura indéfinissable des hommes sûrs d'eux et qui savent ce qu'ils veulent.

Julien, en comparaison, semblait plus falot. Certes, il était aussi plus jeune, mais il n'avait pas non plus traversé les mêmes épreuves que Gaspard et Richard. Rosamund l'aimait ainsi. Julien avait la transparence de l'innocence.

— Je ne comprends pas, s'écria Rosamund. Je pensais que nous partirions dès ce soir! Mes malles sont prêtes. Que se passe-t-il, Richard? Pourquoi as-tu changé d'avis?

Les deux époux se tenaient dans la serre. La nuit était tombée, mais les lanternes suspendues au plafond leur dispensaient un peu de lumière. C'était la première fois qu'ils se retrouvaient seuls depuis qu'ils avaient quitté l'église.

— Je n'ai pas changé d'avis. Nous nous sommes simplement mal compris. Viens, allons marcher un peu.

Richard lui prit le bras et ils déambulèrent dans les allées bordées de plantes luxuriantes. Mais Rosamund ne les voyait pas. Elle se sentait soudain oppressée.

— Quand partons-nous, alors? Demain? Après-demain?

Richard ne savait comment lui annoncer la nouvelle en douceur. Alors il choisit la méthode la plus directe.

— Je pars. Tu restes. Mais c'est seulement l'histoire de quelques jours. D'ici une semaine ou deux, je reviendrai te chercher et nous commencerons cette nouvelle vie dont nous avions parlé ensemble.

Rosamund s'était brusquement immobilisée.

— Et où vas-tu ?

— À Londres. Rosamund, je ne comprends pas d'où provient ce malentendu. Je n'ai jamais caché que restaurer mon honneur passait en premier.

Richard vit, à l'expression de la jeune femme, qu'elle ne s'attendait pas du tout à cela. Il essaya d'atténuer le coup.

— Je ne serai pas loin. Et Jack te donnera régulièrement de mes nouvelles.

Il était calme et sûr de lui, alors que Rosamund ne s'était jamais sentie aussi angoissée de sa vie.

— Mais si tu n'arrives pas à prouver ton innocence ?

— Je dois au moins essayer.

— Combien de temps vais-je devoir t'attendre ? Un mois ? Un an ?

— Je te l'ai dit : pas plus de quinze jours.

— Comment peux-tu être certain que tout sera fini en deux semaines ?

— Parce que je vais tendre un piège à mon ennemi.

La vue de Rosamund s'était soudain brouillée. Elle chancela, et si Richard ne l'avait rattrapée fermement par les épaules, elle serait sans doute tombée. Mais elle recouvra rapidement ses esprits. Et le désarroi céda la place à la colère. Elle s'écarta de lui.

— Je suis ta femme, Richard ! Nous sommes supposés prendre de telles décisions ensemble. Et pour ma part, je considère que nous devrions quitter l'Angleterre en attendant que la situation se calme. Nous ne sommes pas obligés de partir pour toujours. Nous pourrions revenir dans un an et tu reprendrais ton enquête à notre retour.

— Un an ? répéta Richard, incrédule. Mais d'ici là, la piste sera froide.

— Eh bien, tu n'as qu'à laisser faire mon père et mes frères ! s'emporta Rosamund, avant de baisser d'un ton, pour ajouter : Ne t'expose pas à un danger mortel, Richard. Mon père et mes frères peuvent mener l'enquête à ta place.

Richard se passa la main sur les yeux et secoua la tête.

— Je pensais que toi, plus que n'importe qui, serais capable de me comprendre. Il s'agit de mon devoir, Rosamund. Et ce n'est pas seulement mon honneur qui est en cause. As-tu oublié Lucy ? J'ai juré de venger sa mort et je tiendrai parole.

Si Rosamund n'avait passé la journée à rêver de la nouvelle vie qui les attendait, elle aurait sans doute réagi plus posément. Mais sa déception était à la mesure de son rêve. Et sa peur ne faisait qu'ajouter à sa colère.

Elle recula d'un pas.

— Tu choisis une femme qui t'a trahi plutôt que moi ?

Richard commençait à perdre patience. La merveilleuse amante de la nuit passée, qui semblait le comprendre sans qu'il soit besoin d'échanger le moindre mot, tournait à la virago.

— Rosamund, ça suffit. Je ne te reconnais pas quand tu te comportes ainsi

— Je peux te retourner le compliment ! Je t'ai mal jugé. Tu n'es qu'un loup solitaire. Jack m'avait pourtant prévenue. Si je l'avais écouté, nous n'en serions pas là.

— Peut-être que tu aurais dû l'écouter, en effet, répliqua Richard d'un ton cinglant, avant de regretter aussitôt ses paroles. Rosamund ! s'écria-t-il en tendant la main pour se saisir de la jeune femme.

Mais elle s'écarta vivement, empoigna ses jupes et s'enfuit. Richard s'élança à sa poursuite, avant de finalement renoncer à la rattraper. Avec un grognement de frustration, il frappa du poing contre un tronc d'arbre.

Rosamund savait trouver son père et ses frères dans la bibliothèque. Tous trois fumaient un cigare en savourant un brandy.

— C'est vous qui lui avez monté la tête! s'écria-t-elle en pointant vers eux un index accusateur.

Les trois hommes échangèrent des regards contrits.

— Pas du tout, répondirent-ils en chœur.

— Vous avez intérêt à le faire changer rapidement d'avis, sinon je ne vous le pardonnerai jamais, lâcha-t-elle, avant de ressortir en claquant la porte.

Le duc souffla la fumée de son cigare.

— J'aimerais connaître la personne capable de faire changer d'avis Richard Maitland quand il a décidé quelque chose, observa-t-il. Pour ma part, je n'ai pas réussi à le dissuader d'épouser Rosamund, et je n'ai aucune envie de me lancer à nouveau dans un exercice voué à l'échec.

— Regrettez-vous ce mariage? voulut savoir Gaspard.

— Je regrette surtout qu'il ait été décidé dans la précipitation. Malheureusement, nous n'avions guère le choix.

— Quelle histoire, quand même! ironisa Julien. Il y a encore un mois, les journaux parlaient de Rosamund comme de la princesse idéale. Elle est passée du sublime au ridicule.

— Ridicule n'est certainement pas un mot que j'emploierais pour qualifier Richard Maitland, corrigea le duc. Obstiné, certainement. Orgueilleux, cela va de soi. Mais pas ridicule. C'est un homme courageux, qui ne renonce jamais. J'ai du respect pour lui.

Et, après un instant de réflexion, il enchaîna:

— Je pourrais m'arranger pour lui obtenir un titre. Quand il aura restauré son honneur, bien sûr. Le prince régent a toujours besoin d'argent. Il me vendra bien quelque chose. Baron Maitland, ça sonne bien, non?

— À votre place, je ne ferais pas cela, père, dit Gaspard.

— Et pourquoi pas ?

— Non seulement Maitland ne vous remerciera pas, mais il risque même de se vexer. Ce n'est pas le genre d'homme à prendre ce qu'il n'a pas mérité.

Le duc considéra son fils aîné un long moment.

— Tu l'aimes bien, n'est-ce pas ?

Gaspard s'esclaffa.

— Je n'irais pas jusque-là. Mais disons que j'ai appris à l'estimer. Au cœur d'une bataille, Maitland est le soldat que vous aimeriez avoir à votre côté. Avec Jack Harper de l'autre.

Comme son père hochait la tête sans répondre, il ajouta :

— Je pense qu'il est temps, maintenant.

Le duc jeta un regard à la pendule qui trônait sur la cheminée et soupira.

— En effet. Je suppose que mon beau-fils déteste attendre.

Gaspard se leva.

— Sois prudent, fit le duc.

— Ne vous inquiétez pas, père. Je le serai.

— Bonne chance, Gaspard, dit simplement son frère.

Après son départ, le duc poussa un long soupir.

— Si nous nous consolions avec un autre verre ?

Rosamund avait beau se tourner et se retourner dans son lit de jeune fille, le sommeil ne venait pas. Trois heures s'étaient écoulées depuis sa querelle avec Richard et elle voyait maintenant les choses différemment. Elle s'en voulait de s'être emportée, même si, sur le fond, elle jugeait qu'elle avait raison. Mais il était peut-être temps, à présent, de reprendre tout de zéro avec Richard, chacun gardant son calme, et de chercher un compromis.

Sauf que Richard ne connaissait pas la signification du mot « compromis ». Mais devait-elle lui en vouloir pour autant ? Il n'avait jamais cherché à se faire passer pour celui qu'il n'était pas. Au fond, c'était elle qui s'était fourvoyée. Elle aurait dû se douter qu'il voudrait laver son honneur avant toute chose.

Et puis, elle s'en était injustement prise à Lucy.

Tu choisis une femme qui t'a trahi plutôt que moi ?

Rosamund ne put retenir une grimace au souvenir de ses paroles. Comment avait-elle pu se montrer aussi odieuse ? « Pardonnez-moi, Lucy », dit-elle silencieusement.

En tout cas, cette querelle était absurde. Elle se retrouvait seule dans son lit, tandis que son mari dormait à quelques dizaines de mètres de là, dans sa petite chambre. Rosamund n'aurait jamais imaginé passer une telle nuit de noces – Richard non plus, probablement. Quel que soit leur différend, son mari – décidément, elle savourait ce mot – ne méritait pas cela.

Forte de cette conclusion, elle repoussa ses couvertures, se leva et commença à s'habiller. Dix minutes plus tard, elle sortait discrètement du château, pour rejoindre les écuries à pas de loup.

Aucune lumière ne brillait à la fenêtre de Richard. Rosamund en conclut qu'il s'était couché. Mais il ne devait pas plus dormir qu'elle.

Elle monta à l'étage et se dirigea droit à sa porte, qu'elle ouvrit sans prendre la peine de frapper.

— Richard ?

Pas de réponse. Rosamund sut tout de suite que ça n'était pas normal. Il faisait froid. Il n'y avait pas la moindre braise dans l'âtre, ce qui signifiait que le feu n'avait pas été allumé de la soirée. La jeune femme fit un pas à l'intérieur. Le lit était vide. Et fait. Rien dans la pièce ne laissait supposer qu'elle ait été occupée récemment. Rosamund se précipita vers la penderie et l'ouvrit. Vide aussi !

Le cœur battant à tout rompre, elle ressortit dans le couloir et courut jusqu'à la chambre de Jack. Le même silence glacé la saisit à la gorge lorsqu'elle poussa le battant. Elle revint sur ses pas, plus lentement cette fois, comme hébétée, et, pénétrant de nouveau dans la chambre de Richard, elle se laissa choir sur une chaise.

Il était parti sans même lui dire adieu ! Certes, elle ne lui avait pas laissé le loisir de s'expliquer, mais il aurait tout de même pu la rattraper, essayer de lui faire entendre raison…

« Je pars, tu restes », lui avait-il dit. Et c'était ce qu'il avait fait, ce gredin !

Il avait parlé d'aller à Londres, mais elle n'en savait pas plus. Elle n'avait aucune idée de l'endroit où le chercher. De toute évidence, il n'avait pas confiance en elle et ne pensait pas qu'elle pouvait l'aider à prouver son innocence. Pourtant, après tout ce qu'ils avaient traversé ensemble, il aurait dû savoir de quoi elle était capable.

Mais Rosamund refusa de se laisser abattre. Elle possédait une maison à Londres. Et même si elle n'en détenait pas encore les clés, elle pouvait toujours loger au Clarendon, jusqu'à ce qu'on les lui remette. Elle obligerait Richard à venir la trouver, et elle lui dirait ce qu'elle pensait de ses manières. Il n'était pas question qu'elle se laisse traiter comme une vulgaire potiche.

Elle retourna au château, les yeux secs et le dos droit.

22

George Withers ne s'attendait pas à recevoir la visite du major Digby et du capitaine Whorsley à son domicile. Il avait été convenu entre eux que leurs rencontres se feraient toujours en terrain neutre – un club de gentlemen, ou une réception. Withers ne voulait surtout pas qu'on pût se douter qu'il entretenait des contacts personnels avec les deux enquêteurs.

S'il s'efforça de se montrer accueillant avec ses visiteurs, Withers n'en était pas moins inquiet. Tout ce qui pouvait évoquer de près ou de loin Richard Maitland le rendait nerveux. Or, le major Digby était en charge de l'enquête le concernant. Withers l'avait approché en se faisant passer pour un honnête citoyen épris de justice, qui avait entendu certains bruits à propos de Maitland, comme, par exemple, l'endroit où il pouvait se cacher. Cela avait marché à merveille. Du moins, au début. En échange de l'adresse de Dunsmoor, Digby l'avait tenu au courant de la progression de l'enquête.

Mais depuis trois semaines, plus rien. L'enquête piétinait et Maitland demeurait introuvable.

— Asseyez-vous, asseyez-vous, dit-il à ses hôtes.

Pendant que Digby et Whorsley prenaient un siège, lui-même alla se planter devant la fenêtre pour vérifier qu'il n'y avait pas d'espion éventuel. C'était la fin de l'après-midi, l'heure d'affluence dans Bond Street.

— Personne ne nous a vus entrer, assura Digby, comme s'il avait deviné ses pensées. Nous sommes passés par-derrière.

Withers se retourna, un sourire plaqué sur les lèvres.

— Excellente initiative. Mais vous savez, major Digby, je commence à regretter de m'être investi dans cette affaire. Maitland a la réputation d'être rancunier. Et cruel. Son procès l'a montré. Je ne voudrais pas qu'un homme de cet acabit s'imagine que je suis son ennemi.

Digby secoua la tête.

— Ne vous inquiétez pas, monsieur Withers. Je n'ai pas pour habitude de trahir mes sources. Autrement, elles se tariraient vite.

C'était exactement ce que Withers souhaitait entendre. Il se tourna vers Whorsley, qui s'empressa d'approuver les paroles de son supérieur.

— Nous avons beaucoup d'informateurs, dit-il, mais leur identité reste strictement confidentielle.

— Désirez-vous boire quelque chose, messieurs ? Du café ? Un brandy ?

— Non, merci, répondit Digby.

Withers prit un siège.

— Dites-moi en quoi je puis vous aider, messieurs ?

Digby prit une profonde inspiration. Il semblait furieux.

— J'ai deux jours pour trouver Maitland. Si j'échoue, on me révoque.

— Mais c'est absurde ! s'exclama Withers, sincèrement choqué.

— Absurde peut-être, mais c'est ainsi. Le ministre de l'Intérieur en personne m'a convoqué tout à l'heure dans son bureau. Ils veulent des résultats, et vite.

Laissant éclater sa colère, il poursuivit :

— J'ai demandé l'autorisation de convoquer lady Rosamund et Jack Harper pour les interroger, mais on me l'a refusée ! Le duc de Romsey a l'oreille du Premier ministre. Si je veux questionner sa fille ou Harper, ça ne peut être qu'à Twickenham House, et en présence du duc.

— Vous pensez que lady Rosamund ou Jack Harper pourraient cacher quelque chose ?

Digby s'esclaffa.

— Maitland a réussi l'exploit de convaincre la fille de son innocence ! Je suis persuadé qu'elle en sait plus qu'elle ne veut bien l'avouer. Quant à Jack Harper, je m'interroge sur son double jeu. Il était le complice de Maitland, puis il l'a soi-disant trahi, pour empocher la récompense du duc et se placer sous sa protection. Mais je ne serais pas étonné qu'il soit, d'une manière ou d'une autre, resté fidèle à Maitland.

Withers, de son côté, était arrivé aux mêmes conclusions. Sauf qu'il ne voulait pas que lady Rosamund soit interrogée par la police.

— J'ai entendu dire qu'une des invitées de lady Rosamund avait été attaquée, l'autre soir. Cela pourrait-il être l'œuvre de Maitland ?

— Non, répondit Digby. La cible était le prince Michael. Le tireur était probablement un opposant à la dynastie des Kolnbourg.

Withers n'avait jamais eu beaucoup d'estime pour l'intelligence des policiers en général et ce n'était pas ce genre de réponse qui risquait de le faire changer d'avis. D'une certaine manière, c'était rassurant : ils n'avaient pas grande chance d'élucider quoi que ce soit.

— Et Hugh Templar ? demanda-t-il. Que sait-on à son sujet ?

Digby se tourna vers son adjoint.

— Whorsley ?

Le capitaine Whorsley s'éclaircit la voix.

— Templar et sa femme se sont retirés dans leur propriété de l'Oxfordshire. Nous les surveillons discrètement. Si Templar fait le moindre écart, nous le saurons immédiatement.

Withers hocha la tête. Il avait oublié la présence de Whorsley. C'était le genre de type à se fondre dans le décor. Personne ne faisait jamais attention à lui. Mais il en savait autant que le major. S'il décidait de se débarrasser de Digby, il lui faudrait inclure Whorsley dans son plan.

Il se tourna vers Digby.

— J'apprécie que vous me parliez de votre travail, major. Mais je ne vois pas ce que je viens faire dans tout cela.

Digby semblait ne pas avoir entendu. Il contemplait sa main.

— Je tenais Maitland dans le creux de ma paume, fit-il en refermant ses doigts comme une serre. Mais j'ai été pris de vitesse par Templar et Harper.

— Vous pensez qu'ils ont délibérément laissé filer Maitland ?

— J'en suis convaincu. Ils refusaient l'idée de livrer leur ancien compagnon d'armes. Ce qu'il me faut, maintenant, c'est un autre Dunsmoor.

Withers sentit une sueur froide lui couler le long de l'échine. L'instant qu'il redoutait était arrivé.

— Je n'ai plus le choix, reprit Digby. Il me faut absolument savoir qui vous a parlé de Dunsmoor.

Withers croisa les mains pour se donner une contenance.

— Je vous l'ai déjà expliqué, j'ai entendu cela au détour d'une conversation, dans mon club. Est-ce important ?

— Oui. Il me faut un nom.

— C'est que... murmura Withers, qui contempla un instant ses mains avant de lever les yeux sur Digby : Je ne voudrais pas causer d'ennuis à qui que ce soit.

Digby secoua la tête.

— N'ayez crainte, personne n'aura d'ennuis. Mais j'ai besoin de renseignements. Si votre ami connaissait l'existence de Dunsmoor, il sait peut-être d'autres choses. Le temps presse. N'oubliez pas qu'il ne me reste que deux jours pour coincer Maitland.

Withers haussa les épaules en signe d'impuissance.

— J'aimerais vous aider, mais je ne veux pas trahir mon ami. Je ne vous communiquerai son nom qu'avec sa permission.

Digby se redressa sur son siège.

— Maintenant, écoutez-moi bien, Withers ! Nous parlons de ma carrière. Si je n'arrête pas Maitland, on va m'envoyer garder les moutons dans un trou perdu. Alors fini les politesses. Je vous laisse jusqu'à ce soir. Vous connaissez mon adresse. Retrouvons-nous chez moi à 8 heures. Amenez votre ami, ou quoi que ce soit d'autre, mais ne venez pas les mains vides.

Withers sentit ses joues s'enflammer. Personne ne lui avait parlé sur ce ton depuis ses années de collège. Il se jura de faire payer son arrogance à Digby.

— Qui d'autre sera là ? s'enquit-il, s'obligeant à garder son calme.

— Uniquement Whorsley et moi. Vous pourrez rassurer votre ami. Personne ne connaîtra son identité.

Après avoir raccompagné ses visiteurs à la porte, Withers retourna dans son bureau, les lèvres pincées et la poitrine oppressée.

Rien ne se passait plus comme prévu. Il avait eu l'intention de quitter l'Angleterre aussitôt après l'exécution de Maitland et se reprochait maintenant de n'avoir pas suivi son plan d'origine. À l'heure qu'il était, il serait déjà en Amérique et personne n'aurait songé à remonter la piste jusqu'à lui. Il commençait à se sentir pris au piège.

Si Sébastien était là, il serait déçu de le voir perdre son calme. Cette pensée l'aida à se ressaisir. Il ne voulait pas décevoir Sébastien. Mais, lui aussi, lui posait problème. Il en savait trop, désormais.

Withers se laissa tomber dans un fauteuil. Le mieux était d'aborder les problèmes un par un. Leur solution apparaîtrait plus facilement. Lady Rosamund. Peter Dryden. Digby et Whorsley. Sébastien.

Déjà, il y voyait plus clair. Ce soir, à 8 heures, il irait au rendez-vous chez Digby. Il n'y aurait pas de témoins. Voilà donc un premier problème qui serait facile à résoudre.

Digby et Whorsley rentrèrent à pied de Bond Street à Piccadilly, où se trouvaient leurs bureaux.

— Vous croyez vraiment que c'est un ami qui lui a parlé de Dunsmoor? questionna Whorsley.

— Je ne vois pas d'autre explication, répliqua Digby. Withers n'a pas mis les pieds en Angleterre depuis des années.

— Bizarre, commenta Whorsley. Très bizarre.

— Qu'est-ce qu'il y a de bizarre? aboya Digby, à bout de nerfs.

— Que Withers ait entendu, comme par hasard, parler de Dunsmoor, alors que personne n'était au courant. J'en viens à me demander si le bonhomme n'en sait pas plus qu'il ne veut bien nous le dire.

Digby fronça les sourcils.

— Nous n'avons pas le temps de nous préoccuper de cela pour l'instant. Il ne nous reste que deux jours pour trouver Maitland. Et n'oubliez pas une chose, Whorsley: si on m'exile dans un trou de province, vous viendrez avec moi. Réglons d'abord le cas Maitland. Nous nous intéresserons à Withers ensuite.

Un peu plus tard, ce même jour, alors que le crépuscule tombait sur la ville, Richard et Gaspard commençaient une partie d'échecs en attendant le retour de Jack. Les deux hommes se tenaient dans le salon de la suite qu'ils avaient louée dans un hôtel proche de Covent Garden. Ils avaient passé leur première nuit à Londres dans un autre hôtel, mais Richard n'avait pas aimé la disposition des lieux. Il n'y avait pas de sortie de secours. En cas de danger, ils se retrouveraient pris au piège dans leurs chambres.

Gaspard se concentrait sur la partie, tandis que Richard avait l'esprit ailleurs. Il voulait parler.

— Répétez-moi ce que vous a dit l'aubergiste quand vous l'avez interrogé sur le meurtre de Lucy.

Gaspard leva les yeux vers lui, irrité.

— Vous ne voyez pas que je prépare mon prochain coup ? De toute façon, je vous ai déjà tout raconté.

— Gaspard, ce n'est qu'un jeu ! Je n'en reviens d'ailleurs pas que vous l'ayez apporté avec vous.

— C'est un échiquier de voyage. Il ne m'a pas quitté de toute la campagne d'Espagne, et je ne voyais pas de raison de le laisser derrière moi cette fois-ci.

Richard préféra ne pas discuter. Les soldats – ou les anciens soldats – avaient souvent de ces superstitions.

Gaspard déplaça sa reine pour venir épauler son cavalier. Il préparait l'attaque du roi de Richard.

— C'est à vous, Maitland, dit-il d'un air satisfait.

En trois coups, il pouvait gagner la partie.

— Racontez-moi d'abord.

Gaspard soupira, puis croisa les bras. Richard ne pouvant se montrer dans l'auberge où Lucy Rider avait été assassinée, ce dernier avait eu pour mission d'interroger le tenancier, ce dont il s'était acquitté un peu plus tôt dans l'après-midi. L'aubergiste n'avait pas vu malice à cela. Depuis le drame, son établissement était régulièrement fréquenté par des curieux, et il assumait avec fierté d'être devenu une sorte de célébrité.

— Pauvre Lucy… avait-il murmuré devant Gaspard en empochant la pièce d'or que celui-ci venait de lui donner. Que souhaitez-vous savoir, mon bon monsieur ?

L'aubergiste avait alors raconté son histoire, semblable en tout point à la déposition qu'il avait faite lors du procès. Sauf que cette fois, Gaspard avait une question inédite à lui poser : Qui arriva en premier sur la scène du crime, après le coup de feu ?

— M. Frank Smith et son fils, avait expliqué l'aubergiste, précisant qu'il avait très vite demandé au jeune garçon de quitter les lieux, car ce n'était pas un spectacle pour un gamin de son âge.

Gaspard avait ensuite voulu savoir s'il y avait du sang sur les vêtements du garçon. D'après l'aubergiste, il était difficile, pour quiconque s'était approché du lit, de ne pas se retrouver avec du sang sur soi. Oui, les vêtements du gamin étaient tachés, mais il n'y avait pas prêté une attention particulière. Il lui avait demandé de sortir et son père l'avait suivi.

Gaspard avait appris, pour terminer, que M. Frank était un client régulier de l'auberge depuis un mois lorsque le drame s'était produit. Ce soir-là, c'était la première fois que son fils l'accompagnait. Mais depuis le meurtre, ni l'un ni l'autre n'avaient réapparu, et l'aubergiste ignorait où ils se trouvaient désormais.

— Tout cela m'apparaît comme parfaitement logique, conclut Richard, après avoir de nouveau entendu ce récit. Pourquoi personne n'a vu les deux assassins s'enfuir ? Parce qu'ils ne se sont pas enfuis. Ils sont restés dans l'auberge, se sont précipités dans la chambre de Lucy dès que l'alerte a été donnée, puis ils sont retournés tranquillement dans leur chambre quand l'aubergiste a voulu éloigner le gamin. Le lendemain, ils avaient disparu.

— Hum, fit Gaspard. Ça se tient, en effet. Mais ne prenaient-ils pas un gros risque ? Si vous n'aviez pas perdu conscience au moment de l'arrivée des premiers témoins, vous auriez pu les reconnaître.

— C'est exact. Mais, visiblement, nous avons affaire à quelqu'un qui aime prendre des risques.

— Et vous pensez qu'il s'est passé la même chose à Twickenham House ? Le tireur se serait ensuite fondu dans la foule des invités ?

— C'est mon avis, en effet. Mais j'attends, pour en avoir le cœur net, d'avoir interrogé Mlle Dryden.

Tout en parlant, Richard avait gardé les yeux rivés sur l'échiquier. Il déplaça judicieusement son cavalier, anéantissant d'un seul coup toute la stratégie de Gaspard.

— Bon sang! s'exclama celui-ci. Je n'avais pas vu venir ce coup! Où avez-vous appris à jouer aux échecs?

Richard sourit. Ce n'était pas si souvent qu'il se sentait supérieur à son beau-frère.

— En Espagne. Mon professeur était l'officier chargé d'envoyer et de recevoir nos messages codés. Il était très fort. Personne ne pouvait le battre. Et il m'a…

Richard s'interrompit en entendant frapper à la porte.

— Ce doit être Jack, dit Gaspard.

Richard alla ouvrir, son pistolet à la main. C'était bien Jack, mais un Jack méconnaissable. Il portait une livrée écarlate, avec des gants blancs et une perruque tout aussi immaculée.

— Des messages? demanda Richard.

— Un seul.

Jack lui tendit la lettre qu'il avait prise au club de Gaspard, à Saint-James. C'était leur façon de rester en contact avec Twickenham House, au cas où il se passerait quelque chose là-bas.

Richard l'ouvrit et la parcourut du regard.

— La dernière fois qu'on a lu mon courrier, j'étais étudiant à Eton, commenta Gaspard d'un ton laconique.

— Quoi? fit Richard, absorbé par sa lecture.

— La lettre. C'était mon nom qui était écrit sur l'enveloppe.

Richard haussa les épaules comme s'il s'agissait d'un détail sans importance.

— C'est de Julien, annonça-t-il. Il vient d'arriver en ville. Il s'est installé au Clarendon.

Se tournant vers Gaspard, il ajouta:

— Rosamund est avec lui.

Gaspard s'approcha, lui prit la lettre des mains et finit de la lire.

— Elle est venue aménager sa maison, expliqua-t-il.

Richard fronça les sourcils.

— Quelle maison ?

— Vous n'êtes pas au courant ? Rosamund a loué une maison à Bloomsbury. C'était juste avant de vous épouser.

Richard hocha la tête.

— Oui, je me souviens. Turner, le régisseur, m'en avait parlé. Mais ça m'était sorti de l'esprit.

— C'est parfait. Pendant qu'elle s'occupera de décorer sa maison, elle ne nous gênera pas. Et Julien veillera à sa sécurité.

Richard fit un effort pour se détendre.

— Vous avez sans doute raison. Mais j'aurais préféré la savoir à Twickenham House. Je n'aime pas l'idée qu'elle soit en ville.

— Pourquoi ?

— Elle pourrait se mêler de notre enquête. Ou s'exposer inutilement au danger. Je crois que je vais être obligé de rendre une petite visite à mon épouse récalcitrante, histoire de découvrir ce qu'elle a exactement en tête.

Gaspard éclata de rire, mais Richard était loin de partager sa bonne humeur. Ce n'était pas à un jeu qu'ils se livraient. Dans une heure, à la nuit tombée, Richard avait prévu de se rendre chez Digby, pour avoir une longue conversation avec lui. Les choses commençaient à bouger, et il n'avait aucune envie que Rosamund surgisse dans le tableau.

Tout à coup, Jack lâcha un juron.

— Que se passe-t-il ? demanda Gaspard.

Jack leur montra sa main gauche. En voulant se servir un verre de madère, il avait taché son gant.

— Je n'ai que cette paire, expliqua-t-il. Je vais être obligé de les laver immédiatement, sinon on saura tout de suite que je suis un imposteur. Un authentique serviteur ne porte jamais de gants tachés.

Tandis que Jack nettoyait son gant, Gaspard et Richard partirent chez Digby. Richard était reconnaissant à son beau-frère de l'aide qu'il lui apportait, et il le lui dit; cependant, il insista pour rencontrer Digby seul, rappelant à Gaspard que si les choses tournaient mal, il risquait d'être envoyé au bagne pour complicité avec un hors-la-loi.

Quand leur fiacre arriva en vue de la maison de Digby, ils constatèrent que plusieurs policiers montaient la garde devant la porte. Ce qui leur parut bien sûr étrange. Richard, qui craignait qu'on ne le reconnaisse, resta dans le fiacre, tandis que Gaspard allait aux nouvelles. Il revint deux minutes plus tard, visiblement secoué.

— Digby a été tué, annonça-t-il en remontant dans la voiture. Égorgé. Whorsley, lui, a reçu une balle dans la tête. Mais ce n'est pas tout. On a retrouvé le cadavre d'un adolescent dans le jardin. Égorgé également. Les policiers ne savent pas qui c'est.

En même temps qu'il enregistrait ces informations, Richard réfléchissait à toute vitesse.

— Que faisons-nous, maintenant? demanda Gaspard.

— Nous allons chercher Rosamund.

— Combien de fois faudra-t-il que je te le répète? s'impatienta Rosamund. Je ne retournerai pas à Twickenham House. Point final.

Ils étaient attablés tous les cinq, pour souper, dans la suite que Richard, Jack et Gaspard partageaient, Julien et Rosamund s'étant joints à leur groupe. Richard n'avait d'yeux que pour Rosamund, et réciproquement. Les autres faisaient semblant de s'intéresser à leur assiette.

— Je déteste les choux de Bruxelles, se plaignit Julien, histoire de briser le silence qui s'était installé.

— Essaie la salade, lui suggéra son frère. Elle est délicieuse.

— Digby et Whorsley ont été assassinés, reprit Richard d'un ton patient. Je suis convaincu que leur meurtrier est aussi celui de Lucy Rider. Quant au gamin, je suis prêt à parier que c'était son complice. Ils ont dû se quereller, ou il a dû juger que le garçon lui était désormais inutile. Quoi qu'il en soit, ça te donne une idée de la personne que nous avons à affronter.

— Je comprends, concéda Rosamund. Mais je n'ai rien à voir dans tout cela. Je ne cours donc aucun danger.

La jeune femme s'étonnait elle-même de demeurer aussi calme, alors qu'elle avait les nerfs à vif. Elle n'était pas près d'oublier sa frayeur quand Richard et Gaspard avaient surgi dans sa chambre du Clarendon. Elle avait cru à deux cambrioleurs, et aurait sans doute crié si Richard ne s'était jeté sur elle pour la bâillonner de sa main. Elle avait de nouveau eu peur en apprenant la mort des deux officiers et du jeune garçon. Pas peur pour elle-même, mais pour Richard. Après Digby et Whorsley, elle était convaincue que l'assassin s'en prendrait à lui.

Elle savait à coup sûr que si elle rentrait à Twicken-ham House, elle ne connaîtrait pas un instant de repos. Elle n'avait pas demandé à venir ici, mais maintenant qu'elle y était, elle entendait bien y rester, que cela lui plaise ou non.

— Je suis en danger, et tous ceux qui sont liés à moi le sont aussi, déclara Richard. Tu ne peux demeurer ici.

Elle reposa sa fourchette.

— Parce que tu crois que Twickenham House est plus sûr que cet hôtel ? As-tu oublié ce qui est arrivé à Prudence ?

Gaspard soupira.

— Tout ceci est très intéressant, mais certains d'entre nous aimeraient terminer leur dîner en paix.

Que diriez-vous d'aller poursuivre votre dispute ailleurs?

Richard se leva de table, attrapa le poignet de Rosamund et l'entraîna dans sa chambre.

Julien était médusé.

— Si c'est déjà comme ça deux jours après leur mariage, chuchota-t-il, qu'est-ce que ce sera dans un an ou deux?

— Je mettrais ma main au feu que d'ici un quart d'heure, ils seront en train de roucouler comme deux tourterelles.

Julien paraissait sceptique.

— Qu'est-ce que vous en savez, Harper, vous qui êtes toujours célibataire?

— Oh, mais j'ai eu mon lot de femmes! protesta Jack, indigné. Sans passer devant le prêtre, je vous le concède, mais pour le reste, c'est pareil. Quelqu'un veut du pain?

La chambre de Richard était sommairement meublée: un lit, une table, une armoire, un fauteuil. Les rideaux n'étaient pas tirés et laissaient pénétrer la lumière que dispensaient les lanternes de la cour. Le feu n'avait pas été allumé.

Richard claqua la porte, s'adossa au battant et attira la jeune femme contre lui.

— Rosamund... murmura-t-il d'un ton à la fois implorant et exaspéré.

Elle avait les larmes aux yeux.

— Je suis désolée pour cette dispute idiote, Richard. C'est toi qui as raison, bien sûr. Essaie juste de comprendre que s'il t'arrivait quelque chose, je ne m'en remettrais pas. Mais je ne veux pas qu'il y ait des mots entre nous. La vie est trop courte pour la gâcher en vaines querelles.

Tous les arguments que Richard avait préparés pour faire entendre raison à la jeune femme se volatilisèrent. Il marmonna quelques paroles inintelligibles, avant de s'emparer sauvagement de ses lèvres. Il l'étreignait avec force, comme s'il voulait se fondre en elle.

Au milieu de toute cette débauche de sang, de crimes et d'abominations, Rosamund était comme les sources pures qui jaillissent des collines d'Écosse. Quand il s'immergeait en elle, Richard se sentait lavé de toute la saleté du monde.

Collés l'un à l'autre, ils firent les quelques pas qui les séparaient du lit et s'y laissèrent choir. Richard s'appuya sur un coude pour contempler son épouse. Il la trouvait belle à couper le souffle, avec sa sombre chevelure déployée sur l'oreiller telle une auréole. Et pas seulement belle. Courageuse aussi, et généreuse. Il savait qu'il ne la méritait pas, mais il n'aurait pu y renoncer pour tout l'or du monde.

À l'instant où elle lui caressa le dos, son désir se raviva. Il lui embrassa la gorge, et son pouls s'accéléra quand il la sentit se cambrer sous lui. Sa peau était douce, si douce, et son parfum si entêtant. Cette femme avait le don de lui faire perdre la raison. Il ne s'aperçut qu'elle avait déboutonné sa chemise que lorsqu'il sentit ses mains sur sa peau nue.

Il s'écarta d'elle, le souffle court. Il l'avait amenée ici dans un but bien précis : parler. Mais Rosamund n'en avait pas fini avec lui. Elle s'attaqua à son pantalon, puis tira sur ses jupes.

— Tu ne me feras pas changer d'idée, murmura-t-il farouchement.

Elle le regarda, sidérée.

— Parce que… parce que tu penses que j'essayais de te séduire pour t'influencer ?

Elle voulut le repousser, mais Richard ne bougea pas.

— Excuse-moi. Je suis maladroit. Tout le monde le sait.

Il effleura tendrement ses lèvres des siennes.

— Tu aurais dû épouser quelqu'un d'autre, quelqu'un qui s'y connaît mieux en femmes que moi. Je suis un cas désespéré.

Les mêmes mains qui essayaient un instant plus tôt de le repousser lui étreignaient maintenant les épaules.

— Ne parle pas ainsi ! Tu es l'homme le plus merveilleux que je connaisse.

— Ce que je sais, en tout cas, c'est que tu me rends fou, fit-il d'une voix sourde.

Sans attendre, il retroussa ses jupes, lui écarta les cuisses et, les yeux rivés sur elle, la pénétra doucement.

— Ah, Rosamund... lâcha-t-il dans un souffle tandis qu'elle venait à sa rencontre.

Il s'obligea à la lenteur, les amenant tous deux au bord de la jouissance, sans pourtant y succomber. Puis, lorsque cela devint presque intolérable, lorsqu'il la sentit haleter et trembler sous lui, Richard plongea en elle sans retenue, accélérant le rythme jusqu'à ce que leur jouissance explose à l'unisson, dans un même cri de glorieuse délivrance.

Le lit était si étroit que Richard fut obligé de rester à demi allongé sur la jeune femme.

— Tout bien considéré, ça valait le coup de nous disputer, déclara-t-il.

Rosamund allait répondre, quand ils entendirent un éclat de rire provenant du salon. Elle soupira.

— Nous devrions peut-être rejoindre les autres.

— Non, répliqua Richard en déposant un baiser sur les lèvres de son épouse. Je ne sais pas de quoi demain sera fait. Et je ne veux même pas en parler, ni y penser. Je ne veux qu'une chose : un peu de temps pour que nous profitions l'un de l'autre.

— Moi aussi, approuva Rosamund avec ferveur.

Il sauta du lit et remit de l'ordre dans sa tenue.

— Veux-tu allumer le feu ?

— S'il y a de l'amadou.

— Sur le manteau de la cheminée.

— Où vas-tu ?

— Chercher du vin et des verres. Nous allons fêter notre nuit de noces – avec un peu de retard, mais c'est quand même notre nuit de noces.

Dès qu'il entra dans le salon, les conversations s'interrompirent.

— Rosamund et moi n'avons pas terminé de nous expliquer, dit-il.

Pas de réponse. Mais trois paires d'yeux le suivirent jusqu'à la table à liqueurs, où il s'empara d'une bouteille de madère et de deux verres, avant de retourner s'enfermer dans la chambre.

Dès qu'il eut disparu, Jack fit un clin d'œil à Julien.

— Qu'est-ce que je vous avais dit ?

23

Finalement, Julien retourna seul à Twickenham. Il avait pour tâche d'instruire le duc du meurtre des deux officiers et de le tenir au courant des derniers développements, notamment concernant Rosamund. Richard avait renoncé à la convaincre de suivre son frère, mais il lui avait clairement expliqué qu'il ne la tolérerait à Londres qu'à condition qu'elle ne se mêle pas de leur enquête. Au moindre problème, il se chargerait lui-même de la réexpédier chez son père.

Du reste, la jeune femme n'était plus tout à fait libre de ses mouvements. Jack avait pour mission de l'accompagner partout où elle irait.

— Je ne cours aucun danger, plaida-t-elle tout de même, le lendemain matin. Comme je te l'ai déjà expliqué, j'ai rendez-vous avec Callie. Nous avons prévu de faire quelques achats pour la maison. Mais si ça doit te rassurer je peux lui envoyer un mot pour annuler notre sortie.

Richard soupira. Il ne pouvait tout de même pas garder son épouse sous clé. Et une expédition dans les magasins avec Callie semblait en effet parfaitement inoffensive.

— Bon, c'est d'accord, vas-y. Mais Jack te suivra de toute façon. Et tiens-toi sur tes gardes. Ne dis surtout rien à qui que ce soit qui pourrait laisser penser que tu sais où je me trouve.

Tout de suite après cette conversation, Richard et Gaspard partirent pour la paroisse Saint-Mark, dont

Peter Dryden était le vicaire. Ils espéraient interroger à la fois Prudence et son frère. Pendant ce temps, Jack entreprit de nettoyer ses pistolets. Comme il était encore trop tôt pour rejoindre Callie, Rosamund s'occupa en faisant du rangement.

Tombant sur l'échiquier de son frère, elle laissa son esprit divaguer à propos de ce jeu qui suivait Gaspard depuis tant d'années. «Si ces pions pouvaient parler, ils auraient sans doute beaucoup à raconter», songea-t-elle. Puis ses pensées se tournèrent vers les échecs en général. Rosamund ne voulait pas être un pion. Si Richard était le roi, elle était sa reine. Et la reine était là pour défendre son roi. Même si elle ne connaissait pas la stratégie du roi adverse, elle possédait assez d'éléments pour tenter d'y voir plus clair. Des éléments qui, apparemment, n'étaient pas reliés entre eux, mais qui, telles les pièces d'un puzzle, finiraient par s'imbriquer logiquement.

Elle essaya d'imaginer les gestes de Richard dans l'auberge, le soir où Lucy avait été tuée. Puis l'enchaînement des événements qui l'avaient conduit à Newgate. Newgate! Depuis le début, quelque chose la chiffonnait. Elle se concentra, pour se remémorer les circonstances exactes de leur visite à la prison et la position de chacun dans la cour. Et tout à coup, elle eut l'intuition d'avoir trouvé une piste. Avant le coup de feu tiré contre Richard, tous les gardes semblaient parfaitement calmes. Ils étaient uniquement occupés à regrouper les prisonniers et les visiteurs dans un coin de la cour.

— Jack?

— Oui, lady Rosamund?

— Qui a tiré ce coup de feu? Je veux dire, quand nous étions tous dans la cour de Newgate, le jour de l'évasion de Richard?

— Un garde qui aura paniqué, je suppose.

— La panique n'est survenue qu'*après* le coup de feu. Avant, tous les gardes nous tournaient le dos.

Jack se gratta le menton.

— Je ne vois pas qui d'autre qu'un garde aurait pu tirer.

— Vous avez sans doute raison, mais…

— Mais quoi?

Rosamund trouvait que ça n'allait pas. Richard, se souvenait-elle, l'avait accusée d'avoir fait un signe à un complice en jetant son réticule. À tort, bien sûr. En revanche, autre chose lui revenait en mémoire, à présent. Charles Tracey s'était retrouvé séparé d'eux. Quand elle s'était relevée, elle l'avait vu à l'autre bout de la cour, les bras en l'air.

— Alors? s'impatienta Jack. Qui, à votre avis, a pu tirer ce coup de feu?

— Pour l'instant, je ne le sais toujours pas. Mais je crois que je ne vais pas tarder à le découvrir.

Jack ne semblait pas très impressionné.

— Et comment allez-vous vous y prendre? demanda-t-il d'une voix où perçait son scepticisme.

— Nous allons retourner à Newgate et interroger le directeur, M. Proudie. Peut-être pourra-t-il nous aider.

Jack avait l'impression d'être tombé sur la tête. Il s'était juré de ne jamais remettre les pieds à Newgate, et voilà qu'il attendait sagement devant le bureau du directeur que lady Rosamund ait fini de s'entretenir avec celui-ci.

Certes, Jack savait qu'il n'avait rien à craindre des gardes ou de M. Proudie, même s'ils le reconnaissaient. Après tout, il avait été lavé de tous soupçons dans l'évasion de Richard Maitland. Mais, n'empêche, l'endroit le mettait mal à l'aise. Il faut dire que Newgate avait de quoi faire frissonner même les innocents.

Bien sûr, il avait essayé de détourner lady Rosamund de son projet, sans succès. Elle était résolue à découvrir qui avait pu tirer ce fameux coup de feu. Et

Jack n'avait jamais su résister à une jolie femme. C'était son point faible. Mais à présent, il redoutait un peu la réaction de Richard quand il apprendrait leur expédition.

La porte s'ouvrit et Rosamund sortit, suivie du directeur.

— Soyez assuré, monsieur Proudie, que mon père entendra parler de tout ceci. Votre conduite fut irréprochable et j'ai bien l'intention de le lui dire.

— Vous pensez que Sa Grâce pourrait dire un mot en ma faveur au gouverneur ?

— J'en suis persuadée, répliqua la jeune femme, qui se tourna ensuite vers Jack : Allons, venez, euh… James.

Dès qu'ils se retrouvèrent dans la rue, Jack inspira à pleins poumons. L'air de Londres n'était pas le plus pur qui soit, mais il lui parut doux et frais comparé à celui de Newgate.

— Qu'est-ce qui vous a retenue si longtemps ? demanda-t-il, tandis qu'ils traversaient la chaussée pour rejoindre le fiacre qui les attendait.

— M. Proudie, expliqua Rosamund. Le pauvre homme craint d'être révoqué pour avoir laissé échapper Richard de Newgate. Je lui ai promis de parler en sa faveur à mon père.

— Et vous le ferez ?

— Quand je promets, je promets.

Harper sourit. C'était une des qualités qu'il appréciait le plus chez Rosamund. Elle tenait parole.

La jeune femme attendit qu'ils soient dans le fiacre qui devait les conduire chez Callie pour lui raconter son entretien. Elle semblait très excitée et parlait avec volubilité.

— Proudie pense que c'est vous ou Richard qui avez tiré ce coup de feu. Bien entendu, je n'ai pas pu le détromper, alors je lui ai demandé d'où lui venait cette certitude. Il se trouve que chaque fois qu'un coup de feu est tiré dans la prison, il lui faut faire un rapport.

Et les armes des gardiens sont vérifiées. Or aucun pistolet n'appartenant à un gardien n'a été utilisé ce jour-là. Donc, le tireur n'était pas parmi eux. Vous voyez ce que cela signifie ?

— Tout à fait, acquiesça Jack. Il ne reste plus que cinq personnes susceptibles d'avoir tiré. Ça ne peut être ni vous, ni moi, ni Richard. Ce qui ne laisse donc plus que deux suspects : Mme Tracey, ou son beau-frère.

— Charles Tracey, confirma Rosamund, les yeux brillants d'excitation.

— Ne tirez pas de conclusions trop hâtives. Les choses ne sont pas forcément aussi simples qu'elles le paraissent.

— Je suis certaine que c'est lui.

— Et pourquoi pas Mme Tracey ? suggéra Jack, qui se demandait bien où tout cela pouvait les conduire.

La jeune femme secoua la tête.

— Callie n'aurait pu tirer sur Richard. Elle était convaincue de son innocence. Et puis, je me trouvais entre elle et Richard. C'est moi qu'elle aurait atteinte, même en visant Richard. En revanche, Charles était bien placé.

— Mais qu'a-t-il fait de son arme, ensuite ?

— Je n'en sais rien. Mais après le coup de feu, tout le monde s'est affolé. Profitant de la confusion, il se sera dépêché de la glisser dans sa poche.

Jack n'était toujours pas convaincu.

— Pourquoi se donner cette peine ? Il aurait pu se vanter d'avoir tué Richard. Il serait devenu un héros. Il n'avait aucun besoin de cacher son geste.

— J'y ai pensé, confessa Rosamund qui, toute à son désir de convaincre Jack, lui étreignit le bras. Il ne voulait peut-être pas qu'on lui pose trop de questions. Charles a sans doute un lien avec Richard que nous ignorons. De toute façon, rien n'est clair à son sujet. L'an dernier, son frère James est mort bizarrement. C'était un buveur modéré, et cependant, il s'est étouffé avec son vomi après avoir vidé une bouteille de brandy. Il était seul, on l'a trouvé trop tard. Cependant, sa mort était inattendue. Tante Franie avait trouvé son décès suspect. C'est une vieille dame et je n'ai pas beaucoup prêté attention à ses paroles, à l'époque. Mais devinez qui a le plus profité de l'héritage ?

— Charles Tracey.

Rosamund hocha la tête.

— Exactement. Callie a eu sa part en tant que veuve, mais rien de plus. Et il y a autre chose. Charles est amoureux de Callie. C'est sans espoir, bien sûr, il ne peut pas épouser la femme de son frère. Sauf s'il supprime celui-ci ! Mais ça n'a pas marché. Callie apprécie sa dévotion à son égard, mais à part ça, je crois qu'elle le méprise.

— Bon, admettons, lâcha Jack. Mais quel rapport avec Richard ?

— Je ne sais pas encore. Peut-être qu'avant de mourir, James Tracey aura dit quelque chose à Richard, qu'il connaissait, et que Charles Tracey a eu peur d'être découvert. Je me trompe peut-être, mais de toute façon, il y a quelque chose. Si Charles a essayé de tuer Richard, à Newgate, il doit y avoir une raison. J'espère que Callie pourra nous éclairer. Ou tante Franie.

Jack ouvrit des yeux ronds.

— Vous n'allez quand même pas arriver chez eux et insinuer que Tracey est un assassin !

— Vous me prenez pour une idiote ? Je serai très discrète.

Jack devait au moins reconnaître que la jeune femme avait marqué un point. Si aucun gardien n'avait tiré de coup de feu dans la prison, qui d'autre avait pu le faire, sinon Charles Tracey ? Et pourquoi s'en était-il caché ?

— Vous me promettez d'être prudente ?

— Je vous donne ma parole.

— Au moindre problème...

— Je crierai pour vous appeler. Mais rien n'arrivera, Jack. Soyez sans crainte. Si Charles est là, je resterai muette sur le sujet. Et puis, si je ne m'en mêle pas, nous n'avancerons jamais. N'oubliez pas que, pour l'instant, Richard ne peut se montrer chez Callie. Qu'il le veuille ou non, il a besoin de ses amis.

Après cette petite tirade, Jack ne vit plus l'utilité de discuter. Non seulement il n'avait jamais su résister à une jolie femme, mais en plus, certaines ne manquaient pas de bon sens.

Le bureau de Peter Dryden était aussi en désordre que la tenue de son propriétaire. Des piles de livres envahissaient l'espace et des papiers traînaient dans tous les coins. Mais Dryden ne semblait pas s'en formaliser. Quant à sa toilette, son col était chiffonné et aucun des boutons de sa veste n'était en face de la bonne boutonnière. Richard avait l'impression de retrouver l'étudiant qu'il avait connu quinze ans plus tôt. La tête dans les nuages, un livre à portée de main et se souciant comme d'une guigne de son apparence. Pour le reste, les années avaient passé, bien sûr, et les deux anciens amis avaient eu du mal à se reconnaître.

— J'ai cessé de correspondre avec le cousin de Frank Stapleton lorsque je suis parti à Liverpool pour devenir aumônier de la prison, expliquait Dryden. La vie est ainsi faite. J'avais déménagé. Lui aussi. Et nous nous sommes perdus de vue.

Ils attendaient le retour de Prudence, partie se promener avec la femme de Peter et leurs trois enfants. Richard ne pouvait s'empêcher de penser que Dryden avait de la chance. Il ne roulait pas sur l'or, mais il possédait d'autres richesses bien plus essentielles.

Il ignorait quel accueil on lui réserverait, lorsqu'il avait frappé, un peu plus tôt, à la porte du vicaire sans s'être fait annoncer. Dryden aurait pu le menacer d'aller le dénoncer aux autorités. Ou lui claquer la porte au nez. Mais il avait eu tort de s'inquiéter. Prudence n'avait pas exagéré: son frère était clairement acquis à sa cause. Aussi, la glace avait-elle été rompue tout de suite. Richard, se sentant en confiance, avait exposé ses soupçons sur un possible lien entre ce qui s'était passé quinze ans plus tôt à Cambridge et le meurtre de Lucy Rider. Peter Dryden avait ensuite raconté tout ce qu'il savait sur Frank Stapleton.

— Un autre sherry? demanda Dryden, tirant Richard de ses pensées.

Richard déclina l'offre, mais Gaspard, qui se tenait devant la fenêtre, tendit son verre.

Quand Dryden se fut rassis, Richard lui demanda:

— Tu n'as jamais écrit directement à Frank Stapleton?

— Non. Même à Cambridge, je le fréquentais très peu. J'étais ami avec son cousin, George. Mais j'étais curieux de savoir ce que devenait Frank.

Pendant que Peter et Gaspard savouraient leur sherry, Richard récapitula mentalement ce qu'il venait d'apprendre. Frank Stapleton avait quitté Cambridge tout de suite après «l'affaire», et quelque temps plus tard, il avait été pris sous l'aile compatissante d'un cousin plus âgé, George Withers, qui avait réussi au Canada dans le commerce des fourrures. Frank avait suivi son exemple et avait lui aussi réussi dans cette branche, mais c'était surtout parce qu'il avait épousé, trois ans après son arrivée, la fille d'un des plus riches fourreurs du pays. Puis il y avait eu un drame. La femme de Frank et le père de celle-ci étaient morts dans un accident de bateau et Frank avait empoché l'héritage. Ce n'était pas le premier accident tragique qui affectait Frank. Son propre père était mort dans l'incendie de leur maison peu de temps avant que Frank n'embarque pour le Canada. Quelqu'un avait sans doute trouvé que cela faisait beaucoup «d'accidents». En tout cas, Frank Stapleton avait eu à son tour la bonne idée de disparaître dans un incendie.

— Qui hérita de ses biens ? voulut savoir Richard.

— George, je suppose, répondit Dryden. Il ne m'en a jamais parlé, mais je savais que Frank n'avait pas d'autres parents que lui. C'était d'ailleurs pour cela que George s'était senti obligé de l'accueillir après la mort de son père. Il pensait que le Canada lui ferait du bien.

— Ce fut le cas ?

Peter réfléchit un instant.

— Eh bien, Frank a réussi, certes. George n'en parlait pas beaucoup, mais je devinais à travers ses lettres qu'il le décevait. George était quelqu'un de travailleur et d'intègre. Je l'ai connu parce que mon père lui enseignait le latin et le grec. Mais sa famille n'avait pas assez d'argent pour l'envoyer à l'université. C'est ainsi qu'il est parti au Canada, pour tenter d'y faire fortune.

Richard hocha la tête. Tout s'imbriquait. George Withers avait fini par nourrir des soupçons sur son cousin et Frank avait décidé de s'en débarrasser et de prendre sa place. Cela lui avait permis de récupérer l'argent de George tout en héritant de sa propre fortune.

— Quand as-tu reçu des nouvelles de ton ami pour la dernière fois ?

— George m'a écrit pour m'annoncer la mort de Frank. C'était à peu près à l'époque où je devais partir pour Liverpool, il y a tout juste dix ans. Il semblait très affecté. Il m'avait expliqué qu'il resterait jusqu'aux obsèques, et qu'ensuite, il irait vivre plus au sud, en Amérique. La rigueur des hivers canadiens commençait à lui peser.

Dryden but une nouvelle gorgée de sherry, avant de reprendre :

— Il ne m'a plus jamais donné de nouvelles. Mais voilà que j'ai appris qu'il était à Londres en ce moment ! Par la plus étrange des coïncidences, Prudence l'a rencontré chez Mme Tracey, il y a trois ou quatre jours de cela. Il a expliqué qu'il était en Angleterre pour affaires et qu'il devait retourner bientôt en Amérique. Le plus bizarre, c'est qu'il semble ne plus me connaître. J'ai dû lui écrire quelque chose qui ne lui aura pas plu dans ma dernière lettre. Il est vrai que je ne me montrais pas toujours très charitable envers Frank.

— Lady Rosamund était là ?

— Bien sûr. Prudence ne se serait pas rendue seule chez Mme Tracey. Il y avait aussi un officier, que ma sœur n'a pas beaucoup apprécié. Le major Digby, je crois.

À ce nom, Richard sursauta et Gaspard se détourna un instant de la fenêtre. Les deux hommes échangèrent un regard, puis Richard reporta son attention sur le vicaire.

— Écoute-moi bien, Peter. C'est très important. Le major Digby a été assassiné hier soir. Ainsi qu'un de ses collègues. Lucy Rider a été assassinée. Et quelqu'un a tiré sur ta sœur. Je pense que tous ces événements ont un rapport avec George Withers.

Richard comprit qu'il s'était montré un peu abrupt en voyant Dryden devenir pâle comme un linge.

— Pardonne-moi d'être si direct, reprit-il d'un ton plus modéré, mais je pense que tu es en danger. Le plus sage serait de partir quelques jours à la campagne et d'emmener ta femme et tes enfants. Ne dites à personne où vous allez et ne revenez pas tant que vous n'aurez pas lu dans les journaux que George Withers a été arrêté pour meurtre.

Au choc succéda la perplexité.

— Tu ne peux quand même pas accuser George de tous ces meurtres ! protesta Dryden. C'est impossible. Si tu le connaissais, tu comprendrais à quel point une telle hypothèse est absurde.

Richard se leva.

— Je ne pense pas que George Withers ait tué qui que ce soit. Je crois plutôt que ton ami est mort il y a dix ans, dans cet incendie, et que Frank Stapleton s'est approprié son identité et sa fortune. Et qu'il est revenu en Angleterre pour se venger de moi.

Peter Dryden n'était pas encore convaincu.

— Mais que fais-tu de sa dernière lettre ? George m'écrivait qu'il attendait les funérailles de son cousin.

— Cette lettre était un faux.

— Alors pourquoi me l'avoir envoyée ?

— Pour que tu ne nourrisses aucun soupçon, évidemment. Si George avait disparu sans te donner de nouvelles, tu aurais sans doute cherché à retrouver sa trace par tous les moyens, n'est-ce pas ? Or, Frank ne voulait surtout pas que la police s'intéresse à lui de trop près.

— Mais, insista Dryden, revenir en Angleterre sous l'identité de George Withers, c'est de la folie ! Et si quelqu'un le reconnaissait ?

— Nous ne nous sommes pas reconnus, toi et moi, n'est-ce pas ? N'oublie pas que plus de quinze ans se sont écoulés. Et je suis prêt à parier que Frank aura pris toutes les précautions nécessaires pour qu'on ne le reconnaisse pas. Du moins physiquement. Mais il y a d'autres façons de reconnaître quelqu'un. Un passé commun, des souvenirs. Tu es sans doute la dernière personne au monde qu'il souhaite voir. Parce que tu représentes un danger potentiel à ses yeux.

— Voilà Mlle Dryden ! annonça Gaspard, qui n'avait pas quitté la fenêtre.

Richard s'approcha. C'était bien Prudence, mais de loin, décidément, on aurait pu la confondre avec Rosamund. Même taille, mêmes cheveux bruns, même silhouette élancée… Dès qu'elle les eut rejoints dans le bureau, et que Peter eût expliqué la raison de leur présence, à Gaspard et à lui, Richard commença son interrogatoire sans attendre.

— Mademoiselle Dryden, j'aimerais que vous rassembliez vos souvenirs au sujet de cette fameuse soirée du bal. Qui est arrivé en premier sur les lieux, après le coup de feu ? Prenez votre temps, pour réfléchir. Vous étiez par terre. Le prince Michael s'était précipité sur vous pour vous protéger. Puis il vous a aidée à vous relever. Qui d'autre voyez-vous, à cet instant précis ?

La jeune femme coula un regard anxieux à son frère, avant de se tourner à nouveau vers Richard.

— Il y avait déjà beaucoup de monde, dit-elle d'un ton hésitant.

Richard s'obligea à se détendre, pour paraître moins menaçant.

— Vous ne vous souvenez pas de quelqu'un en particulier ?

Finalement, Prudence hocha la tête avec un sourire.

— Mme Tracey, l'amie de lady Rosamund. Elle croyait que j'étais Rosamund et elle criait son nom. Alors, bien sûr, tout le monde a cru que c'était Rosamund qui était blessée. La pauvre. Je crois qu'elle a eu la peur de sa vie. Son beau-frère est arrivé et l'a emmenée à l'écart.

— Je vous remercie, fit Richard.

Quand ils eurent quitté la maison du vicaire, Gaspard demanda :

— Où allons-nous, maintenant ?

— À Manchester Square. Chez Mme Tracey.

Quand Rosamund arriva chez Callie, elle eut une déception. Celle-ci n'était pas là. Charles, en revanche, l'était, si bien qu'elle ne put poser à tante Franie les questions qui lui brûlaient les lèvres.

— Callie ne se souvenait plus si vous vous étiez donné rendez-vous ici ou chez vous, lui expliqua la vieille dame. Donc, elle est partie pour Bloomsbury.

— Ce qui signifie que je dois aller la retrouver là-bas ?

— Je pense, oui.

— Je vais vous y emmener, si vous voulez, proposa Charles.

288

Il avait fait un pas vers elle, et Rosamund recula instinctivement.

— Ce ne sera pas nécessaire, s'empressa-t-elle de répondre. Un fiacre m'attend.

Mais, à sa grande inquiétude, Charles la suivit dehors.

— Lady Rosamund, attendez une minute, s'il vous plaît.

Rosamund refusa d'attendre. Elle s'apprêtait à descendre le perron, mais Charles la retint par le bras et l'obligea à se retourner pour lui faire face.

— Charles, dit-elle d'un ton qui se voulait naturel, que signifie ceci ?

Il relâcha aussitôt son bras.

— Le major Digby et le capitaine Whorsley ont été assassinés hier soir. Ainsi qu'un jeune garçon. J'ai pensé que vous deviez en être avertie – si ce n'est déjà fait.

Rosamund ne répondit rien. Elle essayait de déchiffrer l'expression de Charles. S'interrogeait sur son âge – sans doute le même que Richard, à un ou deux ans près. Se demandait dans quelle université il avait étudié.

— Cela ne vous fait pas peur ? reprit-il d'une voix à peine plus forte qu'un murmure. Moi, à votre place, j'aurais peur.

Et soudain, Rosamund eut peur, en effet. Mortellement peur. Elle dévala les marches et se précipita vers le fiacre où patientait Jack.

24

Rosamund raconta sa brève entrevue à Jack, mais celui-ci ne partagea pas ses appréhensions.

— Il ne nous suit pas, en tout cas, annonça-t-il, après avoir jeté un coup d'œil par la lunette arrière du fiacre.

— Non, mais il sait où nous allons.

Jack tapota la poche de sa veste, où était dissimulé son pistolet.

— S'il se montre, j'ai de quoi le faire tenir tranquille. Et j'en ai même un second, ajouta-t-il en sortant un autre pistolet. Je peux vous le confier, si vous voulez.

Rosamund secoua la tête.

— C'est beaucoup trop gros, Jack! Je n'ai pas des poches comme les vôtres. Que pensera Callie, si elle me voit arriver avec une arme?

— Elle aura peur?

— Elle me prendra pour une idiote et me rira au nez, oui! Mais pourquoi vous embarrasser de deux pistolets?

— Au cas où je raterais mon coup, pour m'éviter de perdre du temps à le recharger, expliqua-t-il.

Et, contemplant d'un air navré le pistolet qu'il avait proposé à Rosamund, il ajouta:

— À la première occasion, je vous procurerai un de ces petits revolvers de poche, que les dames peuvent glisser dans leur réticule.

Quand ils furent arrivés à destination, Rosamund paya le cocher.

— Allez-y seule, lui dit Jack, tandis que la voiture repartait. Je vais vous attendre dehors, dans un coin discret. Si Tracey arrive, je m'occupe de lui.

— Je n'en aurai pas pour longtemps.

Rosamund se hâta de gravir le perron. La porte n'était pas verrouillée, preuve que le concierge avait ouvert pour Callie. La jeune femme pénétra dans le hall et appela son amie.

— Callie ? Callie, c'est moi !

Quelques secondes plus tard, Callie apparut sur le palier de l'étage.

— Tu en as mis du temps ! s'exclama-t-elle. J'allais partir.

— J'ai été retardée, je t'expliquerai. Où est le concierge ?

— Dans les écuries. Il avait du travail. En t'attendant, je me suis installée dans le salon rose et je me suis permis d'ouvrir la carafe de sherry. Ça ne t'ennuie pas ?

La question était de pure rhétorique. Callie retourna dans le petit salon et Rosamund monta la rejoindre. Richard aimerait cette maison, pensait-elle. C'était solide, sans prétention et un peu à l'ancienne mode. Comme lui, en somme, et la jeune femme se demandait si ce n'était pas pour cela qu'elle avait eu un coup de cœur pour cette demeure à sa première visite.

Callie s'était installée devant l'une des fenêtres, un verre de sherry à la main. Elle aurait pu poser pour un peintre, avec son teint pâle et ses traits délicats.

— Je vois que tu es venue seule, lança-t-elle à Rosamund, un sourire admiratif aux lèvres. Je me demandais si tu oserais. Ni attelage ducal, ni valets, ni chaperon. Tu m'impressionnes.

— Prudence est en convalescence chez son frère.

— C'est ce que j'ai entendu dire. Tant mieux, nous ne serons que toutes les deux. Sers-toi donc un verre de sherry.

Rosamund n'avait pas la tête à boire de l'alcool. Elle alla droit au but.

— J'ai été retardée parce que j'ai d'abord voulu passer à Newgate, commença-t-elle. Je me suis entretenue avec le directeur et j'ai appris quelque chose d'intéressant.

Et, prenant une profonde inspiration, elle lâcha :

— Te souviens-tu qu'un coup de feu a été tiré, quand nous étions tous dans la cour de la prison ?

Callie but une gorgée de sherry.

— Oui. Je m'en souviens très bien.

— Le directeur, M. Proudie, m'a assuré que ce coup de feu n'avait pas pu être tiré par un des gardes. Il était formel.

— Donc ?

— Donc, il faut chercher ailleurs. Or ce n'est pas non plus Richard... Maitland qui a tiré. Ni Jack Harper ni moi. Tu vois ce que ça signifie ?

Callie soupira.

— Ça me semble parfaitement limpide. Il ne reste plus que deux suspects. Charles ou moi.

Rosamund fut surprise de la rapidité avec laquelle Callie avait saisi la logique du raisonnement.

— Oui, confirma-t-elle. J'en conclus que Charles a essayé de tuer Richard Maitland.

À ces mots, Callie ne put s'empêcher d'éclater de rire.

— Charles ? Mais le pauvre ne pourrait pas tirer sur un chien, même si sa vie en dépendait.

— Alors, qui a tiré ?

— À ton avis ?

Après un long silence, Rosamund secoua la tête, incrédule.

— Pas toi, Callie. Ça n'a pas de sens. Et puis, je me trouvais entre Richard et toi. Tu aurais pu m'atteindre.

— Non. Tu as trébuché contre le panier, tu as lâché ton réticule et tu es tombée à la renverse. Du coup, j'avais la vue parfaitement dégagée pour tirer sur Maitland. J'ai dû le rater d'un cheveu.

Rosamund en resta bouche bée.

— C'était mon « acte de charité », reprit Callie. Je suis allée à Newgate dans l'unique but de tuer Richard Maitland, ou de lui donner la possibilité d'en finir lui-même avec la vie.

Rosamund se laissa choir dans le premier fauteuil venu. Elle avait l'impression que la pièce tournait autour d'elle.

— Mais… pourquoi ?

Callie semblait sincèrement s'amuser de sa stupéfaction.

— Si tu m'avais écoutée plus attentivement quand je te parlais du procès de Maitland, tu aurais compris. J'ai assisté à toutes les audiences. Il était magnifique. La mort ne lui faisait pas peur. Et son dédain pour ses accusateurs a achevé de m'impressionner. J'estimais qu'un tel homme, si au-dessus du commun des mortels, ne méritait pas de périr de la main du bourreau. Alors, j'ai décidé de l'aider à maîtriser sa fin. À l'origine, mon projet était de lui laisser mon pistolet. J'étais convaincue qu'il préférerait mourir en héros plutôt que d'être pendu. Mais le destin en a décidé autrement.

— Quel pistolet ? demanda Rosamund.

— Celui que j'avais dissimulé dans ma manche, répondit Callie en désignant son manteau, qu'elle avait posé sur le fauteuil voisin du sien – celui-là même qu'elle portait le matin de leur visite à Newgate.

Rosamund contemplait le manteau, hébétée. Elle n'arrivait pas à y croire. Certes, Callie avait toujours eu le goût du risque. Mais entre jouer à la balle avec des garçons ou tenter une ascension en ballon et abattre un homme de sang-froid, il y avait un fossé qui dépassait l'entendement.

— Tu ne me racontes pas tout cela pour protéger Charles? hasarda-t-elle.

Callie vida son verre de sherry et alla aussitôt le remplir.

— Charles? C'est une femmelette, répliqua-t-elle d'un ton méprisant. Il connaissait mon projet. Je lui en avais parlé. C'était pour lui l'occasion inespérée de me prouver son courage. Au lieu de cela, il s'est ingénié à me mettre des bâtons dans les roues. Tu te souviens, combien il répugnait à se rendre à Newgate? Il avait peur des émeutiers. Une femmelette, je te dis.

Elle regagna son siège devant la fenêtre, et après avoir bu une nouvelle gorgée de sherry, enchaîna:

— Quand Charles a compris que j'allais tuer moi-même Maitland, il a mis le plus de distance possible entre lui et nous. Il était mort de peur, ajouta-t-elle en riant.

Rosamund hocha la tête.

— Voilà pourquoi il était à l'autre bout de la cour.

Tout bien considéré, Rosamund n'était pas si choquée que cela par les révélations de son amie. Les paroles de Richard, dans la cabane de berger, lui revinrent en mémoire: «Je préfère mourir en soldat. Laissez-moi ce qui me reste de dignité.»

Elle regarda Callie, qui la contemplait en silence. À présent, Rosamund croyait son amie. Du moins sur un point. C'était bien elle qui avait tiré sur Richard. En revanche, elle s'interrogeait sur son mobile. Un geste de charité, vraiment?

— Richard n'allait pas mourir sous la main du bourreau, puisqu'il était sur le point de s'évader, fit-elle remarquer. Dans ce cas, pourquoi lui avoir quand même tiré dessus? À moins que…

— À moins que quoi?

— Tu ne voulais pas qu'il s'échappe, répondit Rosamund, sans chercher à cacher ses pensées. Il devait mourir.

Callie haussa les sourcils.

— Je t'avais sous-estimée, Rosamund. Je ne pensais pas que tu arriverais à cette conclusion. Mais depuis un moment, je me doutais que tu finirais par me poser des problèmes. Ça remonte à ta conversation avec Mlle Dryden, dans cette même pièce. Tu parlais de reprendre l'enquête de zéro. Et quelque chose te chiffonnait à propos de Newgate. Eh bien, tu as tout deviné. Je ne voulais pas que Maitland périsse par la main du bourreau, mais je ne voulais pas davantage qu'il s'évade.

Rosamund, le cerveau en ébullition, se leva brusquement de son siège.

— Mais tu ne peux quand même pas être l'ennemie de Richard ! Ça n'est pas toi qui es derrière tout ça ! Pourquoi chercherais-tu à te venger de lui ?

Les yeux de Callie brillaient, à présent.

— Tu as encore deviné juste. Il s'agit bien d'une vengeance. Mais dans cette histoire, je ne suis que l'instrument de la vengeance. Je n'ai rien contre... Richard, puisque c'est ainsi que tu l'appelles, à présent. En revanche, mon rôle fut passionnant de bout en bout.

Rosamund aurait voulu dire quelque chose, mais elle était trop abasourdie pour parler. Elle fixait Callie, et tout devenait limpide, soudain. Oui, elle n'avait fait que jouer un rôle, mais tragique. Callie avait toujours eu un goût prononcé pour le mélodrame.

Elle se souvint d'un épisode de leur enfance. Elles ne devaient pas avoir plus de douze ou treize ans à l'époque. Pour Noël, on leur avait demandé de préparer un petit numéro. Rosamund avait joué une sonate au piano, correctement sans plus, et reçu en retour des applaudissements polis. Callie, en revanche, avait fait une entrée théâtrale dans le salon, habillée en garçon. Puis elle avait débité le fameux monologue de Portia, dans *Le Marchand de Venise*. Et elle avait récolté une véritable ovation, dont elle s'était régalée.

Et elle continuait de jouer la comédie. Elle était en représentation et voulait éblouir Rosamund. Mais le dernier acte était arrivé. Comment la pièce allait-elle se terminer ?

La jeune femme ne put retenir un frisson. Callie ne lui aurait pas avoué tout cela si elle n'avait nourri quelque arrière-pensée. Elle voulait savourer un dernier moment de triomphe, avant le baisser de rideau. Et elle s'y était préparée. Son manteau l'attendait, à quelques mètres. Le pistolet s'y trouvait sans doute encore caché.

Rosamund comprit qu'elle avait été attirée dans un piège. Callie savait que Prudence était partie chez son frère. Et Rosamund, qui prétendait vivre désormais comme une personne ordinaire, ne se déplaçait plus que seule. Quelle folie ! Bien sûr, Jack n'était pas loin. Mais il était posté dans la rue, attendant l'éventuelle arrivée de Charles. Le temps qu'il se précipite dans la maison, il serait probablement trop tard.

— Tu es toute pâle, remarqua Callie. T'aurais-je choquée ?

Choquée n'était pas vraiment le mot. Rosamund sentait la terreur la gagner. « Ne t'affole pas ! » s'ordonna-t-elle. Il fallait encourager Callie à poursuivre sa petite comédie jusqu'à ce qu'elle trouve un moyen d'alerter Jack.

— Mais, celui qui est à l'origine de tout cela a-t-il une espèce d'emprise sur toi ? demanda-t-elle. T'a-t-il forcée à devenir sa complice ?

Un éclair de colère brilla dans les prunelles de Callie.

— Personne ne m'a jamais forcée à faire ce que je n'avais pas envie de faire. Tu es tellement conventionnelle, Rosamund, que tu ne pourras jamais comprendre. J'aurais tué Richard Maitland par plaisir.

Rosamund déglutit péniblement.

— Mais cet homme... Il n'agissait pas seulement par plaisir. Il voulait se venger de Richard.

Callie esquissa un sourire narquois.

— Encore Richard ? J'ai l'impression qu'il t'a beaucoup marquée. Mais tu n'as qu'à moitié raison au sujet de Frank. Certes, il voulait punir Richard, pourtant ce n'était pas l'unique raison. Il y a une vraie jouissance à décider de la vie ou de la mort d'autrui. On se sent tout-puissant.

Rosamund eut comme une révélation.

— Tu as tué ton mari ! souffla-t-elle.

Callie sourit de nouveau.

— Ce fut mon premier meurtre. Ne prends pas cet air horrifié. Je l'avais fait boire, avant de l'étouffer avec un oreiller. Il n'a pas souffert.

Rosamund aurait été moins bouleversée si Callie n'avait paru si désespérément raisonnable. Comme si tout ce qu'elle racontait était aussi anodin que de discuter de mode ou des derniers potins qui circulaient en ville.

Tout à coup, son amie se leva et s'approcha du fauteuil où était posé son manteau. Rosamund s'empressa de parler, pour détourner son attention.

— Callie, je ne te reconnais plus. Que t'a fait cet homme ?

Callie s'esclaffa.

— Tu ne peux pas comprendre. Toute ta vie, tu t'es conformée aux règles établies. Mais Frank et moi avons forgé les nôtres. Nous vivons sur le fil du rasoir. Rien ne nous fait peur. La vie ou la mort ne signifient rien, pour nous. Nous nous sommes reconnus au premier regard. Je lui ai raconté comment j'avais tué mon mari, et il a applaudi. Lui avait tué sa femme, et je l'ai félicité. J'ai compris, ce jour-là, que j'avais rencontré mon égal et que nous étions faits l'un pour l'autre.

— C'est toi qui as tué Digby et Whorsley ?

— Non, c'est Frank. Moi, j'ai tué le gamin.

— Mais pourquoi ? Que vous avait fait ce gosse ?

— Rien. Mais il commençait à savoir trop de choses.

Tout en parlant, Callie avait fouillé dans son manteau, pour en tirer un petit revolver, qu'elle pointait à présent sur Rosamund.

« Mon Dieu ! se lamentait celle-ci. Pourquoi n'ai-je pas écouté Jack ? »

— Frank doit commencer à se demander ce qui me retarde, reprit Callie. Je devais en finir au plus vite avec toi. Mais je n'ai pas pu résister au plaisir de te dévoiler le dessous des cartes. Seulement, maintenant, la partie est terminée.

— Comment peux-tu faire ça ? se récria Rosamund. Nous avons été élevées ensemble. Nous sommes comme des sœurs.

— Des sœurs ! répéta Callie, incrédule. Je n'étais qu'une parente pauvre ! Tandis que toi, tu faisais l'admiration de ton père. Sais-tu seulement ce que *mon* père m'avait ordonné ? De te respecter et de t'obéir, sinon il perdrait son emploi. Alors, j'ai passé des années à te sourire et à feindre de t'aimer. Mais je ne t'ai jamais aimée. Au contraire, je te méprisais. Et je suis enfin libre de te le dire en face.

Callie n'avait plus rien d'un modèle qui aurait pu inspirer un peintre. L'arrogance et l'aigreur déformaient ses traits. Mais Rosamund était sans doute elle-même défigurée par la peur. « Ne panique pas ! se répéta-t-elle. Pense à un moyen d'alerter Jack. »

La jeune femme parcourait la pièce du regard, cherchant désespérément un objet pour se défendre. Il y avait la carafe de sherry, bien sûr. Mais elle aurait le temps de mourir dix fois avant de l'atteindre.

Voyant que Callie armait son revolver, elle tenta à nouveau de gagner du temps.

— Si je dois mourir maintenant, je veux au moins savoir pourquoi.

Callie abaissa légèrement son arme.

— Parce que tu veux prouver l'innocence de Maitland. Te connaissant, je sais que tu iras jusqu'au bout. Tu as déjà marqué un point avec Newgate. Mais tu ne t'arrêteras pas là. Toute petite déjà, tu étais obstinée. Quand tu avais une idée en tête, personne ne pouvait t'en faire changer. Je n'ai d'autre choix que de te supprimer. Tu m'as échappé une fois, mais là, je ne te manquerai pas.

— Je t'ai échappé une fois ?

— Tu n'as donc pas encore compris ? Le soir de ton anniversaire, j'ai tiré sur Prudence Dryden en croyant avoir affaire à toi.

Rosamund n'en était plus à une révélation près. Du reste, toute son attention était concentrée sur la carafe de sherry, dont elle se rapprochait imperceptiblement.

— Tu ne t'en sortiras pas comme cela, Callie. Tante Franie sait que je suis ici. Ainsi que Charles. Et Jack Harper. Et le concierge.

Callie sourit, amusée.

— Fenton ? Aucun danger. Frank l'a assommé et enfermé à la cave. Quand la police arrivera ici, ils concluront que la maison a été attaquée par des cambrioleurs qui t'auront assassinée. Personne ne nous a vus entrer, Frank et moi. Nous avons pris nos précautions.

Callie avait répondu à toutes les questions. Sauf une.

— Qui est Frank ? demanda Rosamund. Et pourquoi haït-il Richard à ce point ?

— C'est de l'histoire ancienne. Son nom ne te dira rien : il s'appelle Frank Stapleton.

Rosamund s'en doutait, bien sûr. Elle souhaitait juste en avoir la confirmation. À présent, il ne restait plus qu'à agir. Elle se tourna vers la porte.

— Frank Stapleton ! répéta-t-elle, criant presque. Vous avez entendu, sergent Walter ? Vous pouvez vous montrer, maintenant, avant qu'elle ne me brûle la cervelle.

Callie pointa instinctivement son revolver vers la porte et c'était exactement la diversion que Rosamund attendait. Elle se rua sur la carafe et la lui lança à la tête de toutes ses forces. Celle-ci se pencha pour éviter le projectile, offrant un nouveau répit à Rosamund, qui se précipita vers la porte pour s'enfuir. Mais arrivée sur le palier, elle s'arrêta net.

Un homme montait l'escalier, qu'elle reconnut tout de suite : George Withers. Et il tenait un pistolet à la main.

« Frank doit se demander ce qui me retarde », avait dit Callie. Se pouvait-il que Frank Stapleton et George Withers soient une seule et même personne ?

Horrifiée, la jeune femme tourna les talons et s'élança dans le couloir, en direction de l'escalier de service. Elle était à peine arrivée en bas qu'elle entendit Callie crier à Frank Stapleton de s'occuper du devant de la maison, tandis qu'elle-même fouillait l'arrière.

Puisque l'entrée principale lui était interdite, Rosamund ne pouvait plus rejoindre Jack. Elle songea à se réfugier dans les écuries, mais cela l'obligeait à traverser la cour. C'était risqué. Cependant, elle n'avait pas d'autre solution. Elle se débarrassa de ses chaussures, et courut comme une flèche. Mais déjà Callie était derrière elle. Et Stapleton également. Rosamund pouvait distancer Callie, mais elle n'avait aucune chance contre lui. Si seulement Jack pouvait venir !

Rosamund n'arrivait pas à croire que sa vie ait pu basculer ainsi dans l'horreur. Le soleil brillait. Les oiseaux chantaient dans les arbres. Mais deux fous furieux voulaient la tuer.

Parvenue dans les écuries, elle s'arrêta pour reprendre son souffle. De toute façon, sa fuite s'arrêtait là. Jack entendrait les coups de feu et il se précipiterait, mais ce serait trop tard.

Rosamund, pourtant, n'était pas du genre à renoncer. Elle s'empara d'une pelle qui traînait et se cacha derrière un pilier. La seconde d'après, un bruit de pas se faisait entendre. Elle sortit de sa cachette et assena un violent coup de pelle dans la poitrine de Callie. Le souffle coupé, celle-ci se plia en deux, laissant échapper son revolver. Rosamund lâcha sa pelle et bondit pour s'emparer de l'arme, mais Stapleton arrivait déjà et elle n'eut d'autre choix que de battre en retraite.

Affichant un sourire tranquille, presque charmeur, il transféra son pistolet dans sa main gauche, puis se pencha pour ramasser le revolver de Callie.

Callie, qui avait retrouvé son souffle, semblait hors d'elle.

— Garce ! siffla-t-elle à l'adresse de Rosamund, avant de se tourner vers Stapleton : Rends-moi mon arme, Frank.

— Mais certainement, ma chérie.

Rosamund songea qu'il ne lui restait d'autre choix que de crier. Crier à en perdre haleine. Mais au moment où elle ouvrait la bouche, il y eut une détonation. Frank Stapleton avait appuyé le canon du revolver sur la tempe de Callie et tiré.

Rosamund recula en titubant, horrifiée. Le visage de Callie se figea sous la surprise. Ses lèvres esquissèrent un « O » médusé, puis elle s'écroula sur le sol.

Rosamund était tétanisée. Elle ne pouvait ni bouger, ni parler, ni détourner son regard de Callie. Elle aurait voulu dire « Pouce ! La partie a assez duré », mais ce n'était pas un jeu.

Stapleton laissa tomber le revolver de Callie à côté de son corps, puis il refit passer son pistolet dans sa main droite. Rosamund déglutit avec peine.

— Je croyais que vous étiez faits l'un pour l'autre, murmura-t-elle.

Il haussa les épaules d'un air d'indifférent.

— Mme Tracey n'a jamais rien représenté pour moi.

— Mais... pourquoi l'avoir tuée ? balbutia Rosamund en désignant le cadavre de Callie.

— Elle prenait trop d'assurance, dit-il, en avançant d'un pas confiant vers Rosamund. Plus rien ne lui faisait peur. Si je ne l'avais éliminée, un jour ou l'autre, c'est elle qui m'aurait tué. Maintenant, fermez les yeux, lady Rosamund. Je vous promets que ça ne fera pas mal.

Il n'avait pas perdu son charme. Pour un peu, Rosamund se serait laissé endormir par ses belles paroles. Mais elle voulait vivre. Une fois de plus, il lui fallait gagner du temps. Jack avait dû entendre la détonation. Il n'allait plus tarder.

Elle désigna de nouveau le cadavre de Callie.

— Pour l'amour de Dieu, fermez-lui au moins les yeux ! Elle vous aimait. Faites preuve d'un minimum de respect.

Il se détourna, le temps de jeter un regard méprisant au cadavre de Callie. Cela suffit à Rosamund qui bondit sur lui. Ils roulèrent à terre et Stapleton lâcha son arme, qui glissa sur les pavés, hors de sa portée. Rosamund le mordait, le griffait, lui tirait les cheveux à pleines poignées, mais la lutte était inégale. Stapleton lui assena une gifle qui l'assomma à moitié, et quand elle eut recouvré ses esprits, il avait déjà récupéré son arme.

C'est alors que Jack surgit dans la cour, pistolet au poing. Il regarda d'abord Rosamund, et ce fut son erreur. Stapleton lui tira dessus et Jack s'effondra.

Rosamund et Stapleton eurent la même idée : récupérer l'arme de Jack. Mais la jeune femme était la plus près et elle s'empara du pistolet la première. Elle aurait tué Stapleton sans aucun scrupule, mais il s'était déjà enfui quand elle se retourna.

— Bon sang ! grommela Harper en se redressant, la main plaquée sur son épaule. Comment ai-je pu être aussi stupide ?

Rosamund pleurait de joie.

— J'ai cru qu'il vous avait tué !

— Pas tout à fait, pas tout à fait. Mais qu'est-ce que j'entends ? On dirait des chevaux.

Il y eut encore une détonation, puis des cris. Rosamund voulut se précipiter dans la rue. Jack s'élança à sa poursuite.

— Revenez ! Revenez, nom d'un chien ! Le gredin a peut-être rechargé son arme !

Mais Rosamund avait déjà ouvert la porte de la cour. Ils virent trois hommes à cheval qui galopaient pour rattraper Stapleton.

— C'est le colonel et votre frère, fit Jack.

— Et Charles Tracey.

Tout fut terminé en moins d'une minute. Richard atteignit Stapleton le premier. Il sauta de cheval et les deux hommes roulèrent sur le pavé. Gaspard et Charles les avaient rejoints, mais ils restèrent en selle. Richard avait déjà maîtrisé Stapleton.

— Il ne lui fera pas de mal, dit Jack à Rosamund.

— Dommage. J'aimerais qu'il lui brise le cou.

Mais il ne le fit pas. Il confia Stapleton à Gaspard, qui descendit de cheval et tint le prisonnier en respect avec son arme. Accompagné de Tracey, Richard revint vers la maison.

— Vous n'avez rien, tous les deux ? s'enquit-il.

— Juste une égratignure, répondit Jack en désignant son épaule.

— Tout va bien, répondit pour sa part Rosamund.

Mais c'était un gros mensonge. Elle regardait Charles Tracey et frissonnait en songeant à ce qui allait suivre. Oui, la pièce était bien finie. Le dernier acte s'achevait. Mais pas du tout comme l'avait imaginé Callie.

Tracey descendit de cheval. Il était pâle.

— Où est-elle ? Où est Callie ?

— Charles, commença Rosamund, préparez-vous à un choc...

— Je sais qu'elle est morte.

— Conduis-le jusqu'à elle, intervint Richard.

Rosamund lui montra le chemin. Quand Charles aperçut le corps de Callie, il ne dit rien. Il s'agenouilla simplement près d'elle, la prit dans ses bras et pleura comme un enfant.

25

Rosamund était dans sa chambre de Twickenham House, assise devant la fenêtre. Une semaine avait passé depuis que Frank Stapleton avait été jeté en prison. Et pour la jeune femme, cette semaine avait été la plus horrible de sa vie. Pas à cause de Stapleton. Mais parce que Richard s'était rendu aux autorités et qu'il avait lui aussi été incarcéré.

Certes, cela aurait pu être pire. Il aurait pu retourner à Newgate, par exemple. Mais cette fois, on lui avait permis d'attendre la fin de l'enquête dans une cellule relativement confortable de la maison d'arrêt de Richmond, à seulement un quart d'heure de Twickenham. Ce matin-là, il avait été convoqué par le ministre de l'Intérieur, et son père et Gaspard l'avaient accompagné.

Ce qui inquiétait Rosamund, c'était le risque que la vérité n'apparaisse jamais au grand jour. Frank Stapleton ne pouvait nier son identité – pas depuis que Peter Dryden l'avait formellement reconnu devant le juge –, en revanche, il n'avouait que le meurtre de Callie. Il savait qu'il serait pendu, mais il était toujours aussi résolu à voir Richard subir le même sort.

M. Massie, le remplaçant de Richard aux Renseignements généraux, avait expliqué à Rosamund que Stapleton ne manifestait aucun remords. Il prétendait avoir tué Mme Tracey dans un accès de jalousie, et affirmait que tous les autres mentaient pour des raisons qu'il ignorait.

— Il se croit seul intelligent et considère les autres comme des imbéciles, avait résumé Jordan. Son arrogance est sans limites.

La semaine avait été également marquée par les funérailles de Callie. La cérémonie avait été rapide, et discrète – une dizaine de personnes seulement y assistaient –, mais Rosamund avait tenu à s'y rendre. Elle aurait voulu consoler Charles et tante Franie, mais n'avait pu trouver les mots. Elle n'arrivait pas à se faire à l'idée que la Callie qu'elle avait cru connaître n'avait jamais existé.

Le chagrin de Charles faisait cependant peine à voir, tant il était sincère. Dans sa déposition au juge, il avait expliqué qu'il était au courant pour Newgate, et aussi pour le coup de feu tiré sur Prudence Dryden. Il avait senti l'odeur de la poudre sur le gant de Callie et l'avait questionnée, mais celle-ci l'avait une fois de plus mené en bateau. Elle lui avait raconté qu'elle trouvait la soirée si ennuyeuse qu'elle avait voulu y mettre un peu d'animation. Elle s'était contentée, assurait-elle, de tirer en l'air, sans se douter que sa balle, en retombant, égratignerait Prudence. Au début, Charles l'avait crue, habitué qu'il était à ses provocations. Et Callie adorait le choquer par son audace.

Puis il avait commencé à s'interroger sérieusement. La balle aurait pu tuer Mlle Dryden. Et il y avait autre chose : dans la pénombre, Mlle Dryden pouvait être confondue avec Rosamund. Callie n'avait-elle pas tiré délibérément sur son amie ?

Voilà pourquoi il avait tenté – maladroitement – de mettre Rosamund en garde, le matin où elle s'était présentée chez eux, avant de rejoindre Callie à Bloomsbury. Mû par un mauvais pressentiment, il avait décidé de la rattraper, et il était arrivé devant la maison en même temps que Richard et Gaspard.

Depuis ce jour, Rosamund n'avait plus revu Richard. Elle ne lui avait pas davantage parlé ou écrit. Non que le juge lui eût interdit toute visite, mais Richard lui-même avait décrété qu'il ne la reverrait que lorsqu'il serait un homme libre, en droit de revendiquer de vivre normalement avec son épouse.

«Richard sera innocenté et il me reviendra», n'avait-elle cessé de se répéter, telle une litanie, durant toute cette semaine.

Elle était tellement perdue dans ses pensées qu'elle faillit ne même pas remarquer l'attelage ducal qui pénétrait dans la cour du château. Elle se frotta les yeux, pour s'assurer qu'elle ne rêvait pas, puis bondit de son siège et se précipita vers la porte.

— Julien! cria-t-elle. Les voilà!

Tandis qu'elle dévalait l'escalier, Julien sortit de la bibliothèque et la rejoignit.

— Calme-toi, Rosamund. Tu verras, tout ira bien.

Main dans la main, ils s'avancèrent jusqu'au milieu du hall. Turner avait fait ouvrir les portes et il attendait, aussi nerveux que Rosamund et son frère.

L'attelage s'immobilisa enfin au pied du perron. Le duc en sortit le premier, le visage fermé, suivi de Gaspard. Ne voyant pas Richard, Rosamund s'alarma.

— Père! s'écria-t-elle à l'instant où le duc pénétrait dans le hall. Que s'est-il passé? Richard a-t-il été gracié?

— Non, répondit le duc.

Rosamund crut défaillir. Julien lui étreignit la main.

— Il n'a pas seulement été gracié, enchaîna le duc. Il a été acquitté et réhabilité, avec les excuses du ministère public. Bien sûr, il y aura encore des tas de papiers à remplir, mais il est libre, désormais. Turner, vous servirez le champagne dans la bibliothèque. Et vous offrirez de la bière et du vin à tous les domestiques, et du sherry pour les femmes.

Entre-temps, Gaspard était à son tour entré dans le hall. Et Richard apparut enfin, le fidèle Jack sur ses talons. Les domestiques qui, une seconde plus tôt, étaient invisibles surgirent des quatre coins de la maison, si bien que les retrouvailles de Richard et de Rosamund furent noyées dans l'allégresse générale. Rosamund était si émue qu'elle en avait les larmes aux yeux, mais ce n'était pas le moment de pleurer. Tout le monde riait et elle se laissa gagner par la bonne humeur collective. Puis les maîtres s'isolèrent dans la bibliothèque, tandis que les serviteurs continuaient la fête de leur côté.

— Allez, ne faites pas durer l'attente plus longtemps, dit Julien, quand la porte de la bibliothèque se fut refermée. Racontez-nous tout. Rosamund s'est tellement rongé les ongles en attendant votre retour qu'elle commençait à se manger les doigts.

Tout le monde rit, puis le duc se tourna vers Richard.

— À vous l'honneur du récit, Richard. C'est votre jour de gloire.

Ce dernier sourit à Rosamund, avant de se lancer.

— En réalité, c'est Massie qu'il faut féliciter, dit-il. Il a eu la bonne idée de tendre un piège à Stapleton. Malgré toutes les investigations de la police, il n'y avait aucun moyen de prouver que celui-ci était responsable d'autres meurtres en dehors de celui de Callie. Avec l'accord du ministre, Massie a alors songé à le convoquer à l'audience de ce matin. Puis il s'est lancé dans un petit discours où il expliquait que la justice s'était fourvoyée à mon égard et qu'il convenait de me laver de toute accusation. Il espérait obtenir une réaction de Stapleton, et il a été servi au-delà de ses espérances.

— Stapleton a littéralement explosé, résuma Gaspard. Toute la haine et la rage qu'il avait accumulées pendant tant d'années se sont déversées d'un coup. Et ce n'était pas beau à voir.

— Non, en effet, acquiesça Richard.

Dans sa folie, expliqua-t-il, Stapleton s'estimait victime de la terre entière. Sa mère, son père, ses amis de Cambridge… tous s'étaient ligués pour le faire souffrir. Mais personne plus que Richard ne lui avait gâché la vie. Se venger de lui avait été son obsession de tous les instants. Et tous ceux qui s'étaient mis en travers de son chemin l'avaient chèrement payé.

Après avoir commencé à parler, il ne s'était plus arrêté et avait avoué tous ses crimes.

— Mais pour Lucy, voulut savoir Rosamund. Comment cela s'est-il passé ?

Gaspard prit le relais de Richard :

— Lucy était tombée amoureuse de lui et il s'est servi d'elle, c'est aussi simple que cela. La pauvre fille n'a jamais su dans quel piège elle était tombée.

— Mais comment se fait-il qu'il la connaissait ?

— Là encore, c'est très simple, reprit Richard. À son arrivée en Angleterre, Stapleton commença à m'espionner discrètement. Il s'était aperçu que je dînais souvent avec Lucy et il s'est arrangé pour faire sa connaissance. Il s'est présenté sous le nom de George Withers et lui a expliqué franchement qu'il cherchait à me discréditer, lui racontant que c'était parce que j'avais violé sa sœur lorsque nous étions étudiants à Cambridge. Lucy a cru à toute son histoire et a suivi ses instructions à la lettre.

L'idée était de faire croire que j'étais son amant et que je l'avais attaquée dans un accès de jalousie. Lucy était supposée se mettre à crier à l'instant où j'entrerais dans sa chambre. Stapleton serait caché derrière la porte et m'assommerait avec un chandelier. Puis ils appelleraient la police, on m'accuserait de tentative de meurtre, et ma carrière serait brisée. Lucy pensait que ce serait là toute ma punition.

— Mais c'est insensé ! explosa Julien. Qui peut croire une fable pareille ?

— On voit bien que tu n'as jamais été amoureux, ironisa son père.

— Pauvre Lucy, murmura Rosamund en frissonnant. J'imagine que Stapleton lui avait promis le mariage et la fortune.

— Probablement, acquiesça Richard.

Il y eut un silence, puis Julien demanda :

— Et pour Dunsmoor ? Comment Digby a-t-il su ?

— Digby et Stapleton – enfin Withers – se connais-saient, expliqua Richard. C'est Stapleton qui l'avait mis sur la piste de Dunsmoor.

— Mais comment lui-même était-il au courant ? insista Julien.

— Parce que je suis un idiot, répliqua Richard. J'avais commis l'erreur de garder chez moi un tableau représentant Dunsmoor.

— Pour être plus précis, intervint Gaspard, Staple-ton avait tout de suite remarqué, en fouillant l'appar-tement de Richard, que ce tableau était l'œuvre d'un peintre du dimanche. Et le nom de Dunsmoor était écrit en toutes lettres sur le porche de la maison. Cela réveilla des souvenirs chez Stapleton, qui devina que c'était là que Richard irait se cacher.

— Et qui était ce peintre du dimanche ? demanda innocemment Julien.

— Richard, bien sûr, répondit Gaspard, suscitant un éclat de rire général.

Un domestique entra sur ces entrefaites avec une bouteille et des coupes à champagne.

— Et il y a deux autres bouteilles au frais, Votre Grâce, annonça-t-il au duc.

Ce dernier le remercia et, sitôt le domestique parti, tous trinquèrent joyeusement.

Quelques heures plus tard, Richard et Rosamund se retirèrent dans leur chambre pour la nuit.

— Veux-tu que j'appelle ta femme de chambre pour qu'elle t'aide à te déshabiller ? s'enquit Richard.

Rosamund éclata de rire. Le champagne l'avait mise d'excellente humeur.

— On a bien raison de dire que les hommes ne remarquent jamais rien. Dorénavant, je ne porte plus que des toilettes que je peux enfiler ou ôter seule. Cal-lie prétend toujours que...

Elle s'interrompit net. Richard ne savait que dire, alors il se contenta de murmurer simplement :

— Je suis désolé, pour ton amie.

— Moi pas, répliqua Rosamund. Je suis seulement désolée qu'elle ait si mal tourné. Ce qu'elle a fait est impardonnable. D'autant qu'elle n'éprouvait aucun remords.

— Stapleton non plus.

— Elle l'idéalisait, alors qu'elle n'avait que du mépris pour moi. Sa haine a détruit tous les bons souvenirs que j'avais gardés de notre enfance. Mais le pire, c'est qu'elle me reprochait d'être devenue ce qu'elle était.

Richard s'assit sur le lit et tapota le matelas pour inviter sa femme à le rejoindre.

— Quand les gens tournent mal, ils se justifient en rejetant la faute sur quelqu'un d'autre. Mais Callie et Stapleton étaient les seuls responsables de leurs actes.

— Je le sais bien. Si j'ai du chagrin, c'est d'avoir cru à une Callie qui n'a jamais existé.

Et, posant la main sur la joue de Richard, elle ajouta :

— Heureusement qu'il y a des gens qui ont fait vœu de démasquer tous les Callie et les Stapleton de la terre.

C'était précisément la transition que Richard attendait. Il prit les mains de Rosamund dans les siennes et les embrassa l'une après l'autre.

— Je voulais justement te parler de cela. Je crois que le moment est venu de changer.

— Changer quoi ? demanda Rosamund, intriguée.

— Maintenant que je suis marié, il serait temps que je mène une vie plus régulière. Dunsmoor me procure des revenus confortables, mais je pense que nous pourrions encore les améliorer si nous nous installions sur place. Nous pourrions avoir un élevage de chevaux, et même si je n'y connais pas grand-chose dans le travail de la terre, je pourrais apprendre. Je suis sûr que nous serions heureux, là-bas.

— Toi, gentleman-farmer ? s'exclama Rosamund, incrédule. J'attends de voir ça !

Richard lui lâcha les mains.

— Je refuse de vivre sur l'argent de ma femme, comme un parasite.

— Eh bien, nous ne vivrons pas sur mon argent. Puisque tu dis que Dunsmoor te procure des revenus suffisants, nous nous en contenterons. Je peux me satisfaire d'une existence aussi simple que la tienne, Richard. Il n'est pas question que tu te sacrifies pour mon confort.

— Quand je t'ai épousée, je savais que je devrais changer de vie. C'est ce que ta famille attend.

— Tu te trompes, répliqua la jeune femme en bondissant du lit. Mon père est très fier de toi, figure-toi. D'autre part, ce genre de décision se prend à deux. Si tu crois que je vais m'enterrer à la campagne pendant que tu partiras à l'aventure – non, ne m'interromps pas ! – tu fais une sacrée erreur. Je sais bien que ça ne manquera pas d'arriver. Les services secrets continueront de faire appel à toi pour des missions délicates. Une fois, puis deux fois, et pour finir, tu passeras le plus clair de ton temps en ville, pendant que je m'ennuierai à mourir à Dunsmoor.

Maintenant, Richard riait.

— Viens ici, dit-il en ouvrant grands ses bras.

Et quand la jeune femme fut de nouveau assise sur le lit, contre lui, il reprit :

— Très bien, alors, je vais te consulter. Que désires-tu ?

— Je veux que tu reprennes ton poste aux Renseignements généraux. Je sais par Gaspard que le Premier ministre te l'a proposé. Je sais aussi que ce n'est pas seulement un travail, à tes yeux. C'est une vocation. Sans des gens comme toi, tous les Callie et les Stapleton du monde resteraient impunis.

— Mais je ne suis pas le seul à pouvoir remplir cette mission.

— Non, sans doute. Mais tu aimes le faire.

— Supposons que j'accepte de reprendre mon poste. Que deviendras-tu ?

— Nous habiterons à Bloomsbury. Le jardin est grand et conviendra à nos futurs enfants. Je m'occuperai de la maison et nous nous retrouverons chaque soir. Tu me raconteras tes affaires en cours, et je t'aiderai à les résoudre. Tu ne peux pas nier, désormais, que je possède certaines aptitudes à élucider les crimes.

Richard lui caressa les cheveux.

— Si tu étais un homme, je ferais de toi mon adjoint.

Rosamund s'esclaffa.

— Si j'étais un homme, je briguerais la place du chef.

Ils éclatèrent de rire en roulant sur le lit. Puis, après un long baiser passionné, Richard demanda :

— Crois-tu que tu seras heureuse à Bloomsbury, après ce qui s'y est passé ?

— Évidemment ! Si j'étais superstitieuse, je dirais que cette maison m'a porté chance. Regarde : j'ai miraculeusement échappé à la mort, Jack et le concierge se sont vite remis de leurs blessures, deux criminels y ont trouvé leur juste châtiment et, pour finir, tu as vengé la mort de Lucy et tu as restauré du même coup ton honneur.

Elle se releva, courut à son réticule et en tira le roi d'échecs que Richard lui avait offert pour son anniversaire.

— À moins que ce ne soit cela qui m'ait porté chance. Il ne me quitte jamais.

— Mon porte-bonheur à moi, c'est *toi*, déclara Richard. Si tu n'étais pas venue à Newgate, Dieu seul sait comment les choses auraient tourné.

Rosamund hocha la tête.

— Quelle histoire nous aurons un jour à raconter à nos petits-enfants !

Richard frôla ses lèvres, en même temps qu'il lui caressait un sein.

— Tu vas un peu vite en besogne. Si nous commencions déjà par avoir des enfants ?

Rosamund lui sourit.

— Tu as toujours de bonnes idées.

Quelques jours plus tard, ils rassemblèrent leurs effets pour aller s'installer dans la maison de Bloomsbury. Pendant que les domestiques chargeaient les malles dans des voitures, Richard dépouillait les nombreuses lettres de congratulations qu'il avait reçues.

— Il y en a une de Hugh, dit-il à Rosamund. Abbie et lui rentrent à Londres la semaine prochaine et ils veulent donner une fête en notre honneur. Et celle-ci est de Jason Radley – je crois t'avoir déjà parlé de lui et de sa femme, Gwen ? Ils viennent tout juste de rentrer de lune de miel. Eux aussi veulent donner une fête en notre honneur. Même si Jason me reproche, à mots choisis, de ne pas avoir fait appel à lui quand j'avais des ennuis.

Rosamund cherchait ses gants. Ne les trouvant pas, elle avisa une valise et l'ouvrit.

— Il a raison. Les amis sont faits pour ça. Sinon ce ne sont pas des amis.

— Et voici une lettre de mon père.

Il fit une pause avant de reprendre :

— Lui aussi m'en veut de ne pas lui avoir donné de nouvelles depuis des semaines. Je crois bien que…

— Qu'est-ce que ça fait là ? s'écria soudain Rosamund, incrédule.

Richard se tourna vers elle. Elle tenait à la main un soulier de femme, rose, orné d'une boucle en brillant, qu'elle venait de tirer de la valise. La lanière en était rompue, et le cuir taché par la pluie et maculé de boue.

— La dernière fois que j'ai vu cette chaussure, déclara-t-elle, c'était à Chelsea, dans le petit cottage où tu m'as fait endosser la tenue destinée à Jack.

Richard lui reprit le soulier et le glissa dans la valise, qu'il referma.

— Cette valise est à moi. Ne touche pas à mes petits secrets.

Rosamund était médusée.

— Mais, Richard, cette chaussure est inutilisable. On ne pourra jamais la réparer. Et de toute façon, rappelle-toi que j'ai perdu sa sœur dans l'émeute. Rends-la-moi, que je la jette.

— Pas question !

— Mais pourquoi ? Elle n'a aucune valeur. Tu ne t'imagines quand même pas que ce sont de vrais brillants ? Rends-la-moi.

— Je t'ai dit que non !

Elle le considéra d'un œil suspicieux.

— Dis-moi, Richard, se pourrait-il que tu ne veuilles pas te débarrasser de cette chaussure par sentimentalisme ?

Il croisa ses bras sur sa poitrine.

— Et alors ? C'est un crime ?

Rosamund secoua la tête.

— Non, bien sûr. Mais ça signifie que tu la gardes depuis que tu m'as enlevée. Je croyais que tu me méprisais, à cette époque-là ?

— C'est de l'histoire ancienne.

— Oh, non, non, non ! Tu ne t'en tireras pas comme ça. Je veux savoir pourquoi tu as gardé ce soulier.

Richard lui jeta un regard noir.

— Si tu ris, je te flanque une fessée.

— Je te jure que je ne rirai pas, promit la jeune femme, dont les yeux brillants démentaient les paroles.

Il soupira.

— Je t'ai enlevée un matin, et le soir, je t'admirais déjà plus que je n'avais jamais admiré aucune femme. Et ç'a été de pire en pire ! Je sentais que je tombais amoureux de toi. Mais je savais que la « princesse idéale » ne pouvait être destinée qu'à un prince – le prince Michael, par exemple – et que je ne pourrais jamais t'avoir. Du coup, mes sentiments pour toi me paralysaient littéralement.

Rosamund se précipita dans ses bras. Elle irradiait de bonheur.

— Richard, es-tu en train de me dire que tu m'aimes ?

— Parce que tu ne le savais pas ? Ce n'est donc pas évident ? Pourtant, le monde entier est au courant. Ton père, tes frères, Jack, les domestiques…

— Bien sûr que je le sais. Mais je me demandais si *toi*, tu le savais.

Il rit.

— Je t'aime, dit-il. Sinon, pourquoi aurais-je gardé ton soulier ? J'ai essayé de le jeter des dizaines de fois, mais c'était impossible. C'était devenu le symbole de ce qui m'était arrivé de plus beau dans la vie.

— Mais, Richard, cette chaussure est affreuse ! Tu aurais pu subtiliser l'un de mes mouchoirs, ou autre chose.

— Je ne voulais pas de quelque chose de parfait. Je voulais cette chaussure pour ce qu'elle symbolisait. Es-tu parfaite ? Le suis-je ?

— Non, murmura Rosamund. Nous ne sommes pas parfaits. Mais nous sommes faits l'un pour l'autre.

Ce mois-ci, retrouvez également les
titres de la collection

Amour et Destin

Des histoires d'amour riches en émotions déclinées en trois genres :

Intrigue   *Romance d'aujourd'hui*   *Comédie*

Le 4 novembre   *Comédie*
Méli-mélo de Jill Mansell (n° 5555)
Bath n'est pas une ville très gaie en hiver. Et quand la vie ne ressemble
pas à ce que vous aviez imaginé, il y a de quoi déprimer... C'est la
conclusion à laquelle sont arrivées Liza, Prune et Dulcie, qui ruminent
régulièrement leurs malheurs devant un plat de spaghettis. À la veille
du nouvel an, toutes trois décident de prendre leur destin en main et
s'arment de bonnes résolutions...

Le 12 novembre   *Romance d'aujourd'hui*
Pour les yeux d'une autre de Patricia Kay (n° 6329)
Étudiants, Adam et Natalie tombent éperdument amoureux l'un de
l'autre, en dépit de leurs différences sociales. Lorsque Adam annonce à son père son intention d'épouser Natalie, il apprend à son grand
désespoir que celui-ci s'est engagé à ce qu'il épouse la fille de son
associé. Adam renonce à Natalie. Il la retrouve par hasard douze ans
plus tard, et sait que ses sentiments n'ont pas changé...

Le 19 novembre   *Romance d'aujourd'hui*
En souvenir du passé de Sandra Kitt (n° 6418)
À la mort de Stacy, une vieille connaissance, Deanna, jeune femme
noire d'environ 35 ans, se retrouve avec un drôle d'héritage sur
les bras : une enfant de six ans. Malgré son travail accaparant,
elle accepte de s'occuper de la petite Jade jusqu'à ce la justice lui
trouve une famille d'accueil. En attendant, il lui faut assumer son
nouveau rôle de maman. Patterson, le fils de la nounou de Jade,
saura-t-il l'aider ?

Le 26 novembre   *Intrigue*
Quand tombent les masques de Susan Wiggs (n° 6419)
Sandra et son mari, le sénateur Victor Wislow, ont eu un accident de
voiture au cours duquel Victor est mort. S'agit-il d'un accident ou
Sandra a-t-elle tué son mari ? Les soupçons pèsent sur elle. Décidée à
commencer une nouvelle vie ailleurs, Sandra rénove sa vieille maison
de Paradise afin de la vendre, avec l'aide de Mike Malloy, un entre-
preneur du coin. Cela suffira-t-il à effacer le passé ?

6212

Composition Chesteroc International Graphics
Achevé d'imprimer en Europe (France)
par Maury-Eurolivres – 45300 Manchecourt
le 11 octobre 2002.
Dépôt légal octobre 2002. ISBN 2-290-32064-1

Éditions J'ai lu
84, rue de Grenelle, 75007 Paris
Diffusion France et étranger : Flammarion